देवकी

प्रतिभा राय

अनुवाद
राजेन्द्र प्रसाद मिश्र

वाणी प्रकाशन ग्रुप
भारतीय ज्ञानपीठ
वाणी प्रकाशन : भारतीय ज्ञानपीठ की पुस्तकों के एकमात्र प्रकाशक एवं वितरक
Email : sales@vaniprakashan.in

सजिल्द तीसरा संस्करण : 2012
सजिल्द चौथा संस्करण : 2024

राष्ट्रभारती लोकोदय ग्रन्थमाला : ग्रन्थांक 550

प्रकाशक
वाणी प्रकाशन ग्रुप
4695, 21-ए, दरियागंज, नयी दिल्ली-110 002
फ़ोन : 011-23273167, 23275710
ईमेल : sales@vaniprakashan.in

ISBN : 978-93-263-5014-3

देवकी
(कहानी संग्रह)
प्रतिभा राय

DEVAKI
(Short-Stories)
by Pratibha Ray

आवरण-चित्र : माधव भान
मुद्रक : आर. टेक ऑफ़सेट प्रिंटर्स, दिल्ली-110 032

Price : INR. 375

लेखकीय

मनुष्य की इस पृथ्वी में लाखों, करोड़ों निजी पृथ्वियाँ हैं। जितने मनुष्य हैं उतनी पृथ्वियाँ। प्रत्येक मनुष्य अपनी ही बनायी पृथ्वी का एकछत्र सम्राट् है। सम्राट् मात्र ही दु:खी है। अपने राजकीय अहं के वलय में वह बन्दी है, एकाकी है। 'मैं'-मय पृथ्वी में वह निस्संग है, भिन्न है। 'मैं'-मय विश्व-ब्रह्माण्ड में वही ब्रह्म है और शेष सभी अपरिपक्व। वह श्रेष्ठ है और सब निकृष्ट। अपने जैसा 'मैं' वह नहीं ढूँढ़ता। ढूँढ़ने पर पाता भी नहीं। पा जाए तो स्वीकार नहीं करता। अपने विचार में वह ईश्वर की एक अनन्य सृष्टि, अबोध्य, अभेद्य, सन्दिग्ध जीव है। अपने अनजाने में उसने अपने चारों ओर एक अभेद्य दीवार खड़ी की है। दीवार के इस ओर 'मैं'-मय वह है और दीवार के दूसरी ओर पृथ्वी के तमाम जड़-चेतन पदार्थ। इसलिए वह एकाकी है। दूसरों की समझ से परे उसका चेतन, अवचेतन, अचेतन सत्ता की दीवारों से घिरा हुआ है। उसके अन्नमय पिण्ड, मनोमय पिण्ड व चैतन्यमय पिण्ड में भी किसी तरह का सम्बन्ध नहीं है। चारों ओर वियोग चिह्न, अन्तराल, दूरी और संगतिशून्यता है। यह 'मैं'-सर्वस्व अकेला जीव ही आधुनिक मनुष्य है।

प्रत्येक लेखक एक सामान्य मनुष्य है। हर मनुष्य की जो समस्याएँ हैं, उसकी भी वे ही समस्याएँ हैं। हर मनुष्य की तरह लेखक का भी अपना एक अस्तित्व है। लेखक के मन में जीवन, जगत्, समाज और समस्याएँ जो रूप धारण करती हैं, उसी की अभिव्यक्ति है साहित्य। इसलिए साहित्य लेखक के व्यक्तित्व की अभिव्यक्ति है। व्यक्तित्व ही स्त्रष्टा को सृष्टि की प्रेरणा देता है। जहाँ व्यक्तित्व प्रेममय है, वहाँ सृष्टि प्रेममय है। जहाँ व्यक्तित्व विपन्न है, वहाँ सृष्टि के चप्पे-चप्पे में संकट के चित्र उभर आते हैं। साम्प्रतिक स्त्रष्टा-मानस साम्प्रतिक व्यक्ति समस्या से पूर्णत: जुड़कर एकाकी, सन्दिग्ध और विपन्न है। इसलिए वह अबूझ मनुष्य अपनी अकेली पृथ्वी में दूसरों से अलग है। किन्तु संकट में भी प्रत्येक मनुष्य की भरपूर आशा की तरह स्त्रष्टा-मानस की भी एक अभिलाषा होती है।

तीसरी आँख से वह शापमुक्त, संकटमुक्त एक और सुन्दर पृथ्वी का सपना देखता है। लेकिन सुन्दर पृथ्वी के सपने में यदि यथार्थ न हो तो वह मनुष्य तक नहीं पहुँच सकता। आज का मनुष्य निपट यथार्थवादी है। हर चीज में अपने 'मैं' को ही तलाशता है। इसलिए कहानी में मनुष्य के यथार्थ जीवन की समस्या प्रकट न हो तो वह कहानी मनुष्य को आनन्द नहीं देती।

स्रष्टा-मानस का अहं भावुक हो तो साहित्य व्यक्ति-केन्द्रित हो जाता है और मनुष्य अपने 'मैं' को कहानी में ढूँढ़ नहीं पाता। इसलिए बिना अहंकार को त्यागे सृष्टि सार्वजनिक नहीं हो पाती। अहं भाव की जगह विश्वप्राणता और सार्वजनिकता सृष्टि को मनुष्य के हृदय के करीब लाते हैं और आनन्ददायक होते हैं। इसलिए स्रष्टा को अपने अहंकार के सिंहासन से उतरना होगा। अपने चारों ओर खुद की बनायी दीवार तोड़कर उस जगह उसे अपने निजी अस्तित्व व सार्वजनिक अस्तित्व के बीच सम्बन्धों का सेतु बाँधना होगा।

लेखक जब व्यक्ति-सीमा लाँघकर सार्वजनिक सत्य की तलाश करता है, तब साहित्य होता है महिमामय। ऐसा न हो तो आधुनिक कहानियाँ मनस्तात्त्विक अनुसन्धान केन्द्रों में अनुसन्धान की वस्तु बनकर रह जाएँ। लेखक का व्यक्तित्व युग का व्यक्तित्व है और लेखक का स्वर युगीन आत्मा का स्वर। स्थान-काल की यथार्थता और घटना की सामाजिक सत्यता ही स्रष्टा-मानस को सार्वजनिक अस्तित्व में शामिल करती है।

व्यासकवि फकीरमोहन सेनापति आधुनिक उड़िया कथा-साहित्य के जनक माने जाते हैं। उनकी कहानी (1868) तत्कालीन साहित्यिक पत्रिका 'बोधदायिनी' में छपी थी। दुर्भाग्यवश वह पत्रिका और 'लछमनिया' कहानी आज इतिहास के गर्भ में समा गयी हैं। जिस दिन शोधकर्त्ताओं द्वारा इतिहास के गर्भ से 'लछमनिया' तलाश ली जाएगी, शायद उस दिन फकीरमोहन को आधुनिक भारतीय लघु-गल्प-जनक के रूप में स्वीकार किया जाएगा। वस्तुतः सन् 1898 में प्रकाशित फकीरमोहन की कहानी 'रेवती' ही उड़िया साहित्य की पहली मौलिक लघु-गल्प है। विश्व-साहित्य के कथा-जगत् में लघु-गल्प के 'रूप' (Form) को लेकर तरह-तरह की चर्चाएँ चल रही हैं। लघु-गल्प का रूप-विधान कहानी और उपन्यास से बहुत भिन्न है। यह कहानी या उपन्यास का संक्षिप्त रूप नहीं है अथवा लघु-गल्प को बढ़ाकर लिख देने से वह उपन्यास नहीं बन जाता है।

आज के व्यस्त मनुष्य के लिए कहानी ही सर्वश्रेष्ठ बौद्धिक ज्ञानवर्द्धक मनोरंजक साहित्य है। किसी विशेष क्षण के सूक्ष्म भाव एवं हृदय की गहरी अनुभूति को प्रकट करना ही कहानी का सफल स्वरूप है। आज का साहित्य कल्पना पर आश्रित नहीं है, वह जीवनधर्मी है। मनुष्य के घटनाओं से भरे जीवन

में भिन्न-भिन्न क्षणों में लेखक तरह-तरह की समस्याओं का सामना करता है। उसकी अनुभूति तीव्र होने पर कहानी बनती है। इस संग्रह की विभिन्न कहानियों की घटनाओं से मेरा प्रत्यक्ष या अप्रत्यक्ष सम्बन्ध है। रेमो, यंग, चन्द्रभागा और चन्द्रकला, अँगूठी, ट्रॉलीवाली, नारंगी, अव्यक्त आदि कहानियाँ मेरी अन्तरंग अनुभूतियों से जुड़ी हुई हैं।

इस दृष्टि से यदि मुझसे कोई पूछता है कि अच्छी कहानी किसे कहते हैं तो मैं कहूँगी कि अच्छी कहानी एक झटका होती है-बिजली का-सा झटका। व्यस्तता-भरी जिन्दगी के फुर्सत के क्षणों में वह झटका लगता है और उस झटके की अनुभूति हृदय में एक अमिट छाप छोड़ जाती है। ठीक बिजली के झटके की तरह यह झटका भी क्षणिक होता है पर अनुभूति का प्रभाव स्थायी होता है। जिस तरह पलक झपकते ही बिजली का झटका शरीर के समस्त स्नायु को स्पन्दित कर देता है, उसी तरह अच्छी कहानी भी छिन में चेतना की शेष सत्ता को झकझोरकर रख देती है।

अच्छी कहानी एक 'संकेत' है, 'रूप' नहीं-कहानी के 'रूप' को लेकर तरह-तरह की चर्चाएँ चल रही हैं, किन्तु यदि 'रूप' में 'संकेत' छुपकर रहे तो 'रूप' कितना ही चौंकानेवाला क्यों न हो, उसे अच्छी कहानी के रूप में स्वीकार नहीं किया जाएगा। यदि 'रूप' कहानी की पोशाक है, तो 'संकेत' है कहानी का प्राण, उसकी आत्मा। अच्छी कहानी 'पानी का भँवर' है जो पाठक के मन, ज्ञान, चैतन्य को, दृश्य से अदृश्य तक को, समतल से अन्तःस्थल तक को, जड़ता से लेकर चेतना की गम्भीरतम सत्ता तक को अपनी चपेट में खींच लेता है।

अच्छी कहानी एक 'पतवार' है-नाविक हो या यात्री, 'पतवार' दोनों के हाथों में एक-सी गहराई तक पहुँचती है, एक-सा कार्य करती है। पतवार की लम्बाई और लचक दोनों के हाथों में एक समान है। अच्छी कहानी लेखक को जहाँ पहुँचाती है, पाठक को भी यथासम्भव वहीं पहुँचा सकती है।

अच्छी कहानी एक फ्री-साइज पोशाक की तरह है। कोई भी पहने, उसे ऐसा लगेगा जैसे कि वह पोशाक उसी के लिए बनी है। अच्छी कहानी भी जो पढ़ेगा वह उसमें सत्य को ढूँढ़ लेगा, खुद को, अपनी अस्थिमज्जा को ढूँढ़ लेगा। यहाँ साहित्यकार की भावना सार्वजनिक है, साहित्यकार का व्यक्तित्व युग का व्यक्तित्व हो जाता है। लेखक के अहंकार का दूर होना यहाँ उसके व्यक्तित्व व वक्तव्य को प्रभावकारी बना देता है।

अच्छी कहानी एक 'सेतु' है। यहाँ स्रष्टा अनगिनत जीवन के साथ एकान्तिक सम्बन्ध स्थापित करके अनगिनत जीवन के प्रति सहानुभूतिपूर्ण और संवेदनशील हो जाता है। एक आदमी का किसी दूसरे आदमी के प्रति आग्रह उत्पन्न करना,

एक आदमी का जीवन के प्रति आग्रह उत्पन्न करना, दिल से दिल को जोड़ना ही अच्छी कहानी का उद्देश्य है।

अच्छी कहानी एक दर्पण है, जिसमें सत्य, शिव, सुन्दर प्रतिबिम्बित होते हैं। सत्य है यथार्थ। कहानी का जीवन है यथार्थ। जीवन के सत्य को प्रकट करते समय एक अच्छी कहानी जीवन की निष्ठुरता, बीभत्सता और पाप को भी प्रकट कर देती है। लेकिन सत्य को प्रकट करते-करते एक अच्छी कहानी 'शिव' की अवहेलना नहीं कर सकती। जो मंगलकारी है, वही शिव है। यथार्थ के नाम पर कहानी में उद्दण्डता, हिंसा, अश्लीलता को प्रमुख स्थान देकर मंगलकारी, सौन्दर्य भरे विश्व को गौण करना उचित नहीं। इसलिए यथार्थ के निष्ठुर साँचे में एक कल्याणकारी जग का सपना अच्छी कहानी में अंकित होता है। अच्छी कहानी फोटोग्राफ नहीं है, पेङ्ण्टिग है, पर लगती फोटोग्राफ जैसी है। अच्छी कहानी में पेङ्ण्टिग निश्चित ही सुन्दरता का अनुसरण करती है। यथार्थ की समस्या कितनी ही कठोर और निष्ठुर क्यों न हो, उसमें सौन्दर्यबोध न हो तो वह कतई एक अच्छी कहानी नहीं कही जा सकती।

अन्त में कहूँगी कि अच्छी कहानी एक साफ-सुथरी कहानी होती है। यहाँ मैं समरसेट मॉम के विचारों से सहमत हूँ-''कहानी-उपन्यास कुछ सोचने के लिए प्रेरित कर सकते हैं, चरित्र-निर्माण में मदद कर सकते हैं, लेकिन यदि कहानी-उपन्यास आनन्द (बौद्धिक आनन्द) न दे सका तो वह निम्न-स्तर का कहानी-उपन्यास होगा।''

अच्छी कहानी कोई अदृश्य पोशाक नहीं है। यदि ऐसा होता है तो वह अदृश्य पोशाकधारी सम्राट् की तरह लेखक की आत्मप्रवंचना मात्र है।

इस कहानी-संग्रह में संगृहीत लगभग सभी कहानियाँ काफी पहले उड़िया की पत्र-पत्रिकाओं में छप चुकी हैं। बाद में डॉ. राजेन्द्र प्रसाद मिश्र द्वारा अनूदित होकर धर्मयुग, साप्ताहिक हिन्दुस्तान, नवनीत, जनसत्ता, हंस, गगनांचल, आजकल, सारंगा स्वर आदि हिन्दी पत्र-पत्रिकाओं में समय-समय पर प्रकाशित हो चुकी हैं। हिन्दीभाषी पाठकों के बीच इन कहानियों को पहुँचाने में इन पत्रिकाओं की सहृदय भूमिका मुझ जैसी एक अन्य भाषा-भाषी (उड़िया) लेखिका के लिए अन्यन्त महत्त्वपूर्ण है। मैं इन पत्रिकाओं के सम्पादक-मण्डल के प्रति अपना आभार व्यक्त करती हूँ। हिन्दी पाठकों ने मेरी कहानियों का जिस उत्साह से स्वागत किया है, मैं समझती हूँ यही मेरा सबसे बड़ा पुरस्कार है। मैं इन असंख्य पाठकों की ऋणी हूँ।

मेरे अनुजतुल्य डॉ. राजेन्द्र प्रसाद मिश्र ने बड़े आग्रह व पूरी निष्ठा के साथ मेरी कहानियों का सटीक अनुवाद किया है। यही वजह है कि आज मैं

हिन्दी पाठकों के निकट पहुँच पायी हूँ। उनके प्रति अपनी कृतज्ञता और शुभकामनाएँ व्यक्त करती हूँ।

भारतीय ज्ञानपीठ हमारे देश की एक प्रतिष्ठित संस्था है। केवल हिन्दी ही नहीं, भारतीय साहित्य के प्रचार व प्रसार के लिए इसकी भूमिका अतुलनीय है। भारतीय भाषाओं के साहित्य के बीच यह एक सेतु का काम करती आ रही है। मुझे इस बात की बेहद खुशी है कि भारतीय ज्ञानपीठ से मेरी कहानियों का संग्रह प्रकाशित हो रहा है। इससे पहले 'भारतीय उपन्यासकार' शृंखला में मेरा उपन्यास 'उत्तरमार्ग' (हिन्दी अनुवाद) भारतीय ज्ञानपीठ प्रकाशित कर चुका है। मैं इस संस्था के प्रति अपना आभार व्यक्त करती हूँ। देश की अखण्डता के लिए आज राष्ट्रीय एकता की आवश्यकता सभी महसूस कर रहे हैं। भावनात्मक एकता के जरिये ही राष्ट्रीय एकता सम्भव है और साहित्य ही वह जरिया है जो भावनात्मक एकता स्थापित कर सकता है। जाति, धर्म, भाषा, पहनावा, खान-पान, नृत्य-गीत तथा रंग-रूप की भिन्नता के बावजूद वैदिक सभ्यता की आधारभूमि पर बने भारत की आत्मा का स्वर एक है, अभिन्न है। भारतीय भाषाओं के अनूदित साहित्य में मनुष्य का यही चिरन्तन स्वर सुनाई देता है। इस दिशा में अनूदित साहित्य का प्रचार-प्रसार करने जैसा एक समयानुकूल, महत्त्वपूर्ण कार्य का बीड़ा उठाकर भारतीय ज्ञानपीठ राष्ट्रीय एकता स्थापित करने की दिशा में सहायक सिद्ध हुआ है। इसके लिए मेरी बधाई।

प्रतिभा राय

'आख्यायिका'
तुलसीपुर, कटक-753008

5 दिसम्बर, 1992

अनुक्रम

अँगूठी

वह आदमी निश्चिन्त हो अस्पताल के वार्ड के फर्श पर पड़ा सो रहा था। रोगियों से मिलने के समय का स्वाभाविक कोलाहल, नर्सों तथा परिचरों की लगातार आवाजाही का शोर, दवाइयों, कीटनाशक इत्यादि की तीखी गन्ध, यहाँ तक कि उस आदमी के स्थिर चेहरे पर लगातार बैठ रही भिनभिनाती मक्खियों के खीझ-भरे उपद्रव भी उस आदमी की नींद में बाधा नहीं डाल रहे थे। बीमारी से परेशान जिन कुछ रोगियों को रात में भी ठीक से नींद नहीं आती, वे उस आदमी को दोपहर से ही गहरी नींद में सोते देख मन-ही-मन ईर्ष्या कर रहे थे।

जन्मस्थान से लेकर कब्रिस्तान तक आज हर जगह स्थानाभाव के बारे में कौन नहीं जानता? इसलिए अस्पताल में खाट की कमी के कारण उस आदमी को खाट न मिलने की वजह से उसका फर्श पर सोना भला कोई मार-काट की बात तो नहीं। इतना ही मिल जाना क्या उस बुढ़िया के लिए कोई कम आश्वासन की बात है! अधेड़ उम्र के बेटे को लेकर जब बुढ़िया ट्रक के डाले में बैठकर कटक शहर के बड़े अस्पताल के लिए चली, गाँव के सभी लोग जाने को मना कर रहे थे। 'बड़े अस्पताल में जान-पहचान न हो तो आसानी से खाट नहीं मिलेगी' कहकर डरा रहे थे। बुढ़िया सबकी बात अनसुनी कर दो काँसे के बर्तन गिरवी रख बेटे को लेकर नाक की सीध निकल आयी थी। खाट न मिलने पर भी वार्ड में नीचे फर्श पर एक आदमी के सोने-भर की जगह बिना जान-पहचान के आसानी से मिल जाने पर बुढ़िया को लगा मानो बिना पतवार के नाव से उसने समुद्र-पार कर लिया। खाट की भला क्या जरूरत? घर पर ही कौन-सा उसका बेटा खाट पर सोता था कि यहाँ बिना खाट के उसे नींद नहीं आएगी! बल्कि घर पर गीला-गीला-सा मिट्टी का फर्श है और यहाँ सिलेट-सा चिकना सीमेण्ट का फर्श, घर में फटे टाट पर मैली चिकटी कथरी बिछाता था, और यहाँ एक बित्ता मोटी रूई की फक्क साफ गद्दी मिली है। घर में चाँद-सूरज घुस आने के लिए जगह-जगह छप्पर उड़ी चाल थी तो यहाँ पक्की मजबूत छत है। बुढ़िया के

लिए इतना ही काफी था–ढाई दिन की सरकारी खाट के लिए इतनी लालच क्यों करे? उसे भला यहाँ कौन-सा हमेशा के लिए घर बसाकर रहना है! लालच से ही न पाप होता है, पाप से...मृत्यु!!

'मृत्यु' शब्द मन में आते ही बुढ़िया की जर्जरित छाती के पँजरे के नीचे खोखले कलेजे में धड़धड़-सी आवाज हुई। मौत नहीं आती उसे, जलकर भस्म नहीं हो जाता उसका पापी मन! बुढ़िया ने खुद को मन-ही-मन कोसा, दुतकारा, धिक्कारा। कौन-सी बात सोचते-सोचते वह मरने की बात सोचने लगी–धत्...औरत का मतलब कि मुँह में बुरी बात। पहले पाप–फिर पुण्य...

बुढ़िया 'मरण' का खयाल दिल से निकालने के लिए इधर-उधर देखकर मन बहलाने की कोशिश करने लगी। वार्ड-भर में लूले-लँगड़े मार-काट वाले रोगी पड़े हैं...। किसी के सिर पर पट्टी बँधी है, किसी के हाथ-पैर, कमर, पीठ, घुटने, पेट में पके हुए मक्के के छिलके-सी परत-दर-परत पट्टियाँ लपेटी हुई हैं। और किसी के खेत में खड़े बिजूके के मुँह-सा आँखों को छोड़कर पूरे चेहरे पर बैण्डेज लिपटा हुआ है। कितने भयंकर लग रहे हैं तुम्हारे-हमारे जैसे लोग! मानो नौटंकी-स्वाँग के लिए भेष बनाये हुए हैं। पर नहीं...इन्होंने भेष नहीं बदला है, पट्टियों के नीचे वाकई टूटा-फूटा शरीर-सिर है। इनकी तुलना में तो उसके बेटे को कुछ भी नहीं हुआ है...पूरे शरीर में कहीं खरोंच तक नहीं है, कहीं सूत-भर भी बैण्डेज नहीं लपेटा गया है। जिस तरह काँछ बाँधे, खुले बदन मजूरी के तौर पर चाल-छप्पर छाते-छाते पैर खिसकने पर मालिक के घर के पक्के आँगन में आ गिरा था, उसी तरह खुले बदन सो रहा है। इतनी जोर से गिरने पर भी देवी मैया की कृपा से शरीर पर कहीं भी चोट का कोई निशान नहीं हैं। सिर्फ घबराहट से बेहोश हो गया था। गाँव के कविराज की अथक कोशिश से भी होश नहीं आया, चन्नामृत, झाड़-फूँक, टोना-टोटका भी काम नहीं आये। निरा डरपोक है बचपन से। नीचे-ऊपर के दो भाई-बहन नहीं रहे ना, इसीलिए डरपोक है। डर से घबरा गया है...। डर दूर होते ही खुद ही उठ बैठेगा! मालिक की बिटिया कटक में पढ़ती है। अपशकुन-सी तपाक से बोल पड़ी कि लोग तो महीनों बेहोश रहते हैं। फिर अपाहिज हो जाते हैं। उसी ने कहा कि बड़े अस्पताल ले जाओ तो ठीक हो जाएगा। पहले तो बुढ़िया तमतमा उठी थी। महीनों बेहोश रहने के बाद भला आदमी कहाँ बचता है, आदमी है या कुम्भकर्ण। बड़े लोगों को क्या जवाब देना। जब बात बुढ़िया के कानों में पड़ ही गयी थी, तब भला बुढ़िया बेटे को ले बड़े अस्पताल गये बगैर कैसे रह सकती थी! माँ का जो मन है! हालाँकि बुढ़िया जानती है कि उसके बेटे के साथ कोई बड़ा हादसा नहीं हुआ है। हाँ, सिर फटकर

ढेर-सा खून बहता-हाथ, पैर, पँजरे की हड्डियाँ टूटतीं, कलेजा फटकर नाक-मुँह से खून की उल्टी से बेहोश हो जाता, तब वह समझती होश लौटेगा या नहीं लौटेगा। गाँव में जमीन-जायदाद को लेकर आपस में लाठी से एक-दूसरे का सिर फोड़कर तमाम लोगों को लहूलुहान हो होश वापस न आना उसने देखा है, देखा क्या बल्कि भोगा है...इसी के बप्पा!

भाई-भाई में बँटवारे के समय आँगन में घेरा डालने की नौबत आने पर बित्ते-भर जमीन के लिए तू-तू, मैं-मैं, फिर हाथापाई, लाठी उठाकर मार-धाड़, फौजदारी। मैं नयी-नयी दुल्हन बीच-बचाव करने दोनों के बीच खड़ी हो गयी जाकर। कितनी चिरौरी करते हुए बोली, "बड़े होने के नाते जेठजी हर चीज में दस आना, छह आना बाँट ही चुके हैं, यदि आँगन की एक बित्ता जमीन भी अधिक ले रहे हैं तो उसमें जान क्यों निकल रही है? धीमी-धीमी आग को जरा-सा ईंधन मिल जाए तो हहाकर जल उठने-सी, मरद बेटे के घट (चोला) में जरा-सी जान पड़ी तो भाग्य लौटने पर सम्पत्ति अर्जित करना कौन-सी बड़ी बात है। बड़ा भाई बित्ता-भर मिट्टी ही ले जाएगा, भाग्य तो कोई नहीं।" वास्तव में भला कौन किसका भाग्य ले जाता है

आँगन में लोगों की भीड़ इकट्ठी हो गयी थी। कहीं कोई जोरू का गुलाम न कह दे! "चल भाग जा...मेरे आगे से। चली आयी प्रवचन सुनाने, फिर कभी मरदों की बातों के बीच में मत आना, कहे देता हूँ, अपनी सीमा में रह" इतना कहकर नयी-नवेली दुल्हन को इतने लोगों के आगे एक ओर धकेलते हुए भाई के आगे तनकर खड़ा हो गया। "मैं जहाँ लकीर खींच दूँगा यदि वहीं घेरा न पड़ा..." अभी मुँह की बात खत्म भी नहीं हुई थी कि सिर पर बड़े भाई के डण्डे की तेज चोट पड़ी। मटका भरकर सिर पर डालने की तरह सिर से पैर तक खून से नहा लिया। गर्मियों की तपती जमीन न पी जाती तो आँगन में खून-ही-खून दिखाई देता। हट्टा-कट्टा आदमी पेड़ कटकर गिरने-सा भस्स से नीचे गिर पड़ा। बेहोश हो गया, बस! फिर होश नहीं आया। दरवाजे से अरथी उठी। बीच आँगन में खून की लकीर खींच गया, उसी पर घेरा पड़ा। बिन बाप के बच्चे, इस बेटे को लेकर वह नववधू औरत उस दिन से अकेली है, जीवन मिटा डालने की सोचते-सोचते, किसके लिए और कैसे जी गयी, कौन-जाने, बुढ़िया होने तक, काफी दिनों तक जी जो गयी-फिर मरने की बात नहीं सोची, बल्कि तमाम दुःख-यातनाएँ झेलती हुई जीवन को कितनी हिफाजत से पोते का मुँह देखने तक सहेजकर रखा। छोड़ो, एक के लिए यदि दूसरा अपना जीवन खत्म करता होता तो संसार की लीला ही न चलती...धन्य है ईश्वर की महिमा...!

उसके बेटे के शरीर से खून तो नहीं बहा, बिना कारण किधर से प्राण

निकलेगा जो होश नहीं आएगा! बुढ़िया ने फिर दाँतों तले जीभ दबा ली। छि:, मैं मर क्यों नहीं जाती! बेटे के पास बैठकर फिर वही मरने की बुरी चिन्ता!

पाप की चिन्ता भूलकर मन बहलाने के लिए अब बुढ़िया ने बैण्डेज बँधे रोगियों पर से अपनी निगाह हटाकर बेटे के चेहरे पर डाली। कितना मासूम, नम्र-सा सोया है बेचारा! जागते रहने पर भी भला उसके बेटे ने कब शैतानी की है...बेटे को, सिर से पैर तक-मुँह, आँखें, सिर आदि बुढ़िया सहलाती जा रही थी। आज बेटे का चेहरा ठीक बचपन के चेहरे-सा लग रहा है, शायद सिर मुड़ा हुआ है इसलिए! बाप के लिए सात साल के बेटे को सिर मुड़ाना जो पड़ा था, तब बप्पा के लिए जितना नहीं रोया था, अपने घुँघराले बालों के लिए उससे अधिक रोया था। रुपये-पैसों का इन्तजाम होने पर देवी मैया के पास बाल गिरवाने की सोच सात साल तक बेटा अपने घुँघराले बाल लटकाये बाल-गोपाल बना फिरता रहा। कौए, कबूतर के पंख खोंसकर, पिता की बैल हाँकने की औगी (डण्डी) को बाँसुरी की तरह फूँकते हुए, गाँव की जात्रा में देखे कृष्ण की तरह पैर उलझाये, त्रिभंगी मुद्रा में खड़े होकर कहेगा, "देखो मैं यशोदा की आँखों का तारा, गले का हार हूँ...!" माँ-बाप दोनों हँसते हुए बेटे का स्वाँग देखते रहेंगे, पेट भरता रहेगा...! वाकई घुँघराले बाल बेटे को खूब शोभते थे। डॉक्टरों पर भूत सवार होने-सा एक अच्छे आदमी का सिर क्यों मुड़वा दिया? कहते हैं कि सिर के भीतर दही में चोट लगने से खून तो खराब नहीं हो गया, फोटो खींचकर देखेंगे। अजीब बात है! सिर के ऊपर तो कहीं चोट है नहीं, ना ही खून बहा है-मगज के भीतर कैसे खून बहेगा! न जाने फोटो में क्या देखा, यहाँ लाकर लिटा दिया। दवा आदि का दर्शन नहीं-नाक, मुँह दबाकर, दाँत अलग करके होश लौटाने की कोशिश तक नहीं कर रहे। उसके बेटे की बगल से ही डॉक्टर नर्स आ-जा रहे हैं। दूसरे-दूसरे रोगियों को देख रहे हैं, दवा, इंजेक्शन दे रहे हैं-फल, बिस्कुट, दूध दे रहे हैं, उसके बेटे की ओर देखते तक नहीं, मानो उसे कुछ हुआ ही न हो! अपनी खुशी से अस्पताल में आकर सो गया है। नींद खुलने पर अपनी राह चला जाएगा। ठीक है, जिसका कोई नहीं, उसका भगवान होता है। ऐसा ही हो। पर होश आने पर ही ना वह अस्पताल से जाएगा।

यही बात बुढ़िया सबसे पूछती है। नर्स दीदी का वही एक जवाब, "होश आने तक इन्तजार करना होगा, ठीक समय पर जो इलाज करना होगा, हम करेंगे। तुम घबराओगी तो कैसे होगा?"

"वो तो ठीक है नर्स दीदी, पर एकाध खुराक दवा पिला देने से क्या

होश नहीं लौट आएगा? जरा-सा दूध पिला देने से नाड़ी में जान नहीं दौड़ने लगेगी...?'' बुढ़िया की गीली आँखों में करुण विनती है।

''सबर कर मौसी! बेहोश आदमी दवा, दूध निगलेगा कैसे? गले में फँस नहीं जाएगा...? होश वापस आने पर, दवाई-खाना सबकुछ मिलेगा तेरे बेटे को...।''

आहा! कितनी दयालु है नर्स दीदी, उसके बेटे को होश आने पर फल, बिस्कुट, दूध, डबल रोटी, सब जरूर देगी। अपनी बात से मुकरेगी नहीं नर्स दीदी, उसका चेहरा ही बता रहा है...। बिचारी के हाथ, गला, कान सब नंगे हैं, तिस पर सफेद पोशाक! करमजली राँड जो है! भगवान उसके बेटे को लम्बी उम्र दे...।

बुढ़िया बेटे को फिर सहलाने लगी। देवी-देवताओं को टेरने लगी, ''प्रभु जल्दी होश लौटा दो, अच्छी-बुरी चीजों के खाने का स्वाद जरा अभागे की जीभ को मिले, पेट में जाए। भूख भी लगी होगी। होश नहीं है तभी न मुँह नहीं खुल रहा, पर पेट सट चुका है पीठ से। सुबह भात का पानी एक कटोरा पीकर घर छाने निकला था। हाँड़ी में भात भी नहीं था। जो मूठी-भर था, पोते-पोती दोनों सुबह कौआ बोलने से पहले ही खा चुके थे। ये राक्षस बच्चे भला कुछ खाने-पीने देते हैं...?'' बुढ़िया ने लम्बी साँस छोड़ी, बच्चों को दोष देने से क्या लाभ, गरीब के घर की भात-हाँड़ी तो हमेशा ही खाली रहती है, पर पेट तो कभी खाली नहीं रहता, पेट तो भरा रहता है, भर-पेट भूख से!

भगवान का फैसला भी कभी-कभी कितना उल्टा होता है। यदि हाँड़ी में भात नहीं दिया, पेट में भूख भी मत दो...। पेट ही के लिए तो यह नाटक है, इतनी मार-पीट, फौजदारी, चोरी, तस्करी, मेहनत-मशक्कत...वरना क्यों उसका बेटा तपती धूप में खाली पेट चाल पर चढ़ता और फिर नीचे गिरकर बेहोश होता...!

आहा! खूनी-मवाद, मक्खियों की बदबू में भी उसका बेटा किस तरह दीन-हीन-सा सोया हुआ है! बुढ़िया ने फिर बेटे को सहलाया। अस्तूरे से खूब चिकने किये सिर को सहलाते समय उसे बेटे का मासूम चेहरा और भी अधिक करुण दिखा। बाप के मरने पर सिरमुड़े बच्चे को देखते ही बुढ़िया का मन इसी तरह करुण, अधीर हो जाता था। मुड़ा हुआ सिर बार-बार पुराने पड़ गये पति-शोक को कल की घटना-सी याद करा देता था। माँ की छाती के घाव को कुरेद-कुरेदकर रक्त झराता था, निर्दयी-सा कान के पास घण्टा बजाने की तरह गूँजता रहता था, ''बिन बाप का बच्चा, अभागा, अनाथ...अनाथ...'' आज भी बेटे का मुड़ा सिर बुढ़िया की दबी आशंका, छुपे भय, भींची सिसकियों को कुरेद रहा है, कह रहा

है, "किस तरह अनाथ-सा पड़ा है तेरा बेटा, यहाँ कोई तेरा मददगार नहीं, अनाथ, अभागा...।" बुढ़िया एक हाथ से बहते आँसुओं को पोंछती जा रही थी और दूसरे से बेटे को उसी तरह लगातार सहलाती जा रही थी। होश आने पर अपना मुड़ा हुआ सिर देख उसका बेटा खूब गुस्सा होगा। खाने-पहनने का शौक तो कर नहीं सका, बस उन बाल के गुच्छों का ही तो शौक था। पीठ ढकने को भले ही कपड़ा न हो, काम पर निकलने से पहले बालों को खूब सजा-सँवारकर निकलेगा। रास्ते में जाते समय लोग देखते रह जाते। बाल नहीं, मानो मुकुट लगा रखा हो! भूख, दुःख से असमय ही शरीर से मांस घटा, रक्त घटा, तेज घटा, पर बालों का गुच्छा जैसा था, वैसा ही है, कहीं-कहीं गरमी और तेल की कमी से एकाध बाल सफ़ेद जरूर पड़ने लगे हैं, पर घनापन सूत-भर भी नहीं कमा है। सिर नहीं, मानो टोकरी हो! क्यों मूँड़ दिया अस्तूरे से...अस्पताल के नाई को भी दया-माया नहीं है...चुटिया-भर बाल भी छोड़ने को दैव ने नहीं कहा। छोड़ो, जो गया वह फिर नहीं लौटेगा। पर कुछ ही दिनों में घास की जड़ अंकुरित होने-सी उसके बेटे के सिर के बाल भी उग ही आएँगे। गरीब का सिर समझ बाल उगने में विधाता का न्याय विपरीत नहीं है...।

बुढ़िया फिर बेटे का शरीर-सिर सहला गयी। हाथों की मुट्ठियाँ बँध रही हैं या मुट्ठी बाँध रहा है-? क्या होश लौट रहा है! बुढ़िया बेटे के हाथ की उँगलियाँ एक-एक करके सीधी कर रही है, बेटे की अँगुलियों में अपनी अँगुलियाँ फँसाकर, हथेली से हथेली मिलाकर ठण्डे हो रहे बेटे के बदन को अपनी सारी ऊष्मा संचरित करने की कोशिश कर रही है। बेटे के बायें हाथ की उँगली में बुढ़िया की उँगली रुक जाती है। न जाने कब से पड़ी है वह चाँदी की अँगूठी बेटे की बीच उँगली में, जैसे कि उँगली और अँगूठी में चोली-दामन का साथ हो। सोने की अँगूठी ससुराल से पाने की कितनी आस लगाये था, पर उसकी हाँड़ी में चावल डाला धान-कूटी घर की लड़की ने। विधवा माँ कहाँ से लाये दहेज! बिन बाप की औलाद, बिन पति की औरत का दुःख जानती है बुढ़िया! बहू मन को भा जाने के बाद सोने की अँगूठी के लिए भला शादी कैसे तोड़ देता!

बेटे की शादी से पहले अपनी दो जोड़ी पुरानी बिछिया तुड़वाकर बेटे के लिए चाँदी की अँगूठी बनवा दी थी बुढ़िया ने। गहनों में उतना ही था उसके पास। सोने की अँगूठी पहनने का शौक चाँदी की अँगूठी से पूरा कर लिया था बेटे ने, बिना आपत्ति के। असहाय, अभाव भरे जीवन में ऐसे कई सोने के सपनों को मिट्टी, कंकड़, चाँदी, पीतल की वास्तविकता से पूरा किया जाता है। अड़कर बैठ जाने से भला जीवन कैसे बीतेगा।

बेटे की काली-काली उँगली में चिपकी चाँदी की अँगूठी मणि की तरह चमकती है। गरीब के गन्दे, मैले, गाँठ पड़े, कमेरू हाथ की उँगली में सोने की अँगूठी चाँदी की तरह इतनी फक्क नहीं दिखती, दिखती है बासी तुरई के फूल-सी फीकी, मानो पीतल हो! पीतल से चाँदी लाख गुनी अच्छी है। चाँदी की दर भी आजकल कौन कम है?

हर रोज दाँत माँजते समय अँगूठी को जरा-सी राख से माँज-मूँज लेता है उसका बेटा। कहीं घिस न जाए सोचकर हल्के-हल्के खूब सँभालकर माँजता है, सिर्फ मैल न जमने देने के लिए। कितना ही सँभाल क्यों न करे, जिस तरह उसके बेटे का शरीर काम करते-करते पतला हो गया है, वह अँगूठी भी उसी तरह कमेरू की उँगली में घिस-घिसकर नीचे से पतली हो गयी है। नयी अँगूठी पर कुछ काम किया गया था, आज दिखाई नहीं देता, समय का हाथ लगकर वह काम कब का घिस चुका है, अब अँगूठी का ऊपरी हिस्सा इमली के बीज की तरह चिकना है, बिल्कुल सादा। खाँटी चाँदी की अँगूठी है न, इसीलिए कुछ मुलायम है। उसका बेटा भी बिल्कुल खाँटी आदमी है। इसीलिए आजकल की चोरी-चमारी भरी दुनिया में वह मुलायम पड़ गया है। ठेके के काम में दूसरे मजदूर काम से जी चुराते होंगे, उसका बेटा मर-जीकर दूसरे पाँच लोगों का काम भी करता जाएगा। जो जितना कमेरू होता है, वह उतना ही पिसता है। उम्र से अधिक बूढ़ा हो जाता है। क्या जरूरत थी भूखे पेट चाल पर चढ़ने की। नीचे रहकर पुआल के गट्ठर ऊपर बढ़ाता रहता तो नहीं होता। और भी तो ढेर सारे लोग थे...कोई भी हट्टा-कट्टा जवान चाल पर चढ़ गया होता। जो झुक गया उसी के गले में तो सभी पगहा डालते हैं। उसका बेटा वाकई बहुत अच्छा है, अच्छा हुआ तो मरे! बुढ़िया बेटे को, उसके हाथों को, उँगलियों को, अँगूठी को सहलाती जा रही थी...।

रोगियों से मिलने वालों की भीड़ छँटने लगी थी। साँझ ढल जो चुकी थी! कौन जाने अब गाँव लौटने को गाड़ी मिलेगी भी या नहीं! उनके गाँव का ट्रक ड्राइवर काला मियाँ माल लेकर बरगढ़ जा रहा था। उसी की गाड़ी में बुढ़िया बेटे को लेकर चली आयी। अस्पताल में बुढ़िया को छोड़कर काला मियाँ बरगढ़ चला गया। कह गया है कि उनके गाँव के जो एकाध साहब लोग कटक में नौकरी करते हैं, उन्हें खबर करता जाएगा। वे लोग आकर बुढ़िया की सुध लेंगे। अस्पताल में तो दवाई, खाना सब मुफ्त में मिलेगा। बुढ़िया को पैसों की क्या जरूरत है? सिर्फ गाँव लौटने-भर का किराया लगेगा माँ-बेटे का।

पोते-पोती दोनों के लिए चमकीले कागज में लिपटी मीठी-मीठी गोलियाँ और गुड़िया या एकाध पिपिहिरी ले जाने की इच्छा तो है, पर इतने पैसे कहाँ!

बुढ़िया के पल्लू में दो रुपये बँधे हैं। बस उतना ही। कुछ न ले गयी तो बच्चे रूठ जाएँगे। आते समय दोनों दादी के साथ कटक आने के लिए खूब जिद करके रो रहे थे। ''हम लोग कटक जाएँगे, मोटर-गाड़ी में बैठेंगे...'' चिल्लाते हुए कुछ दूर तक ट्रक के पीछे-पीछे दौड़े थे। नौ साल का पोता बड़ा शैतान है। बड़ा चुस्त भी है! सात साल की पोती सुस्त है, इतनी कि छूते ही गिर जाए। ट्रक के पीछे दौड़ते समय पोता उसे पछाड़कर आगे चला आया था, इसलिए जोर से दौड़ते-दौड़ते पछाड़ खाकर मुँह के बल गिर पड़ी थी। होठ फटकर लहूलुहान! रोते समय साँस नहीं लौट रही थी...। बहू भी सीधी-सादी, भोली-भाली है। बच्ची को उठाकर समझाना तो दूर, खुद डबडबायी आँखों से ट्रक की ओर ताकती रही। सही-सलामत आदमी को कटक क्यों ले जा रहे हैं, कुछ समझ नहीं पा रही थी। ''तेरे लिए लेमनचूस, गुड़िया लाऊँगी'' कहकर बुढ़िया के ट्रक से चिल्लाकर कहते-कहते ट्रक रास्ते की मोड़ मुड़ गया। दोनों बच्चों का मुँह फिर दिखाई नहीं दिया। काफी दूर तक बुढ़िया का मन भीतर-ही-भीतर मथता रहा। बुढ़िया को छोड़कर पल-भर भी नहीं रह सकते दोनों बच्चे। घर में चावल भी नहीं था। कितना हाथ पसारेंगे दूसरों के घर में! आज माँ-बच्चे तीनों उपासे न होंगे! हमारे लौटने की राह देख रहे होंगे...।

बुढ़िया का पेट भी भूख से उमेठ रहा है। हर रोज आधा पेट...कल रात से निर्जला उपास। बेटा आधे दिन की मजूरी करके चावल खरीदकर घर लौटता...। छोड़ो...।

यहाँ रोगी को ही खाना मिलता है, रोगी के माँ-बाप, सगे-सम्बन्धियों को नहीं मिलता। उसका बेटा तो इस तरह सो रहा है कि कोई शोर-शब्द नहीं। आज दोपहर सभी रोगियों को भात, दाल, तरकारी, दूध दिया गया। अच्छे रसोइये हैं इस बड़े अस्पताल में। बुढ़िया ने चखा नहीं तो क्या, खाने की महक से जान गयी है। बेटे को कितना हिलाया-डुलाया, उसने कोई जवाब नहीं दिया। होश में आता तो बेटे को भी भात-तरकारी मिलता। बुढ़िया भी मूठी-भर खा लेती। बुढ़िया ने सोचा, कहेगी, 'बेटे का हिस्सा तो है, वह सो रहा है तो क्या उसका हिस्सा डूब जाएगा? वह नहीं खाएगा तो उसकी माँ खाएगी।' फिर झेंप गयी। कहीं परिचर लोग झट मना न कर दें! इतने अभाव में भी आज तक बुढ़िया ने पेट की ज्वाला से किसी के आगे हाथ नहीं पसारा, आज शहर आकर नाम रखाएगी! बेटा के उठने पर उसका सिर झुक जाएगा। बोलेगा, ''तूने ही ना बचपन में सिखाया था 'माँगकर मत खाना, कमाकर खाना।' एक दिन सो गया तो तूने भीख माँगी? मुफ्त का खाया?'' गाँव के लोग भी आकर सुनेंगे। यह बात गाँव-भर में फैल जाएगी कि बुढ़िया कटक में भीख माँगकर खा रही है। फिर क्या मुँह रह जाएगा।

गाँव के लोगों के दर्शन नहीं। काला मियाँ ने खबर दी या नहीं, भगवान जाने। बहुत हड़बड़ी में था। बुढ़िया मन-ही-मन चिन्तित हो उठी।

बेटे के हाथों में कुछ हरकत हुई। पहले की अपेक्षा जोर-जोर से साँसें ले रहा है। सीना जल्दी-जल्दी उठ-गिर रहा है। होश लौट जो रहा है!

नर्स दीदी जाते-जाते उसके पास रुक गयी। ध्यान से देखा बेटे की ओर। दौड़कर गयी और इंजेक्शन लाकर बेटे की बाँह में भोंक दिया। दो सफेद कपड़े पहने साहब बेटे के पँजरे की हड्डियों को पूरी ताकत से दबाने लगे। अरे! जिन्दा आदमी की छाती इतनी जोर-जोर से दबाने से जान नहीं निकल जाएगी? अस्पताल में क्या इसी तरह होश में लाते हैं, इतनी निर्दयता से? क्या इसी के लिए वह बेटे को इतनी दूर लेकर आयी है?

बुढ़िया ने चिढ़ते हुए कहा, ''बाबूजी, आप लोग जिस तरह उसकी छाती पर चढ़कर दबा रहे हैं, उसकी पँजरे की हड्डियाँ टूट नहीं जाएँगी? वह तो किसी काम का नहीं रहेगा...पाँच प्राणियों का परिवार बर्बाद हो जाएगा...जरा सोच-समझकर करिए ना? सो रहे आदमी को सोने भी नहीं देते...!''

वे लोग वहाँ से चले गये। कहीं बुढ़िया की बात का बुरा तो नहीं मान गये। मानने दो, आँखों के सामने बेटे की दुर्दशा मुँह बन्द किये कैसे सह सकती है भला...!

बेटे में अब कोई हरकत नहीं थी। नर्स दीदी पैर से लेकर सिर तक एक सफेद चादर ओढ़ा गयी। पास की खाट के रोगी, उनके सगे-सम्बन्धी, कछुए की तरह मुँह निकालकर उसी के बेटे की ओर देख रहे थे। मानो कोई खास बात हुई हो। साफ चादर पर सबकी आँखें टिकी हैं। गरीब हुआ तो क्या चादर ओढ़ना भी मना है? सरकार ने दया करके दी, तुम्हारी जेब से खर्च होने-सा खुसुर-फुसुर क्यों कर रहे हो? क्यों ताक रहे हो मेरे बेटे की ओर एकटक? क्या वह चादर साथ लिये जा रहा है? किसी का एक पैसा तक लेना उसकी जन्म-पत्री में नहीं है। जाते समय अस्पताल में चादर सँभलवाकर ही जाएगा...।

नर्स दीदी बड़ी फुर्तीली है, छन्-छन् चलेगी मानो विवाह मण्डप से दूल्हा उठ गया है, जल्दबाजी में मुँह पर चादर भी डाल गयी। साँस रुक नहीं जाएगी! बचपन से माघ के जाड़े में भी उसका बेटा सिर ढककर नहीं सोता। बोलेगा, ''सोते में कहीं साँस बन्द होकर प्राणपखेरू न उड़ जाएँ।'' जिस दिन मरेगा, होश-ओ-हवास में रहकर सबको कह देगा, समझाकर मरेगा। बड़ा डरपोक है, कम अपशकुनी भी नहीं। बुढ़िया ने बेटे के चेहरे से चादर हटा दी। बेटे का बदन ठण्डा हो चला था, शायद गर्माहट कम होने लगी है, अब कैसी चिन्ता!

नर्स दीदी आयी। बड़ा-सा मुँह बनाकर बोली, ''मौसी! यहाँ तुम्हारे कौन लोग हैं, उन्हें खबर कर दो...।''

बुढ़िया कुछ समझ नहीं पायी। बोली, "मेरा तो यहाँ कोई भी नहीं है, बेटी। जो भी हैं सब पराये हैं। बेटे की तबीयत खराब होने की खबर पाकर भी अभी तक कोई नहीं आया। क्या खबर भिजवाऊँ उन्हें? उनका पता भी मैं नहीं जानती। कैसी खबर, मुझे क्यों नहीं बताती?"

नर्स दीदी ने पूछा, "तो तुम्हारा यहाँ कोई नहीं है? और गाँव में...?"

"गाँव में भला कौन है जिसे खबर भिजवाऊँ, बहू तो कुछ जानती नहीं...बच्चे दोनों तो नामसझ हैं, यही तो मेरा इकलौता कमाऊ पूत है...।" बुढ़िया ने बेटे को फिर अति स्नेह ने सहलाया। मन-ही-मन सोचने लगी- अहा; बचपन से कितना कष्ट सहा है बेचारे ने, एक दिन भी अच्छा नहीं खाया, अच्छा नहीं पहना। भगवान ने उसे जरा आराम भी नहीं करने दिया जीवन में...कितना खटेगा एक आदमी!

नर्स दीदी ने कहा, "तुम्हारे पास पैसे हैं?"

"हुँह, क्या खाली हाथ बेटे को लेकर आयी हूँ? ये देखो, दो रुपये हैं, यहाँ दवाई वगैरह तो सब मुफ्त में मिलता है। लो, ले जाओ यदि जरूरत हो!" बुढ़िया अति आग्रह से पल्ले से नोट खोलने लगी। नर्स ने घबराकर कहा, "रखो, रखो, मैं भला क्या करूँगी रुपये? तुम्हारे लिए ही कह रही थी..."

"मेरे लिए?"

"हाँ, इसे अब गाँव क्यों ले जाओगी?" नर्स दीदी कुछ घबरायी। बुढ़िया के भौचक चेहरे को देख, चेहरा कड़ा करके नर्स ने कहा, "यदि तुम्हारे पास रुपया-पैसा नहीं है, यहाँ अपना कोई आदमी भी नहीं है, तो तुम अकेली बुढ़िया इस शहर-बाजार में कैसे क्या करोगी?"

बुढ़िया ने अपनी बात जोर देकर कही, "अकेली बुढ़िया बेटे को लेकर गाँव से कटक आ सकती है, गाँव लौट क्यों नहीं सकती? इसकी नींद खुलने पर चली जाएगी, न आएँ गाँव के लोग, किस दिन मेरी मदद को आये थे जो आज उन्हें ढूँढ़ूँ? इसकी नींद खुल जाए तो मैं शहर-बाजार की परवाह नहीं करती...।"

"तुम्हारा बेटा अब नहीं रहा मौसी!" नर्स दीदी ने इस बार साफ-साफ कह दिया, "नाहक गाँव क्यों ले जाओगी, यहीं दाह कर जाओ। तुम्हारे पास पैसे तो हैं नहीं, सरकारी लोग मुर्दा उठा ले जाएँगे...।"

बुढ़िया पहले न समझ पाने-सी बड़ी-बड़ी आँखें फाड़े नर्स दीदी की ओर ताकती रही। उसके बाद फूट-फूटकर रोने लगी। बेटे को पकड़कर लोट गयी। चादर खींचकर बेटे के सुन्न, शिथिल देह को पैर से सिर तक, सिर से पैर तक दोनों हाथों से सहलाने लगी, उसके पथराये चेहरे को पागलों-सी चूमते हुए आँसुओं और लार से भर दिया। बेटे के मुँह से मुँह लगाकर, बेटे के मुड़े

हुए सिर से सिर टकराकर विकल रुलाई के बीच जीवन-भर के रोये अतीत को दोहरा गयी। बेटे के धूल में खेलने से लेकर दैव के निष्ठुर खेल तक कितनी हँसी-रुलाई, भूख, दुःख की स्मृतियों को आँसुओं में मिलाकर उगलने लगी। जमीन को खरोंचने लगी। फिर ढाँय-ढाँय करके फर्श पर सिर पटकने लगी। फर्श की धूल लेकर बेटे के बदन और सिर पर लगाकर पागलों-सी गुहार मारने लगी, "ऐ तैंतीस करोड़ देवताओ! जो जहाँ कहीं भी हो, सुनो, मेरे बेटे के शरीर में जान लौटा दो...धन-दौलत नहीं माँगती, घर-द्वार नहीं माँगती, रुपया-पैसा नहीं माँगती, बस थोड़ी-सी हवा-मेरे बेटे की साँसें लौटा दो..."

रोगी, रोगियों के सगे-सम्बन्धी बुढ़िया के पुत्र-शोक से अभिभूत हो उठे थे और उनकी आँखें छलछला आयी थीं। सबके हृदय में शोक की रागिनी बज उठी थी, 'बिचारी-च्च-च्च-बिचारी बुढ़िया...कितनी दुखियारी है' ऐसे भाव खिल उठे थे चेहरों पर, आँखों में। सभी बुढ़िया की ओर देख रहे थे।

काफी देर तक रोते-बिलखते बुढ़िया थक गयी। बिलखने का स्वर बदलने लगा। अब हृदय के असह्य शोक क्षोभ में बदल गये। बुढ़िया ने कोसा, गरियाया-दगाबाज अल्पायु बेटे के बाप को, पति के हत्यारे जेठ को, बाप से भी अधिक निष्ठुर गलाकाट, धोखेबाज बेटे को। फिर कोसा, गरियाया जीवन-मृत्यु की चाबी पकड़े दैव-विधाता को, गाँव वालों को, घर का छप्पर छा रहे दूसरे मजदूरों को, मालिक को, काला मियाँ, डॉक्टर, नर्स, परिचर और उसकी ओर देख रहे रोगियों को। बुढ़िया की पसलियाँ, आँत-पित्त, मांस-चर्म सारी सत्ता क्षोभ के झोंके से दहल उठे थे। अविराम वाक्यों में. क्रोधित लय में बुढ़िया सबको शाप देती जा रही थी।

"तुझे, तीनों लोक में ठौर न मिले रे अल्पायु मनुआ के बप्पा! यदि आधी उम्र में ही जाने के लिए आया था तो बाजे-गाजे आतिशबाजी के साथ शादी क्यों की थी रे? मर्दानगी दिखा रहा था रे निरबंसिया? मेरे हाथ की चूड़ियाँ फुड़वाकर तेरा जी नहीं भरा था, जो गलाकाट, दगाबाज शैतान को (मनुआ को) मेरे पास छोड़कर चला गया रे अविश्वासी! बाप से बेटा दो कदम आगे ही निकला गलाकाट, माँ का गला काटकर तुझे क्या मिला रे मनुआ दगाबाज! अपना पेट काट-काटकर तुझे खिलाकर इसीलिए इतना बड़ा किया था क्या रे शैतान! मेरे बेटे को खाकर तुझे क्या मिला रे राँड़ घर की लड़की (बहू)...अब तो तेरा पेट भर गया होगा खसमखौनी, भाई का खून पीकर तेरा कलेजा जुड़ा गया रे छातीफटा, तेरे सिर पर बिजली गिरे रे मेरे आदमी के हत्यारे (जेठ), सुबह-सुबह यमदूत बनकर घर का छप्पर छवाने बुलवा लिया रे किरहे मालिक, मेरे बेटे को सूली पर चढ़ा दिया रे कोढ़िया, लूले-लँगड़े मजूरो, ट्रक में लादकर कसाईखाने में डाल गया रे पठान, रास्ते में गिरकर छटपटाकर मरेगा रे पठान,

ज्ञान की बड़ाई कभी नहीं टिकी रे अधबुढ़िया, बाजारों में घूमने वाली साहब-घर की दिदिया, काल के मुँह की बात फला गयी, तेरे मुँह में कीड़े पड़ें रे दिदिया, जिस हाथ से मेरे बेटे को मारा वे हाथ टूटकर गिर जाएँ रे मुँहझौंसे डॉक्टरो, मेरा वंश डुबोया है, तेरा पूरा वंश डूब जाए रे कुलक्षणी नर्स दीदी, हैजा से मरो रे आँखें फाड़े इधर देखने वालो, तुम्हारे घरों से भी अरथी उठेगी रे करमजलो, तेरी पृथ्वी रसातल में चली जाए रे दैव-विधाता, तुझे पूजने वाला कोई भी न बचे रे दैव-विधाता...।''

क्षण-क्षण शोक का स्वर, शोक की भाषा बदलती जाती...कभी नरम, कभी कठोर, कभी अश्लील...देखने वाले स्तब्ध हो सुनते रहे, सोचते रहे, शोक के इतने सुर! इतनी भाषाएँ!! इतने राग और लय!!!

शोक का स्वर अब अलग है। असहाय करुणा से जननी के हृदय का अभिमान झर रहा है-''जा, जहाँ सुख से रहेगा, निश्चिन्त हो सोएगा, बेरोकटोक डोलता फिरेगा, वहीं जा। बुढ़िया माँ मरती रहे, परेशान होती रहे, दुनिया-भर के कष्ट झेलती रहे, तुझे उससे क्या! बुढ़िया की कमर की हालत तो देखता है रे मनुआ...तीन प्राणियों को मेरे गले में बाँध जाने का विवेक कहाँ से मिला? बाप-बेटे दोनों कामचोर हैं, निकम्मे हैं, दुनियादारी के बोझ से इतना डर! औरतों में अधिक बल देखा! गृहस्थी बनायी किसलिए? जा-जा, जब तूने मेरे बारे में ही नहीं सोचा, मैं क्यों सोचूँ तेरे बारे में? इस दुनिया में कौन किसका है? सब माया है, सब धोखा है, झूठ है, फरेब है!!''

बुढ़िया अपने आप शान्त हो गयी। उसने खुद ही खुद को समझाया। बेटे की ओर से मुँह फेरकर दरवाजे से बाहर अँधेरे को थकी-माँदी-सी ताकती रही, मानो कुछ भी न सोच रही हो, या फिर सोच की बोझ से जड़ बन गयी है। बुढ़िया उसी तरह काफी देर तक बैठी किसी सोच में डूब गयी। बुढ़िया के शोक का उच्छ्वास कम हो जाने पर नर्स आयी। दो परिचर आये। नर्स ने कहा, ''मौसी, अब छोड़ो। ये लोग लाश उठा ले जाएँगे। जिन्दा रोगियों के बीच लाश रात-भर नहीं पड़ी रहेगी। बेटे का दाह हो जाएगा। तुम चिन्ता मत करो।''

बुढ़िया ने चौंककर देखा। कातर स्वर में बोली, ''मेरे पास तो सिर्फ दो ही रुपये हैं, उतने में।...'' बुढ़िया भुक-भुकाकर रो पड़ी। नर्स ने सान्त्वना देते हुए कहा, ''रुपये नहीं चाहिए, मौसी! मुफ्त में दाह हो जाएगा...''

''अब देर मत करो, लाश उठवाने का इन्तजाम करो।'' नर्स चली गयी। दोनों परिचर लाश के पास झुककर धीरे से बोले, ''जितने रुपये हैं, दे दे मौसी, बिल्कुल मुफ्त में कैसे होगा काम!''

बुढ़िया ने आग्रहपूर्वक पल्लू से दो रुपये खोलकर उनकी ओर बढ़ा दिये।

मन में जरा भी कंजूसी नहीं है। जिसने जीते-जी कभी किसी का ऋण नहीं रखा, मरने के बाद क्यों उसे ऋणी बनाएगी जीते-जी बुढ़िया माँ...। मुफ्त में क्यों लाश उठाएँगे दूसरे लोग...!

अन्तिम बार बुढ़िया ने मरे हुए बेटे को सहलाया। विदाई चुम्बन के प्लावन से हृदय का समस्त वात्सल्य, असहाय मातृत्व की समस्त निचुड़ी हुई करुणा बहा गयी। विडम्बनापूर्ण आशीर्वचन बहा गयी, "जा, इस पार का सुख तो जान नहीं पाया, उस पार ही सुख से रह, निश्चिन्त रह..."

परिचरों ने लाश उठाने को हाथ बढ़ाया। झुककर कहा, "मौसी! छोड़-छोड़...रात हो रही है। मिट्टी के पिण्ड से अब कैसा मोह?"

बुढ़िया ने खूब धीरे, खूब सँभालकर बेटे का शरीर, सिर सहलाया, बेटे की मजबूत अधखुली सुन्न हथेली को अपनी थुलथुली नस-भरी हथेली से पकड़कर हृदय के बाकी बचे कोमल, करुण, आवेग को बहाकर खुद को झाड़-झूड़कर खोखला कर दिया।

परिचरों ने पैर-सिर से लाश को उठाकर पकड़ा। बुढ़िया ने उसी तरह बेटे की उँगलियों में अपनी उँगलियाँ उलझा ली थीं, मानो जकड़ गयी हों। बेटे और बुढ़िया की उँगलियों के बीच बेटे की वही अतिप्रिय अँगूठी बुढ़िया को छुल गयी। सहसा होश आने-सा बुढ़िया ने बेटे की कड़ी उँगली से चिपी हुई चाँदी की अँगूठी खींच-खाँचकर काफी कष्ट से निकाल लेने की जी-जान से कोशिश की। दोनों परिचरों की निगाह भी उसी चाँदी की अँगूठी पर थी, "छिः! बुढ़िया कितनी लालची है! मरे हुए बेटे की उँगली से..." बुढ़िया को उनकी प्रतिक्रिया की परवाह नहीं है। अन्त में बुढ़िया वह अँगूठी जोर से खींचकर बेटे की उँगली से उतार लायी।

दूसरे के शोक से अभिभूत देखने वाले विस्मय से तटस्थ हैं। उनके मन में संवेदना के बदले एक घृणा भरी भर्त्सना है-"छिः छिः! बड़े नीच लोग हैं...माँ है या पत्थर...।"

परिचर लाश उठा ले गये।

"मेरे मनुआ को कहाँ ले जा रहे हो रे करमजलो, तुम्हें धर्म नहीं सहेगा रे छाती फटे।" बिन बेटे की माँ दहाड़ें मार-मारकर बिलखती हुई उठकर लाश के पीछे-पीछे अस्पताल का फाटक लाँघ रास्ते में कुछ दूर तक दौड़ गयी। विधवा जननी के शोक के स्वर से पेड़-पत्ते, आकाश, पृथ्वी स्तब्ध रह गये। चहुँओर अँधेरा घिर आया। अँधेरे में अब बेटा नहीं दिख रहा था। सिर्फ बेटे की उँगली की चाँदी की अँगूठी बुढ़िया के हाथ की मुट्ठी में चमक रही थी।

बुढ़िया अँगूठी को अति सावधानी से तार-तार हुए पल्लू में सात परत करके गाँठ बाँधते हुए बेटे की वापसी राह की ओर एकटक ताकती खड़ी रही। कितना अन्धकार था!

वार्धक्य भत्ता

पूरा मकान किराये पर चढ़ा है। मकान से सटकर बाथरूम-जुड़ा एक लम्बा कमरा है। उतने में ही मकान-मालिक सेवा-निवृत्त अध्यापक अखिलमोहन और उनकी पत्नी रमारानी रहते हैं। मकान को दो मंजिला बनाने की योजना शायद कभी रही होगी। आज वह बात नहीं रही। जरूरत भी क्या है? तीनों लड़के पढ़-लिखकर विदेश में रहने लगे हैं। विदेश यानी कि देश से बाहर, समुद्र पार। अति उपयुक्त लोग ही विदेशों में रह जाते हैं, फिर अपना देश उनके लिए उपयुक्त नहीं रह जाता। वे लोग दूसरे देश के लिए उपयुक्त हो जाते हैं। उन्नत लोग उन्नत देश में ही शोभा पाते हैं, देश की उन्नति फिर उन्हें शोभा नहीं देती।

यह बात जानते थे अध्यापक अखिलमोहन। इसीलिए अपनी आय की सीमा में उन्होंने एक छोटा-सा मकान बनवाया था। रमारानी को इस बात का पता नहीं था, इसलिए मकान बनाने से लेकर अब तक वे मकान के बारे में अपना असन्तोष प्रकट करके चिक्-चिक् करती रहतीं, "बच्चे छोटे हैं। एक ही कमरे में सो जाते हैं। कुछ दिनों के बाद वे लोग बड़े हो जाएँगे। लक्ष्मी-सी बहुएँ आएँगी। कभी-कभी जवाँई भी आएँगे। कुछ दिन तो जरूर रहेंगे। तब क्या करेंगे? छत पर सोएँगे?"

अखिलमोहन निश्छल मुस्कुराहट बिखेरते हुए स्वभाव-सुलभ शान्त स्वर में कहा करते, "तुम्हारे सिवा कोई नहीं रहेगा इस मकान में। यह मकान तुम्हारा है। बच्चे कहाँ-कहाँ रहेंगे, कौन कह सकता है। वे जहाँ रहेंगे वहीं मकान बनवाएँगे। ठीक तुम्हारी तरह। शहर में मकान बनवाने के बाद तुम कितने दिन गाँव में जाकर रहती हो?"

रमारानी बड़े आत्मविश्वास से कहतीं, "देख लेना, कोई कहीं भी रहे, कितना ही बड़ा मकान बनवा ले, सभी यहीं आएँगे, मेरे हाथ का बना खाना खाने के लिए। खाने के बाद मेरे पल्लू से मुँह पोंछे बिना उन्हें तृप्ति नहीं मिलेगी। अपने बच्चों को मैं नहीं जानती? मैं उनकी माँ जो हूँ..." 'माँ' शब्द को गर्व

और गौरव के साथ कुछ लम्बा तानकर कहतीं रमारानी, जिसका अर्थ होता ''तुम बाप हो, माँ होने का महत्त्व कैसे समझोगे? भला इस जीवन में तुम कभी माँ होने का सौभाग्य पाओगे? माँ बनना सात जन्मों की तपस्या का फल है।''

अखिलमोहन रमारानी के मातृत्व के गहरे विश्वास को तोड़कर चूर-चूर नहीं करना चाहते। बेचारी! पति की सीमित आय के अपर्याप्त बजट में चार-चार बच्चों को कितनी मुश्किल से पाल-पोसकर बड़ा कर रही है, यह बात वह अच्छी तरह जानते हैं। जितने दिनों तक आत्म-सुख में डूबी रहती है, डूबी रहे। क्या वह जानती है कि सभी माताओं में एक दिन इसी तरह अपने बच्चों पर उस जैसा अखण्ड अधिकार व अगाध विश्वास होता है और वह अधिकार एक दिन किसी और नारी के हाथ में चला जाता है। उस विश्वास के घरौंदे को समय और सभ्यता की धारा अपनी चपेट में लेकर निश्चिह्न जो कर देती है!

एक दिन वाकई वह विश्वास टूट गया रमारानी का, मानो सभी माताओं का अपने योग्य बेटों पर से विश्वास टूट जाता है। उसी के बाद से पूरा मकान किराये पर चढ़ा दिया था रमारानी ने।

लेकिन अन्त तक आशा थी कि कोई न कोई बेटा लम्बी छुट्टी लेकर आएगा, काफी दिनों तक रहेगा। बेटी अपने पति के साथ विदेश की नागरिक होकर रहने लगी थी। दोनों बेटे जर्मनी और अमेरिका की विदेशी लड़कियों से शादी करके वहीं घर बसा चुके थे।

परन्तु बेटों ने विवाह का सन्देश भेजने में लापरवाही नहीं की थी। बड़े बेटे ने विवाह से ठीक पहले, छोटे ने विवाह के तुरन्त बाद। तब तक रमारानी मन ही मन एक सौ एक लड़कियों को अपने बेटों से तुलना करके नापसन्द कर चुकी थीं। अखिलमोहन शुरू से ही सांसारिक जिम्मेवारियों से बचने में माहिर रहे हैं। उन्होंने चैन भरी साँस लेते हुए कहा, ''चलो, एक चिन्ता मिटी। तुम जैसी लड़कियाँ ढूँढ़ रही थीं, लगता था लड़के कहीं कुँवारे ही न रह जाएँ। देखना, लड़कों ने तुम्हारे मन मुताबिक लड़कियाँ चुनी होंगी। आखिर लड़के किसके हैं! उनके चुनाव में गलती नहीं हो सकती।''

तब भी रमारानी मातृत्व का अहंकार छोड़ने वाली नहीं थीं। उन्होंने खुद को बहुत सँभाला था। मन को दिलासा देते हुए बोलीं, ''क्यों नहीं, वे मेरे बेटे हैं। खून को पानी करके मैंने उन्हें आदमी बनाया है। मेरे बेटों ने कभी कोई बड़ी गलती नहीं की। आज इसे भी उनकी गलती कौन कहेगा? जैसा देश, वैसा वेश। हमारी इण्डियन लड़कियाँ कितना ही क्यों न पढ़-लिख लें, कितना ही आधुनिक क्यों न बन जाएँ, ये लोग भला मेरे बेटों की प्रगतिशील विचारधारा के साथ ताल

मिलाकर चल सकती हैं? प्रिया को ही देखो! इंगलिश मीडियम स्कूल में पढ़ाई की। दिल्ली यूनिवर्सिटी से एम.ए. करने के बाद कनाडा से डॉक्टरेट की। फिर भी कोई बात करने पर कान में जूँ तक नहीं रेंगती उसके। कोई बात जरा जोर से कह दो तो बड़ी-बड़ी आँखें छलछला आएँगी आँसुओं से। मैंने उसे क्या कुछ नहीं सिखाया, पढ़ना-लिखना, किस गुण में वह किसी से पीछे है? पर उसमें दुनिया-भर का डर-लाज-भय-कुण्ठा भरा पड़ा है। छि:-छि:, सारी इण्डियन लड़कियाँ एक-सी हैं। चलो, लड़कों की ओर से अब मैं निश्चिन्त हो गयी।''

इतने पर भी मकान किराये पर नहीं चढ़ाया गया था। उस छोटे से मकान में सात-सात बार पोंछा लगाती थीं रमारानी। कभी तो आएँगे बेटा-बहू। जरूर आएँगे। जन्मस्थान न आने की कूवत किसमें है? दोनों बेटों के एक के बाद एक लड़का-लड़की हुए। बड़े बेटे के दो लड़के हुए। छोटे के एक बेटा, एक बेटी। चिट्ठी आयी, फोटो आया। बेटे माँ के साथ हमेशा से खुले हैं।

बड़े बेटे ने चिट्ठी लिखी, ''बहू और पोता-पोती एक साथ देखने का सौभाग्य तेरे सिवा और किसे होगा?'' छोटे बेटे ने लिखा, ''माँ, तुम्हारी बहू कहती है कि तुम एक साथ कई पार्टियाँ मिस कर चुकी हो। हमारी शादी की पार्टी, बच्चों के जन्मदिन की पार्टियाँ। इण्डिया आने पर एक साथ सारी पार्टियाँ देने की जिद कर रही है तुम्हारी बहू। नीबू का पानी पिये रहना। हम जल्दी इण्डिया आ रहे हैं।''

बेटे की चिट्ठी के उस 'जल्दी' शब्द की 'दूरी' कितनी है, यह रमारानी अपनी छोटी बुद्धि से नाप नहीं पातीं। साल-दर-साल बीतते जाते हैं। पोता-पोती की तुतली बातचीत के टेप किये हुए कैसेट्स पार्सल से आते। बहुओं की आवाज बह आती कैसेट के फीतों से, ''गुड मॉर्निंग ममि! वी आर ओ.के. हिअर। 'अभि' इज़ ऑल राइट। नेवर बॉदर फॉर हिम...'' इत्यादि। अभिजात बड़ा बेटा है। छोटी बहू का उलाहना बह आता समुद्र पार से कैसेट रिकॉर्ड के जरिये, ''आइ ब्लेम यू ममि! यू हैव स्पॉएल्ड अमि! हि इज़ सो डिपेण्डेण्ट! हाव सिलि!'' अमियकान्त छोटा लड़का है।

हँसते-हँसते लोटपोट हो जातीं रमारानी। अधिक हँसी यन्त्रणा बनकर आँखों से पानी निकाल देती है। हँसी रोकते हुए टूटे-फूटे स्वर में कहतीं, ''सुन लो, कितनी शरीर लड़कियाँ हैं। न मेल-मुलाकात, न जान-पहचान। कितने अपनत्व भरे आश्वासन हैं, और कितने उलाहने भी, और सचमुच कितनी मीठी है उनकी आवाज।''

उदार हृदय में सारे छोटे-बड़े झटके सह जाने की यह असाधारण शक्ति रमारानी में देखकर पत्नी की तारीफ मन-ही-मन करते हैं अखिलमोहन।

रमारानी दिन गिना करतीं, किसी भी दिन कोई भी बेटा आ सकता है। अभी कल ही जैसा तो लग रहा है, पलक झपकने-सा, पिछली रात के मीठे सपने-सा हाथ बढ़ाकर छू सकने-सा। लड़के जब कॉलेज हॉस्टल में रहकर पढ़ते थे, किस तरह चिट्ठियाँ लिखा करते थे, 'माँ यहाँ खाने का इन्तजाम खूब अच्छा है। पर तुम्हारे हाथ की बनी रसोई जैसा नहीं। कितना ही खाओ, तृप्ति नहीं होती, पेट नहीं भरता। कहीं कुछ कमी जो रह जाती है हॉस्टल के खाने में। माँ, यहाँ कड़ाके की ठण्ड पड़ती है। गरम कपड़े जितने हैं, सब पानी हो जाते हैं। तुम्हारे पास सोने में कितना आराम मिलता है। कितना ऊष्म लगता है। यहाँ तुम्हें ढूँढ़ने से कहाँ पाऊँगा? माँ, यहाँ बेइन्तहा गरमी पड़ती है! वाकई तुम्हारे हाथ जाड़े में जितने ऊष्म होते हैं, गरमी में उतने ही ठण्डे-स्निग्ध! तुम्हारे हाथ ऐसे कैसे हैं माँ, एयर कण्डिशन जैसे! माँ, कल तुम्हारे बारे में एक खराब सपना देखा। पढ़ाई छोड़कर भागकर तुम्हें देख आने को जी अधीर हो रहा है। पर पिताजी नाराज होंगे। किन्तु मैं पहुँच रहा हूँ, माँ! पिताजी से कह देना तुमने चिट्ठी लिखकर बुलाया था।'

सचमुच घर चले भी आते। हालाँकि बच्चों की पढ़ाई का नुकसान सोचकर उनके पिता नाराज भी होते। पर उस खीझ में भी छुपा होता कितना स्नेह, कितना आत्मसन्तोष, कितना गौरव।

रमारानी का दिन गिनना खत्म नहीं होता। अब लड़के ठण्डी जलवायु में रहकर उनके ऊष्म स्नेह का स्पर्श नहीं ढूँढ़ते। उनके खाने-पीने की रुचि बदल गयी है। माँ की रसोई का स्वाद शायद भूल चुके हैं। माँ के बारे में अब बुरे सपने भी नहीं देखते। जिन बेटों को उन्होंने योग्य सन्तान के रूप में पाला-पोसा था, उनकी आँखों में सिर्फ सुख और सपने हैं। फिर भी रमारानी उस चार कमरे के छोटे मकान को सजाती-सँवारती रहतीं दिन-रात, कभी तो आएँगे वे लोग?

वे लोग आये भी। अमियकान्त और एंजेला। पाँच साल का लड़का रिंकू और तीन साल की लड़की एनी। रमारानी ने दस बार पोंछा लगाया घर का। बैठक में ताजे फूलों का गुलदस्ता सजाया। सोने के कमरे के दरवाजे और खिड़कियों में खसखस के पर्दे लगाये ताकि विदेशी सुकुमारी बहू को धूप का धमसा न सताये। बेटे को प्रिय खाने की चीजें बनायीं। माँ-बाप किराये की टैक्सी लेकर एरोड्रॉम पहुँचे। अटपटा लगने पर भी पति के कहने पर दो पुष्प गुच्छ लिये। पहली मुलाकात में बहू को दे देना, सभ्य समाज का रिवाज है। जिस चीज से बहू को खुशी होगी, भले ही वह कितना ही अटपटा क्यों न लगे, रमारानी वह सब करने को तैयार हैं। बहू की मर्जी का ध्यान रखना ही उनका एकमात्र कर्तव्य था। विदेशी बहू को किसी भी तरह का कष्ट देना अन्याय है, जबकि उनके जमाने में सास

की मर्जी का ध्यान रखा जाता था। सब समय का फेर है। मानों मनुष्य समय का अबोध आज्ञाकारी है। मन की सहमति हो या न हो, समय का हुक्म मानना पड़ेगा।

एरोड्रॉम में उतरे अमि, एंजेला, रिंकू और एनी। बहू की सुन्दरता देख वाकई पति-पत्नी मुग्ध हो गये। रमारानी फुसफुसाकर पति से कह रही थीं, ''मैं कह नहीं रही थी कि मेरे बेटे का चुनाव गलत नहीं हो सकता।'' अखिलमोहन आनन्दित हो कह रहे थे, ''दोनों बच्चों को देखो! इतने सुन्दर केवल बहू की वजह से हैं! तुम भले ही नाराज हो जाओ, पर तुम्हारे बच्चों से जरा भी मेल नहीं खाते।'' रमारानी विह्वल हो मुस्कराते हुए कह रही थीं, ''ये लोग आखिर बच्चे किसके हैं? क्या मेरा खून नहीं है इनमें?''

एक बड़ी गाड़ी इन्तजार कर रही है सड़क के किनारे। सुसज्जित सम्भ्रान्त गाड़ी। अखिलमोहन टैक्सी करके आने की वजह से अन्दर-ही-अन्दर खूब खुश थे। उनका बेटा उनके इस कार्य की मन-ही-मन सराहना करेगा। पेट्रोल की कीमत देखते हुए कटक से भुवनेश्वर टैक्सी करके आना-जाना कोई मजाक नहीं।

किन्तु यह क्या! उनका बेटा-बहू और बच्चों के साथ उस बड़ी गाड़ी की ओर जा रहे हैं। एंजेला ने झेंपते हुए कहा, ''आप लोगों को कष्ट न देने के लिए ही यह इन्तजाम किया है। चार-चार लोगों का काम, वह भी एकाध दिन नहीं, दो सप्ताह तक, क्या कष्टदायक काम नहीं। आजकल इण्डिया में महँगाई इतनी बढ़ गयी है कि आपका इतना खर्च कराना वाकई आपके प्रति अन्याय होगा, माँ...''

अमि ने इशारे से पत्नी को चुप कराया और आतुर हो बोला, ''वह बात और है, पर एंजेला का स्किन इतना डेलिकेट है कि वातानुकूलित कमरे के बिना उसके पूरे बदन पर फुंसियाँ उभर आएँगी। बच्चे भी वैसे ही हैं, बल्कि जितने दिनों के लिए आये हैं, उतने दिनों तक स्वस्थ रहें। क्यों माँ? बीमार पड़ गये तो इण्डिया आना बेकार हो जाएगा। इसलिए होटल 'माधवी' में एक वातानुकूलित कमरे का इन्तजाम करवा लिया था।'' रमारानी ने सिर हिलाते हुए धीरे से कहा, ''जगन्नाथ की कृपा से किसी की तबीयत खराब न हो। घूम-फिरकर ठीक-ठीक वापस लौट जाओ।''

अखिलमोहन ने गम्भीर गले से सवाल किया, ''सिर्फ दो सप्ताह के लिए आया है? तूने तो लिखा था कि दो महीने के लिए आ रहा हूँ?''

''आया तो दो माह के लिए ही हूँ, पर ओड़िसा में दो सप्ताह रहूँगा। क्या ओड़िसा के दर्शनीय स्थलों को देखने के लिए दो सप्ताह काफी नहीं हैं? भारत के अन्य स्थान एंजेला और बच्चों को घुमाना होगा। इण्डिया के बारे में एंजि कुछ

नहीं जानती। वह सोचती है इण्डिया में सिर्फ जंगल, साधु, भिखारी, साँप, डायन और वनमानुष रहते हैं। इसके अलावा दोनों बच्चों को भी अपने पूर्वजों की घर-देहरी के बारे में बहुत कुछ सन्तोषजनक धारणा बनाना भी आवश्यक है। आखिर मिट्टी है तो माँ ही...''

अखिलमोहन ने सिर हिलाते हुए कहा, ''गुड! अपनी मातृभूमि के बारे में उनके मन में सम्मानबोध जगाना बहुत जरूरी है। मातृभूमि के लिए माँ का बलिदान भी किया जा सकता है, यह बात आजकल के कितने लड़के समझते हैं?''

अमियकान्त अपनी प्रशंसा सुनकर मुस्कुरा रहा था। प्रवीण अध्यापक पिता ने उसकी बात का समर्थन किया है, यह कम बड़ी बात नहीं।

दोनों कारें अलग-अलग दिशाओं में चल पड़ीं-बेटा-बहू होटल... अखिलमोहन-रमारानी खाली मकान की ओर।

ओडिसा में दो सप्ताह रहने के दौरान बहू-बेटे को चार बार गार्डन पार्टी दी थी अखिलमोहन और रमारानी ने, क्योंकि उस छोटे-से मकान में एंजेला को कष्ट हो, यह वे लोग नहीं चाहते थे। इसके अलावा एंजेला को दिखाने लायक वैभव था ही क्या उस मकान में।

माँ के हाथ की बनी सारी चीजें परम तृप्ति से खायी थीं अमियकान्त ने। खाने के बाद माँ के पल्लू से मुँह पोंछ रहा था। एंजेला ने धीरे से कहा, ''दिस् इज़ अन हाइजिनिक्, अमु!''

''सॉरी''-कहकर अमियकान्त ने माँ का पल्लू छोड़ दिया था। रमारानी सोच रही थीं, कुछ भी हो, उनकी बहू उनके बेटे के स्वास्थ्य के प्रति काफी सजग है। इससे तो उन्हें खुश होना चाहिए।

रिंकू और एनी को अधिकतर माँ के पास छोड़कर अमियकान्त और एंजेला ने पूरा ओडिसा घूमा था। लौटने से पहले अमियकान्त ने कहा था, ''आप दोनों हमारे पास चले आइए, नाहक यहाँ क्यों पड़े रहेंगे? भैया भी यही कहते हैं। कुछ दिन मेरे पास, कुछ दिन उनके पास। बहुत आराम है उन देशों में। जीवन-भर कम मेहनत नहीं की आप लोगों ने।''

रमारानी ने विस्मय भरी आवाज़ में पूछा, ''घर-द्वार किसे दे जाएँगे?''

''घर-द्वार?'' ऊँची आवाज में हँसा अमियकान्त। मधुर आवाज में कहा था उसने, ''माँ, तुम्हें कम-से-कम एक बार तो देख ही आना चाहिए मेरा फ्लैट। तब जाकर कहीं समझोगी कि तुमने कैसा आदमी बनाया है। क्या तुम अपने बेटे की करामात नहीं देखोगी?''

रमारानी ने सहज रूप से जवाब दिया था, ''भगवान तुम लोगों को ठीक

से रखे। मेरे देखने न देखने में क्या रखा है? बस, ऊपरवाला देखता रहे। पर बेटे! देख तो रहा है न, घर-द्वार, पेड़, बाड़ी सब किस तरह मुस्करा रहे हैं। बिना आदमी के भला ये सब जी सकेंगे? नीबू के पेड़ में फूल-ही-फूल भरे हैं, केले का घौंद निकला है, असंख्य सहजन लगे हैं, फूलों के पौधों पर कलियाँ भरी पड़ी हैं-इन सबको छोड़कर कैसे रहूँगी, बता?''

एंजेला पति से कह रही थी, ''ठीक है अमि! किसी की स्वाधीनता पर अंकुश लगाना अच्छा नहीं। ये लोग अपने घर में रहें। हमेशा के लिए हमारे घर में रहना इन्हें अच्छा नहीं लगेगा। किन्तु तुम्हारे देश में जब सरकार की ओर से 'वार्धक्य भत्ता' की कोई व्यवस्था नहीं है, तो तुम्हें कम-से-कम हर महीने इनके लिए कुछ वार्धक्य भत्ते का इन्तजाम करना चाहिए। इन लोगों ने तो काफी समय तक तुम्हारे लिए रुपये खर्च किये हैं। मुझे लगता है, पिताजी की आर्थिक हालत इन दिनों अच्छी नहीं है।''

अमि ने कुण्ठा और लज्जा से धीरे से कहा, ''एंजी! तुम्हारी लेंगुएज हमारे देश से मेल नहीं खा रही है। 'वार्धक्य भत्ता' शब्द यहाँ अति कटु शब्द है।''

अखिलमोहन ने बात चलती-फिरती करने के लिए कहा था, ''मैं हमेशा से भाषा से अधिक भाव पर जोर देता आया हूँ। बहू की बात का भावार्थ मैं समझ गया हूँ। वह हमारी मदद करना चाहती है। मैंने तुम पर जो रुपये खर्च किये हैं, उनका हिसाब-किताब निपटाना चाहती है। उसे क्या मालूम कि हमारे देश में बाप-बेटे में व्यावसायिक सम्बन्ध किसी सूरत में नहीं होता।''

रमारानी आँखों में आँसू भरे अवाक् हो सुन रही थीं सारी बातें। एक लम्बी साँस छोड़ते हुए बोलीं, ''भगवान की कृपा से हमें किसी तरह की कमी नहीं है। हमारा गुजारा हो जाता है। तुम लोग अच्छी तरह रहो। इसी में हमारी खुशी है, आनन्द है।''

विदा लेकर जाने से एक दिन पहले एंजेला ने एक लिफ़ाफा सास की ओर बढ़ाते हुए कहा था, ''यहाँ का चार्ज मैं नहीं जानती। देख लीजिए, ठीक तो है?''

लिफाफे में कुछ रुपये देखकर रमारानी ने कहा, ''ये किस बारे में कह रही हो? ये रुपये किसलिए हैं?''

एंजेला ने सहज रूप से कहा, ''आपने बच्चों को इतने दिनों तक रखा था। उसी के हैं...'बेबी सीटर' चार्ज...।''

रमारानी निश्चल प्रतिमा-सी खड़ी थीं। वे क्या जवाब दें?

अमियकान्त ने सहसा पहुँचकर कहा, ''यह क्या कर रही हो एंजी! हमारे देश में यह सब नहीं चलता...।'' माँ को यह बात समझाने के लिए अमियकान्त

ने कहा, ''बुरा मत मानना माँ, एंजी किसी खराब मायने में पैसे नहीं दे रही है। उसके देश में यही रिवाज है। हर काम का हिसाब-किताब करना पड़ता है, बच्चे बड़े हो जाने पर माँ-बाप के साथ व्यावसायिक सम्बन्ध हो जाता है। बल्कि वहाँ यह सब न करना अभद्रता है।''

रमारानी ने लम्बी साँस छोड़ते हुए कहा, ''अच्छी बात है। हमारे देश के रिवाज में पोता-पोती के हाथों में कुछ रखा जाता है। वह और कुछ नहीं, स्नेह प्रकट करना है।'' रमारानी ने रुपये का लिफाफा रिंकू के हाथ में पकड़ा दिया।

वे लोग लौट गये। उनके जाते ही सिर्फ एक कमरा छोड़कर पूरा मकान किराये पर चढ़ा दिया अखिलमोहन ने। उनके इस छोटे-से मकान में वातानुकूलन की व्यवस्था नहीं है। बेटे जब भी आएँगे यहाँ नहीं टिकेंगे। शहर में कई सम्भ्रान्त होटल खुल गये हैं। टूरिस्टों के लिए होटल में अच्छी व्यवस्था है। उनके बेटे टूरिस्ट नहीं तो और क्या हैं?

मकान किराये पर चढ़ गया। किरायेदार कोई केरल के सज्जन हैं। रमारानी का लम्बे समय से शान्त मकान बच्चे की किलकारी से गूँज उठा। रमारानी को सूरज में अभि, अमि और प्रिया दिखाई देते थे। सूरज की मुस्कान, तुतली बातें, ठुकुर-ठुकुर चलना, शरारत करना, सबकुछ मानो उनके बच्चों का हू-ब-हू प्रतिबिम्ब है।

सूरज की माँ कोई शिक्षित 'आया' ढूँढ़ रही थी। उसके फिर बच्चा होनेवाला था। पति-पत्नी के तौर-तरीके विदेशी थे। व्यवहार, बातचीत, अदब-कायदा लाजवाब था। किन्तु ओडिसा में शिक्षित आया मिलना आसान नहीं। दो महीने के अन्दर तीन आया नियुक्त हुईं और उन्हें अनुपयुक्त पाकर कुछ-कुछ दिनों में हटा दिया मिसेज वर्गीज ने। अब सूरज को सँभालना उसके वश का नहीं। प्रसव का समय करीब था। उधर मनचाही आया मिलना असम्भव लग रहा था। सूरज के लिए लगातार एक आदमी का होना आवश्यक था।

रमारानी ने सूरज को सँभाल लिया। मिसेज वर्गीज को सान्त्वना देते हुए बोलीं, ''देखो वैजयन्ती, तुम मेरी बेटी की उम्र की हो। सूरज मेरा नाती है। उसके लिए कैसी चिन्ता? तुम्हें जब तक अच्छी आया नहीं मिलती है तब तक सूरज की जिम्मेदारी मेरी है। जब तक तुम अस्पताल में रहोगी, सूरज मेरे पास रहेगा। उसे कोई दिक्कत नहीं होगी। मुझसे अच्छी शिक्षित आया तुम्हें नहीं मिलेगी? समझीं? तीन-तीन बच्चों को मैंने पाल-पोसकर बड़ा किया है। अब सभी विदेश में प्रतिष्ठित नागरिक हैं। मेरी दक्षता समझ गयीं न?'' रमारानी ने आत्मप्रशंसा-भरी मुस्कान छोड़ी।

मिसेज वर्गीज ने कृतज्ञता व्यक्त की, "धन्यवाद आण्टी! अब मैं निश्चिन्त हो गयी। किन्तु यह लड़का आपको परेशान कर डालेगा। मैं बहुत जल्दी कोई अच्छी आया ढूँढ़ लूँगी। विज्ञापन दिया है मैंने सभी पत्र-पत्रिकाओं में।"

रमारानी ने सिर हिलाते हुए कहा, "ठीक है, ठीक है। तुम निश्चिन्त होकर आराम करो। ऐसे समय में मानसिक चिन्ता, अस्थिरता और उद्वेग बिलकुल ठीक नहीं। मैं हूँ तो। परेशान क्यों होती हो?"

वाकई अब मिसेज वर्गीज परेशान नहीं रहतीं। रमारानी और अखिलमोहन के तरंगहीन दिन सूरज के चपल कौतुक से स्पन्दित हो उठे।

रमारानी की सुबह शुरू होती सूरज की तोतली आवाज से, रात को रमारानी के ऊष्म बिछौने से सोते हुए सूरज को खूब सावधानी से अपने सोने के कमरे में उठा ले जातीं मिसेज वर्गीज। रमारानी भूल गयी हैं कि सूरज भी एक विदेशी अतिथि है। वह किसी भी दिन चला जाएगा उनकी एकान्त जिन्दगी की यन्त्रणा को अनदेखा करके। कम्पनी के अफसर मिस्टर वर्गीज आखिर कितने वर्षों तक रहेंगे यहाँ?

सूरज...सूरज...सूरज। मानो सूरजमय हो यह पृथ्वी। सूरज की हँसी सूर्य से भी उज्ज्वल, सुन्दर, पवित्र है। इस पृथ्वी की समस्त कलुषताओं से परे है। सूरज, वह एक निष्पाप फूल है। सूरज में अभि, अमि, प्रिया के अतीत से जुड़े सपनों में पूरी तरह खो चुकी थीं रमारानी।

वैजयन्ती अस्पताल चली गयी। पन्द्रह दिन बाद नवजात शिक्षु को गोद में लिये हुए वापस लौटी। सूरज ने एक बार भी माँ को नहीं ढूँढ़ा इतने दिनों में। रमारानी सूरज को गोद में लिये खड़ी थीं। गर्व से बोलीं, "देख बैजू, तेरा सूरज ठीक है न?" मिसेज वर्गीज ने सूरज को गोद में लेने के लिए हाथ बढ़ाया। सूरज ने नहीं-नहीं की मुद्रा में सिर हिलाकर मना कर दिया और रमारानी को दोनों हाथों से भींचकर पकड़ लिया।

रमारानी होठ दबाकर मुस्कुराने लगीं। फिर बोलीं, "समझ गयी न, सूरज किसका बेटा है? सूरज मेरा बेटा है, मेरा नाती है, सूरज मेरा अभि, अमि, प्रिया, रिंकू, एनी है..." उनकी आँखें छलछला आयीं पवित्र आनन्द से।

मिसेज वर्गीज ने बनावटी गुस्सा प्रकट किया, "यह लड़का कितना बेईमान है? कुछ ही दिनों में मुझे भूल गया!" रमारानी ने मधुर उल्लास में कहा, "केवल बच्चे ही स्नेह, ममता की उचित कीमत दे सकते हैं। लाभ-हानि, पाना-खोना आदि व्यावसायिक हिसाब से वे कोसों दूर हैं..."

पाँच तारीख को मकान के किराये का चेक सफेद लिफाफे में डालकर रमारानी को दे दिया मिसेज वर्गीज ने। चेक के साथ सौ रुपये का एक नोट

भी। रमारानी ने लिफाफे से नोट बाहर निकालकर दिखाते हुए कहा, "देखो बैजू, तुम कितनी पगला गयी हो! चेक के साथ ये रुपये कैसे? बात क्या है?"

मिसेज वर्गीज ने व्यावसायिक स्वर में कहा, "देखिए, आपका पारिश्रमिक इससे बहुत ज्यादा है। पर मेरी क्षमता जितनी है..."

"पारिश्रमिक?" रमारानी ने आश्चर्य से सवाल किया।

मिसेज वर्गीज ने ठण्डे गले से कहा, "जी आण्टी! आपका दो महीने का बेबी सीट चार्ज। आजकल घर-घर बेबी सीटिंग का काम शुरू कर दिया है आप जैसी निर्जंजाली महिलाओं ने। यदि आप और दो-चार बच्चों की भी देखभाल करें तो अच्छी-खासी कमाई हो जाएगी। मेरे मुँह से आपकी प्रशंसा सुनकर मेरी कई सहेलियाँ भी चाहती हैं आपके पास अपने बच्चे छोड़ना। इससे मुझे भी कुछ कम देना पड़ेगा, आपके समय का सदुपयोग भी हो जाएगा। सच ही तो है, आप मुफ्त में दूसरों के बच्चों के लिए इतनी शक्ति और समय क्यों बर्बाद करेंगी?"

रमारानी हतप्रभ-सी सोच रही थीं, 'मातृ-हृदय से वात्सल्य-ममता की धारा तो अनायास ही बहती है। उसके लिए मेहनत नहीं करनी पड़ती। स्नेह-दान से शक्ति कम नहीं होती, बल्कि शक्ति की बचत होती है। हालाँकि आजकल के वस्तुवादी लोगों के आगे ये सब बातें अर्थहीन हैं।'

इतने बड़े आघात का धक्का रमारानी ने किसी तरह सँभाल लिया। रुपये लौटाते हुए ठण्डे स्वर में कहा, "मिसेज वर्गीज! क्या सिर्फ इतना ही है मेरा पारिश्रमिक? इससे तो अच्छा है कि आप कुछ न दें। इतना कम पारिश्रमिक देकर आप मार्किट में मेरा रेट कम कर रही हैं। मैंने तो इससे बहुत अधिक की उम्मीद की थी। मेरी उम्मीद के मुताबिक न दे सकें तो बल्कि सूरज को मेरे पास न भेजें।" रमारानी का गला रुँध गया।

मिसेज वर्गीज चुपचाप लौट गयीं सौ रुपये का नोट लिये हुए। धड़ से किवाड़ बन्द करके धम्म से बिस्तर पर गिर गयीं रमारानी। क्या उन्होंने वाकई सूरज के लिए इतनी शक्ति खत्म की है? वरना अचानक उनमें इतनी थकान कहाँ से आ गयी।

उसके दूसरे दिन मिस्टर वर्गीज को मकान मालिक से तुरन्त मकान खाली करने का मासिक नोटिस मिल गया।

मिसेज वर्गीज दूसरे से कहती थी, "आखिर बुढ़िया कितना पारिश्रमिक चाहती थी? लाख रुपये? अगर कहती तो क्या दस-बीस रुपये और दे नहीं देती उसे? क्या करेगी इतने पैसों का? इसी कंजूसीपन की वजह से ही तो इसके लड़के आते नहीं, इन्हें पूछते नहीं। आते भी हैं तो घर होते हुए भी होटल में रहते हैं..."

रमारानी सोच रही थीं, 'मेरे स्नेह का मूल्य लाख रुपये से कहीं अधिक है, उसका अन्दाजा तुम लोगों के हिसाबी मन के ब्याज निकालने वाले सूत्र से नहीं लगाया जा सकता...'

जिस दिन सूरज मकान छोड़कर जा रहा था, रमारानी सुबह-सुबह काम के बहाने कहीं चली गयी थीं...

दूसरे दिन अखबार में 'किराये पर मकान' शीर्षक से विज्ञापन छपा था। अन्य विवरण के साथ अखिलमोहन ने लिखा था, "ध्यान रहे, जिनके बच्चे होंगे उन्हें मकान किराये पर नहीं दिया जाएगा।" अखिलमोहन जानते थे कि आजन्म बच्चों को चाहने वाली रमारानी दूसरों के बच्चों को बेतहाशा चाहेंगी और उसका उचित प्रतिदान नहीं पा सकेंगी। फलस्वरूप उन्हें बार-बार ठेस पहुँचेगी और वे टूटती चली जाएँगी।

विज्ञापन पढ़कर जानकार लोग बतियाने लगे, "बुढ़िया इतनी नीच औरत है कि बच्चों को फूटी आँखों नहीं देख सकती। इसीलिए इतने वर्षों बाद बहू-बेटा आये थे, पर अपना मकान होते हुए भी होटल में टिके थे। क्या विज्ञापन से नहीं लगता ऐसा?"

रमारानी के श्रुतिपटल पर इन सब मृदुगुंजन के साथ और भी कई शब्द नितान्त असंलग्न रूप से चक्कर काट रहे थे, पारिश्रमिक, बेबी सीटर, उचित चार्ज, लाभ-हानि, हिसाब-किताब, वार्धक्य भत्ता इत्यादि-इत्यादि...

किन्तु उनके मातृ-हृदय के सहज सरल शब्दकोश में इन सब जटिल, अत्याधुनिक शब्दों का नामोनिशान तक नहीं था। इसलिए ये सारे शब्द उनके लिए अर्थहीन हैं, भले ही उन्हें कोई कुछ भी कहे।

नारंगी

नारंगी उसका नाम है। किन्तु वह है रंगहीन।

हालाँकि कभी रंग था; जिस ऋतु में पौधों में फूल खिलते हैं।

लेकिन आज नारंगी के जीवन में सिर्फ एक ऋतु है, जिसका नाम है ग्रीष्म। पत्तेरहित निदाघ के अभाव, आवश्यकता, दु:ख, गरीबी, यातना की तपिश से असमय ही अपने शरीर और मन की हरियाली खोकर वह चुक गयी है। लेकिन कुछ वर्षों पहले शहर की तलहटी वाली गन्दी बस्ती में वह मौसमी हवा थी, और थी वसन्त के सुरभित मलय का झोंका। किन्तु कुछ ही वर्षों के अभावग्रस्त दु:खदायी घर-गृहस्थी के कारण वह सूखी झाड़ियों-सी शुष्क हो गयी और गर्म आँधी-सा रुख अख्तियार कर चुकी थी।

वाकई नारंगी कभी खूबसूरत थी, इस बात पर आज वह कैसे विश्वास करे। चिकने जूड़े में चम्पा-फूल खोंसकर कभी वह इसी रास्ते से काम पर जाया करती थी अपनी माँ के साथ, उसकी आँखों में असंख्य सपनों की नीलिमा भरी होती थी। आज वह फुर-फुर रूखे बाल, विवर्ण चेहरा लिये मेरे घर काम करने आती है, अपने चार बच्चों के मुँह में कौर डालने के लिए, शराबी, लम्पट, क्रूर, निठल्ले पति का हाथ पकड़ने का प्रायश्चित्त करने।

मशीन की तरह वह काम करती है, बातें करती रहती है। बातें तो नहीं, बुरी बातें ही कहती अपने क्रूर, पाखण्डी पति के लिए। हर रोज नारंगी के विवर्ण शरीर और चेहरे पर पाखण्डी पति की निष्ठुर यातना के नये-नये निशान, सुबह के नित्यकर्म की तरह, रात्रि के विश्राम की तरह, नारंगी का पति नियमित रूप से नारंगी की पीठ पर अपने हाथ की खुजली मिटाता, पति होने का नगाड़ा बजाता। उतना, जितना कि कोई निकम्मा पुरुष कर सकता है।

मेरे घर काम करने आते ही अपनी पीठ और बदन खोलकर वह पति की निर्ममता का पिछली रात का उपहार दिखलाती। मेरी आँखों में करुणा के आँसू भर आते, जबकि नारंगी की आँखों में बिजली की लपलपाती ज्वलन्त

अग्निशिखा। उसके होठों में अपने पति के लिए दुनिया-भर की बददुआएँ होती थीं। अकथनीय, असहनीय, बुरी-से-बुरी गालियाँ और बददुआएँ। मुझे ऐसा लगता कि नारंगी के पाखण्डी पति शंकरा की यातनाएँ कितनी ही बर्बरतापूर्ण क्यों न हों, नारंगी की अकथनीय गालियाँ, असहनीय बददुआएँ उससे बढ़कर थीं। दुनिया की किसी भी पत्नी के मुँह से किसी भी पति के लिए ऐसी बददुआएँ शायद सम्भव नहीं, सिर्फ नारंगी को छोड़कर। नारंगी अपने बदन के घावों को सहलाते हुए उसे बददुआएँ देती, ''हरामी, भरी जवानी में रास्ते में गिरकर मर जाए, उसके सिर पर बिजली गिर पड़े, उसे साँप डँस ले। किसी बड़ी बीमारी से हाथ-पैर गल जाएँ। मेरे ही सहारे पड़ा रहे कोढ़िया। उसके मुँह में कीड़े पड़ें। आँखें फूटकर बाहर लटकने लगें, घर-भर छुछुआता फिरे। हरामी खून की उल्टी से मरे। जल्लाद पर ट्रक, गाड़ी चढ़ जाए, कलेजा कुचल जाए, अँतड़ियाँ निकल आएँ, अनजान बीमारी पकड़े, गन्धाती लाश-सा पड़ा रहे...''

मैं कानों में हाथ लगा लेती। शंकरा के प्रति अपनी तमाम घृणा और विद्वेष के बावजूद नारंगी के मुँह से निकली बददुआएँ मुझे सहन नहीं होती थीं। नारंगी के प्रति दिल के दर्द के ज्वार में भाटा पड़ने लगता। कभी-कभी मुझे लगता कि मुँहफट पत्नी की असहनीय, अकथनीय गाली-गलौज की वजह से ही शंकरा पत्नी के प्रति इतना निष्ठुर और निर्मम हो गया है। लेकिन मेरी यह धारणा गलत थी। शंकरा जैसे अनेक हृदयहीन पुरुषों के लिए पत्नियाँ महज बच्चे पैदा करने वाली, पैसे कमाने वाली, सुख-सुविधा देने वाली मशीन हैं। मारने से दर्द नहीं होता, भूखे-उपासे दिन-रात खटने से उनकी जान नहीं जाएगी, बीमार हों तो उन्हें इलाज की जरूरत नहीं; एक-एक करके बच्चे पैदा करने से वे थकतीं नहीं; ऊबतीं नहीं! शंकरा की बस्ती की अधिकतर नारंगियाँ नींद से उठते ही काम पर जाती हैं। तुरई के फूल की तरह एक ही रात में उनके कुँवारे जीवन का सुखी सपना टूटकर बिखर जाता है।

कभी-कभी नारंगी के बदन पर शंकरा की मार के निशान देखकर मैं सिहर उठती। मुझे लगता कि इसी तरह शंकरा के हाथ की मार खाते हुए एक दिन नारंगी की जान चली जाएगी। मैं संवेदना भरे स्वर में कहती, ''क्या फायदा है ऐसे दुष्ट आदमी के साथ रहने में। उसे छोड़ क्यों नहीं देती? कौन-सा वह तुझे पालता है। बल्कि तेरे पैसों से ही मौज उड़ा रहा है, बच्चों का हक छीनता है। तू तो कमाती है, खाती है। फिर ऊपर से इतनी मार क्यों खाती है?''

नारंगी काम करते हुए कहती, ''क्या साहब ने कभी गुस्से में आपको भला-बुरा नहीं कहा होगा मालकिन? आप लोगों का अपशब्द और हमारी मार दोनों एक जैसे हैं। हमारी बस्ती में किस औरत ने मार नहीं खायी होगी? फर्क सिर्फ इतना ही है कि कोई आठ दिन, पन्द्रह दिन में पत्नी की गलती देखकर उसे पीटता है, मेरा मर्द तो अपनी हाथ की खुजली मेरी ही पीठ पर मिटाता है। कोई बात हो, ना हो।''

''तो उसे छोड़ दे।'' मैं कहती।

''यदि साहब ऐसा करें तो क्या आप उन्हें छोड़ देंगी मालकिन?'' नारंगी ने सवाल किया।

मैंने अप्रतिभ हो कहा, ''यह तब देखी जाएगी। हालाँकि यदि मैं साहब को छोड़ दूँ तो मुझे और कोई दूल्हा नहीं मिलेगा। हम पढ़े-लिखे लोगों में यही तो दिक्कत है। पर तुझे दूल्हों की कमी नहीं होगी। तुम लोग तो दस-दस के पास जा सकती हो। किसी अच्छे आदमी को देखकर उसके साथ रहने में हर्ज ही क्या है?''

नारंगी मुँह ऐंठकर कहती, ''सभी जगह एक ही बात है। आज जो आशिक बने दिलोजान छिड़कते हैं, स्वर्ग से चाँद ले आने का वादा करते हैं, कल हाथ पकड़कर अपने घर ले जाने के बाद शंकरा हो जाते हैं। कौन कह सकता है कि वे लोग शंकरा से भी अधिक अमानवीय नहीं होंगे? बार-बार कीचड़ में पैर डालने की क्या जरूरत है मालकिन? इसीलिए जान-बूझकर एक ही आदमी की मार और गाली-गलौज सहती हूँ, अब उससे नाराजगी या अभिमान कैसा? अब तो उससे प्यार और सुख पाने की आस तक भी दिल में नहीं रही। इसलिए मार खाने से बदन में चोट लगती जरूर है पर अब दिल नहीं दुखता। दूसरे पुरुष से फिर प्यार और सुख की आस लगाने के बाद हताशा हाथ लगे तो दिल दुखेगा, मन रोए-बिलखेगा, जिन्दगी बेजान-सी लगेगी, जैसा कि शुरू-शुरू में शंकरा से मार-ग़ाली खाने पर लगा करता था। घर बदल देने से, पति बदल देने से औरत का नसीब तो नहीं न बदल जाता मालकिन...''

मैं कुछ न कह सकी। शायद नारंगी का कहना सही है। चार-चार बच्चों को साथ लेकर नया घर बसाने पर उसे सुख नहीं मिलेगा। बल्कि फिर दुःख मिलेगा।

कभी-कभी नारंगी काम पर नहीं आती। मेरा काम ठप्प पड़ जाता। दूसरे दिन आते ही मैं उस पर बरस पड़ती। नारंगी नरम गले से कहती, ''क्या करूँ मालकिन! वह हरामखोर कल रात घर नहीं लौटा। माँ-बच्चे रात-भर जागते रहे।

सुबह-सुबह बड़े लड़के को साथ लेकर जगह-जगह ढूँढ़ती फिरी, शराब के ठेके के पास एक पेड़ के नीचे बेहोश पड़ा था। ट्रॉली रिक्शा में डालकर घर तक लायी। उसे होश में लायी। जिस रोज भी काम पर जाएगा, उधर होटल में खाना खाकर, माल चढ़ाकर, शराब पीकर रास्ते में ही कहीं लुढ़क जाएगा। एक बार भी नहीं सोचेगा कि घर पर चारों बच्चों ने खाया या नहीं। मेरी बात तो छोड़िए।''

मैं खीझकर कहती, ''घर नहीं लौटा तो न सही। तू क्यों गयी थी ढूँढ़ने। क्या तेरी पीठ खुजला रही थी? चाहे रोज भात खाने को न मिले, लेकिन मार रोज खाना शायद तेरे लिए आवश्यक हो गया है।''

उदासी भरी मुस्कान छोड़ते हुए उसने कहा, ''उसे न धर्म-कर्म की परवाह सही, मुझे तो है। धर्म को साक्षी रखकर मैंने उसका हाथ थामा था। उसके मरे-मुँह में बूँद-भर गंगाजल डालूँगी तो नरक नहीं जाना पड़ेगा। मुझे तो बस इसी बात की चिन्ता है कि किसी दिन पिये हुए किसी कुलक्षणी 'छम्मक छल्लो' के चबूतरे के नीचे कहीं मरा न पड़ा हो। चार-चार बच्चों का बाप है। पर मरते समय मुँह में एक बूँद पानी डालने वाला कोई वहाँ नहीं होगा। बासी मुरदा बनेगा। मुनसीपालटी की मुरदा वाली गाड़ी में उठाकर ले जाएँगे। मुझे पता भी नहीं चलेगा। सूखी मछली और भात खाती रहूँगी, काँच की चूड़ियाँ पहनती रहूँगी...'' नारंगी के रोज रूखे चेहरे पर करुणा उभर आती। उसकी रोज की जलती हुई आँखों में बारिश के गुप्त छींटे पड़ जाते।

मुझसे नजरें चुराकर काम के बहाने वह चली जाती।

कभी-कभी मुझे लगता कि परिस्थितियों ने ही नारंगी को मुँहफट, रुक्ष और नीरस बनाया है वरना वह कोमलहृदया, स्नेहमयी नारी ही तो है।

नारंगी एक जून हमारे घर खाना खाती, काम खत्म करके दोपहर बारह-एक बजे अपने घर लौटते समय। यही उसके दिन-भर का खाना समझ लो। सुबह हमारे ही घर चाय पीती है। शाम का काम खत्म करके जब वह वापस आती है तब घर पर जो कुछ होता है, पति और बच्चों को परोसने के बाद वह खुद गिलास-भर पानी या थोड़ी-सी लाल चाय पीकर सो जाती है। उसकी रात की खुराक शराब के नशे में धुत् हो लौटे पति की मार और यातनाएँ होती हैं। अक्सर नारंगी अपने हिस्से के भात में से बचाकर अपने पल्लू में बाँधकर घर ले जाया करती, जिन दिनों घर पर खाने को कुछ नहीं होता। पूछने पर कहती, ''पेट मरोड़ रहा है। बदहजमी हो गयी है।'' व्रत-उपवास में उसके बच्चों के हिस्से का पकवान अलग से देने पर भी वह अपना हिस्सा पूरा नहीं खाती। मेरे

बाध्य करने पर एक-आध टुकड़ा मुँह में डालते ही उसकी आँखें छलछला आतीं। मुँह सिकोड़ते हुए कहती, "पेट सूख चुका है मालकिन! आजकल तेल-घी की तली चीजें, इस शरीर में सधती नहीं हैं। उबकाई आने लगती है। छोड़िए, कंगाल बच्चे छीना-झपटी करके खा लेंगे। आप जितना भी देंगी उनके कुएँ-नुमा पेट में सारा-का-सारा समा जाएगा...ब्रह्म राक्षस है उनके पेटों में। जिस तरह बाप पूरा ब्रह्माण्ड खाने के लिए मुँह बाये घूम रहा है, बच्चे उनसे भी आगे हैं, मौत भी तो नहीं आती इन राक्षसों को, मेरा तो खून-मांस तक नोच-नोचकर खाने में जुटे हैं..."

नारंगी की मातृ-मूर्त्ति को अपलक देखती रही। माँ के मन की व्यथा मैं अच्छी तरह समझ सकती हूँ। मेरी नस-नस में उसके हृदय की करुण हाहाकार फैल जाती है। लेकिन उसके बच्चों के भरपेट खाने के लिए मैं पकवान नहीं दे पाती। जितना देती थी उससे भूख मिटने के बनिस्बत और अधिक भड़क उठती थी, पेट कुछ नहीं जानता, मुँह कुछ नहीं जानता। अपने बच्चों के लिए दो-तीन बार खाने-भर का पकवान अलग से निकालकर मैं सारा उसे दे दिया करती थी।

नारंगी को रोजाना जो तरकारी, साग-भाजी आदि खाने को देती, वह उन्हें एक साथ मिलाकर रसगुल्ले की खाली हण्डी में डालकर अपने पति और बच्चों के लिए घर ले जाया करती और खुद नमक के साथ भात खा लेती। उससे उसको आत्म-सन्तोष मिलता। उसकी जीभ को कभी तरकारी का स्वाद तक नहीं मिल पाता।

एक बार थोड़े-से चावल में कुछ महक-सी आने लगी थी। मैंने नारंगी को दे दिये। कम-से-कम रोज रात को एक-आध मूठी भात तो खा लिया करेगी, थोड़ी-बहुत महक से क्या फर्क पड़ता है। उसके बाद दो दिनों तक नारंगी काम पर नहीं आयी। पता चला कि उसकी तबीयत ठीक नहीं है। मैं घबरा गयी। नारंगी बीमार पड़ गयी तो मुझे काफी परेशानी होगी। मुँह-फट भले ही हो, इतनी मेहनती औरत मिलना बहुत मुश्किल है। शहर के बाहर हमारा नया मकान था। नारंगी का घर करीब ही था। उस दिन पति के दफ्तर चले जाने के बाद मैं रिक्शा लेकर नारंगी के घर गयी। उसकी तबीयत के बारे में पूछकर उसे दवा-दारू न देने से उसकी बीमारी बढ़ने के साथ-ही-साथ मुझ जैसी श्रम-कुष्ठ गृहिणी भी घर का सारा काम करते-करते बीमार पड़ जाएगी।

नारंगी के घर के आगे ठिठक गयी। झुके हुए फूँस के घर में बैठी नारंगी भात खा रही थी। मेरे घर से लाये खराब चावल का भात। भात के साथ और कुछ नहीं। लेकिन भात का कौर मुँह में डालने के बाद हाथ पुनः नीचे जमीन

में छुलाकर मुँह तक ले जाती है। उँगली का पोर जीभ से चाट लेती है। मैंने सोचा खटाई, भुनी हुई सूखी मछली या फिर नमक-मिर्च होगा। नीचे जमीन में डालकर वे लोग खाया करते हैं। लेकिन मुझे यह देखकर हैरत हुई कि नारंगी जमीन पर ही उँगली छुला रही है। नीचे चुटकी-भर भी नमक नहीं था। मुझे देखते ही जल्दी-जल्दी कौर मुँह में डालकर उसी तरह जमीन पर उँगली छुलाकर चाटते हुए वह मेरे पास आयी।

मैंने पूछा, ''नारंगी, किस चीज के साथ भात खा रही थी?''

''कुछ नहीं, नमक लाने के लिए आज दस पैसे भी नहीं मिले। चुटकी-भर नमक कुठलिया में पड़ा था। एक आलू पड़ा है। वह आएगा तो खाएगा। बिना नमक के साहबजादे का कौर गले से नीचे नहीं धँसेगा। मानो वाकई राजा महाराजा हों।'' नारंगी ने हँसते हुए कहा, ''सब उसी के पेट में जाए, जल्दी ही भस्म हो जाए।''

लेकिन मेरा मुँह नमकीन होने लगा था। मैंने पूछा, ''जमीन से क्या लेकर चाट रही थी?''

''कुछ नहीं, मालकिन! सिर्फ बच्चों की तरह अपने मन को बहलाने की बात है। खाली भात खाने की सोचने पर भात गले से नीचे नहीं उतरेगा। इस तरह झूठ-मूठ उँगली चाटने पर भात नीचे उतर जाता है। उसमें कुछ स्वाद हो या न हो। सब अपने मन पर निर्भर करता है। जिस दिन भात के साथ कुछ नहीं होता, मैं इसी तरह खाती हूँ। अपनी उँगली की पोर का भी तो कुछ स्वाद होता है। मेरा कौर नीचे धँस जाता है।'' हालाँकि नारंगी खुद को ठगकर फीकी जिन्दगी से रोजाना स्वाद निकालने की बात कहकर मुस्करा उठी, लेकिन मेरी आँखें नम हो आयी थीं। रोज सब्जी काटते समय हमारी थालियों के इर्द-गिर्द जितनी सब्जी बिखर जाती है, उतने में तो नारंगी पिकनिक मना सकती है।

कभी-कभार नारंगी दाँत निपोरकर विनती करती, ''मालकिन! साहब की कोई पुरानी कमीज हो तो दे दीजिए न। वह करमजला तो जो भी कुछ कमाता है, सब का सब पेट में डाल लेता है। पेट के अलावा पीठ की उसे चिन्ता ही नहीं। जाड़े में आधी रात को काँपते हुए लौटता है।''

मैं उसे एकटक देखती रहती। उसके बाद गम्भीर होकर कहती, ''साहब का कोई गरम कोट ले जा। लेकिन याद रख, इससे उसे जाड़े में आधी रात को शराब पीकर घर लौटने में और आसानी होगी।''

नारंगी मुँह बिदकाते हुए कहती, ''लो सुनो, मैं भला अपनी मर्जी से कमीज माँग रही हूँ? मुँहझौंसे ने कल रात मुझे यह कह-कहकर खूब पीटा है कि मैं आपसे पुरानी कमीज माँगकर क्यों नहीं लाती। उसने मेरे सारे कपड़े चूल्हे में

झोंक दिये, जितना पहनी हूँ, बस यही बचा है। नाशपीटा कहता है, 'मालकिन से एक-एक करके इतनी साड़ियाँ पहनकर मटकने को माँग लाती है और मेरे लिए एक कमीज तक नहीं ला पाती?' ऐसे निर्लज्ज आदमी से क्या कहूँ? जब से उसका हाथ पकड़ा है, एक साड़ी तक नहीं खरीद सका मेरे लिए। बल्कि मेरी चार-चार साड़ियों को चूल्हे में झोंक दिया। उस आग में खुद भी जलकर क्यों नहीं मर गया!''

उसके बाद शुरू हो जातीं उसकी अश्रवणीय-अकथनीय बद्दुआएँ हमेशा की तरह, जब तक कि शंकरा नहीं बल्कि नारंगी पर ही गुस्सा और खीझ न आ जाती।

उस रोज नारंगी मेरे घर आकर बेतहाशा रोने लगी। शंकरा का नाम ले-लेकर, आँसू बहाते हुए, सिर ठोंक-ठोंककर वह रोये जा रही थी। मैंने सोचा, शायद आज उसकी पिटाई अन्तिम सीमा लाँघ चुकी है। लेकिन नहीं, नारंगी के बदन और चेहरे पर मार का कोई निशान नहीं था। मन में यह बात भी आयी कि शायद नारंगी की कोई बद्दुआ असर कर गयी है शंकरा पर। तब तो नारंगी को मुक्ति मिल गयी है। मुझे तो लगता था कि शंकरा की मौत देखने के लिए ही नारंगी जी रही है। शायद वही इसके सुख का एकमात्र दिन होगा। इसके अलावा तो उसकी जिन्दगी में सुख नाम की और कोई चीज है ही नहीं, लेकिन नारंगी की यह हृदय-विदारक करुणा तो लोक-दिखावा नहीं है, यह रुलाई तो उसके अन्तर से निकल रही है। ये आँसू उसकी आँखों से नहीं, बल्कि कलेजा फाड़कर बह रहे हैं। कहीं नारंगी के किसी बच्चे को तो कुछ नहीं हो गया? नहीं...उसके चारों बच्चे तो माँ के साथ आये हैं। नारंगी ने विनयपूर्वक कहा, ''मालकिन, आपके पैर पकड़ती हूँ, आप जरा मेरे घर चलिए। आपके सिवा मेरा और कौन है जिस पर भरोसा करूँ।''

मैंने सोचा शायद आज शंकरा ने घर में आग लगा दी है। मैं उसके साथ चल पड़ी। रास्ते-भर वह दुःखभरी सिसकियाँ भरती रही। मैं उसके घर पहुँची। वहाँ सब ठीक-ठाक था। शंकरा चबूतरे पर बैठा बीड़ी पी रहा था। उसमें कोई हलचल नहीं थी।

मैंने खीझ-भरी आवाज में पूछा, ''क्या हुआ?''

नारंगी ने रुक-रुककर कहा, ''आपको कुछ नहीं लग रहा मालकिन?''

''क्या?'' मैंने ऊँचे स्वर में कहा। आस-पड़ोस के सारे लोग नारंगी का रोना-गाना सुनकर वहाँ इकट्ठे हो चुके थे।

नारंगी जमीन पर सिर पटक-पटककर पुनः रोने लगी। अपनी रुलाई में

सुर डालते हुए वह कह रही थी, ''किसी डायन, चुड़ैल ने इसकी मति फेर दी है। किसी ने इस पर जादू-टोना कर दिया है। यह आदमी कल से गुमसुम बैठा है। मेरे बाप-दादा का नाम लेकर इसने गाली नहीं दी, मुझ पर एक बार भी हाथ नहीं उठाया। जहाँ बैठ जाता है, वहीं बैठा रहता है। जो कुछ परोस देती हूँ, सुधरे हुए बच्चे की तरह चुपचाप खा लेता है। 'और दे' कहकर बर्तन-भाँड़े नहीं पटकता। यहाँ तक कि कल बूँद-भर दारू भी नहीं पी इसने...हे भगवान! यह क्या हो गया। जिस रोज से इसके घर आयी हूँ ऐसा कभी नहीं हुआ। इस पर जादू-टोना न हुआ तो भला यह मुझ पर हाथ उठाये बगैर रह सकता था? किस चुड़ैल से हमारा सुख देखा नहीं गया, मेरे भले-चंगे आदमी को इस तरह बेढंगा और निठल्ला बना दिया। उसका वंश बूड़ जाए...वह मुझे मारता-पीटता था, काटता था, जो चाहे करता था। इसमें किसी के बाप का क्या जाता था...'' पुनः ढू-ढू सिर पटककर नारंगी रोने लगी। सभी अवाक् थे। मैं भी। लगता है इस औरत का दिमाग खराब हो गया है। इसे इलाज की जरूरत है।

अब शंकरा बीड़ी फेंककर उठ खड़ा हुआ। मेरे करीब आकर बोला, ''कहिए तो मालकिन! क्या खून हमेशा गरम रहता है जो इसको मारता-पीटता रहूँ। अब उम्र बढ़ चली है, और कितना पीटूँ इस औरत को? पीटते-पीटते मेरे हाथों में दर्द होने लगा है। इसलिए मैंने सोचा कि नहीं, अब अच्छे रास्ते पर चलना चाहिए, इस औरत को भी कुछ फुर्सत देना चाहिए। लेकिन यह भला ऐसा होने दे तब न? देखिए न किस तरह बिलख-बिलखकर रो रही है, मानो इसके बच्चे और घरवाला मरे पड़े हों...''

बड़ी-बड़ी आँखें फाड़कर शंकरा नारंगी पर गुर्राया। अपनी मुट्ठी बाँधते हुए कहा, ''अब तू मार के बिना रह नहीं सकती। तेरे बाप-दादा स्साले सबके सब मार खा-खाकर जीते हैं। स्साले ठीक हो चुके हैं। हरामजादी चुप रहती है या नहीं?'' शंकरा ने तड़ाक् से एक थप्पड़ उसके गाल पर जड़ दिया। होठ फटकर उससे खून की धार बह चली। नारंगी ने रोना बन्द करके शंकरा की ओर देखा। उसकी आँसुओं में डूबती-उतराती आँखें मुस्करा उठी थीं।

उसने कहा, ''मुँहझौंसे को कुछ भी नहीं हुआ है रे! मुझे डराने के लिए कल से ढोंग रचाये बैठा है। सोचता है कि मर जाएगा तो मेरा घर और बच्चे बर्बाद हो जाएँगे। मैं डर जाऊँगी इसे कुछ होने से। भला इस पर कौन जादू-टोना करेगा? इसे भला मौत कहाँ रखी है। मुझे खाये बगैर यह मरेगा?''

मैं मूर्ति बनी नारंगी को देख रही थी। उसका पति-प्रेम हृदयंगम कर रही थी। नारंगी ने अपने होठ से खून पोंछते हुए कहा, ''घबराकर आपको बुला लायी

थी मालकिन...इसे तो कुछ भी नहीं हुआ; इस अच्छे-खासे आदमी के बारे में कितनी अनर्गल बातें सोच चुकी थी...आप घर जाइए।''

शंकरा ने नारंगी को धकियाते हुए कहा, ''तेरी इतनी हिम्मत हो गयी कि मालकिन को इस नरकपुरी में खींच लायी...लगता है तेरा दिमाग फिर गया है...''

नारंगी ने शंकरा का धक्का सँभालकर उसे चुप करते हुए कहा, ''छिः, तेरे लिए ही तो मैं मालकिन को यहाँ बुला लायी थी। फिर कभी यदि ऐसा ढोंग रचाया तो मुँह में एक बूँद पानी भी नहीं डालूँगी। प्यासा छटपटाता रहेगा, समझ ले...''

लौटते समय रास्ते में मैं सोच रही थी, दोहरी जिन्दगी के ऐसे असहनीय उतार-चढ़ाव को इतनी सहजता से स्वीकार कर लेने वाली नारी सिर्फ नारंगी ही हो सकती है। यदि मैं नारंगी से इतना ही सीख लूँ, नहीं, यह कतई सम्भव नहीं, क्योंकि मैं नारंगी नहीं. मैं 'मैं' हूँ। नारंगी के अन्दर का 'मैं' शंकरा के अन्दर गहरे से गहरे डूबकर मर चुका है...अब नारंगी अपने अन्दर 'मैं' को नहीं ढूँढ़ पाएगी। इसलिए वह सिर्फ शंकरा की पत्नी नारंगी है, उसके अलावा और कुछ भी नहीं।

अव्यक्त

जाड़े में ही यह रोग काफी परेशान करता है, जबकि ठण्डी चिकित्सा से ही यह परेशानी कुछ हद तक काबू में आती है। छाती में दर्द शुरू होते ही वसुधा जाड़े की रात में भी अपने शरीर का गरम शॉल उतारकर फेंक देती हैं, सिर पर ठण्डा पानी छपछपाती हैं, बर्फ का पानी गटागट पी जाती हैं। यह रोग छाती से शुरू होकर सिर को जकड़ लेता है और उसके बाद पूरे बदन में फैल जाता है। पूरे बदन में गरम शॉल के काँटे चुभने लगते हैं। हाथ-पैर सुन्न होने लगते हैं। कई वर्षों से वसुधा शॉल नहीं ओढ़तीं। कहीं किसी के घर जातीं तो जाड़ा हो या न हो, आजकल शॉल ओढ़ना एक तरह से लोकाचार बन चुका है। ऐसे में शॉल ओढ़नी ही पड़ती है। किन्तु शॉल ओढ़े रहने के कुछ ही देर बाद उनकी छाती के किसी अनजान जगह में रुग्-रुग् करके एक अदृश्य दर्द कौंध जाता है। अधिकतर तो वे उस दर्द को दाँत भींचकर पी जाती हैं, किन्तु कभी-कभी वह नियन्त्रण से बाहर हो जाता है।

वसुधा का चेहरा देखते ही उनकी छाती के दर्द का अन्दाजा उनके पति नीलाद्रि लगा लेते हैं। वे धीरे से वसुधा के शरीर से शॉल उतार लेते हैं। पंखा चलाकर वसुधा का मन बदलने की कोशिश करते हैं। देखने वाले दुविधा में पड़कर सोचने लगते हैं कि बीमारी शारीरिक है या मानसिक। कभी-कभी कोई निश्चित रंग की पोशाक देखने अथवा पहनने से उनका दर्द बढ़ जाता है। भला रंग से उनकी बीमारी का क्या सम्बन्ध।

रंग का मन पर एक तरह का प्रभाव पड़ता है, ठीक उसी तरह जैसे कि पाप का। इसीलिए साड़ी से लेकर घर के पर्दों तक के रंग चुनने में वे निपुण हैं। फक्क सफेद पोशाक पहनने से मन निर्मल वर्षारहित बादलों के टुकड़ों की तरह सभी बन्धनों से मुक्त हो जाता है। गाढ़ा लाल रंग जमे हुए गाढ़े खून की तरह मन को अहंकार से भर देता है। हरा रंग, वर्षा-ऋतु की तरह मन को स्नेहसिक्त करता है। फीका और दूसरे आसमानी रंग मन को उदार, उदास और गम्भीर बनाते

हैं। समुद्र-सा नीला रंग मन को काफी कुछ याद दिलाता है। वसन्ती रंग चपल-चंचल और गीतमय बनाता है। मन पर रंगों के प्रभाव के बारे में हालाँकि यह सार्वजनीन सत्य नहीं कहा जा सकता, पर वसुधा का यह अपना निजी अनुभव था।

इसीलिए उस बार वसुधा ने हरिद्वार को-ऑपरेटिव स्टोर से दूसरे आसमानी रंग का बहुमूल्य शॉल खरीदा था। पुरुषों के शॉल का रंग इससे भिन्न कोई और रंग में होने पर वसुधा की आँखों में चुभता है। हालाँकि नीलाद्रि के पास हल्के नीले एवं क्रीम रंग की दो शॉलें और थीं, पर वे वसुधा की पसन्द से नहीं खरीदी गयी थीं। उनमें से एक तो बहुत पहले विवाह के प्रथम वर्ष पौष पूर्णिमा को वसुधा के मायके से भार में आया था और दूसरा खुद नीलाद्रि ने ही कभी खरीदा था।

बड़ी बहन की तबीयत बिगड़ जाने पर उस बार वसुधा अकेली दिल्ली गयी थीं। कुछ दिनों तक बहन के साथ रहीं। बहन की तबीयत ठीक होने के बाद बहन और जीजाजी के साथ हरिद्वार, ऋषिकेश घूमने गयी थीं। बच्चों के लिए उनके कहे अनुसार सारी चीजें खरीद चुकी थीं। वसुधा की समझ में नहीं आ रहा था कि नीलाद्रि के लिए क्या ले जाएँ। हठात् हरिद्वार को-ऑपरेटिव स्टोर में टँगी उस शॉल पर उनकी निगाह पड़ी। शॉल का रंग वाकई लाजवाब था। दूसरे नीले रंग की शॉल में कमाल की बारीक कढ़ाई की चौड़ी, कत्थई किनारी थी। वे मन-ही-मन नीलाद्रि के लिए इसी तरह का शॉल ढूँढ़ रही थीं। किन्तु रंग, किनारी और कीमत-तीनों एक साथ उन्हें अब तक पसन्द नहीं आये थे। वसुधा ने आँख मूँदकर वह शॉल खरीद लिया। शॉल ओढ़ने पर कितनी ठण्ड रुक पाएगी, उस बारे में न सोचकर उसे ओढ़ने पर नीलाद्रि के चेहरे पर पौरुष की उदास गम्भीरता किस तरह खिल उठेगी, उस बारे में वे सोचने लगी थीं। दिल्ली से गाँव लौटते वक्त मई की चिलचिलाती धूप में नीलाद्रि को धूसर-नीले रंग का शॉल ओढ़े उदार उदासीनता से चहलकदमी करते हुए वे अपनी काल्पनिक आँखों से बार-बार देख रही थीं और अपनी रुचि का मानदण्ड निर्धारित करके मन-ही-मन खुश हो रही थीं।

घर पहुँचते ही उनके लौटने की बाट जोहने वाले बच्चों के सामने उन्होंने एक पूरी की पूरी दुकान खोल दी। नीलाद्रि के सामने शॉल खोलते हुए उसे चौंकाना चाहती थीं, किन्तु खुद चौंक गयीं। शॉल सबको पसन्द आया था। वसुधा अपने लिए भी एक सुन्दर शॉल लायी थीं। जाड़े के दिनों में तरह-तरह की शॉलें ओढ़ना वसुधा का एक शौक था। नीलाद्रि कहते, ''ठण्ड से बचने के लिए शॉल ओढ़ा जाता है, किन्तु आजकल ठण्ड से बचें न बचें, तरह-तरह की शॉलें ओढ़ना एक

तरह का फ़ैशन बन चुका है। कोई-कोई तो जालीवाला कसीदेदार शॉल भी ओढ़ता है, जिसमें जरा भी ठण्ड नहीं रुकती। पिताजी तो एक मोटी चादर ही पूरी उम्र ओढ़ते रहे, जबकि आजकल हमारे इस गरम देश में न जाने लोग कितनी ही तरह की गरम पोशाकें बनवाते हैं..."

वसुधा ने मुस्कराते हुए कहा, "चिलचिलाती धूप में भी तो यहाँ के लोग कोट-टाई पहनकर बाबूगिरी छाँटते हैं।"

बच्चे अपनी-अपनी चीजों की जाँच करने में जुटे थे। माँ उनके लिए जो पोशाकें लायी थीं, उन्हें पहनकर देखते और माँ की रुचि की प्रशंसा करते।

वसुधा ने कहा, "सोचा था एकाध शॉल और लेती चलूँ। किन्तु प्लेन से आना था, इसलिए नहीं खरीदा। कटक में वे ही शॉलें तिगुने दामों में मिलती हैं। पचास रुपये की शॉल लाकर यहाँ डेढ़ सौ रुपये में बेचते हैं।"

नीलाद्रि ने कहा, "क्या, यहाँ कोई दुकान खोलने का इरादा था? मुझे तो शॉल की जरूरत कतई नहीं थी। दो शालें तो हैं मेरे पास। शॉल तो सिर्फ घर पर ही ओढ़ता हूँ। बाहर तो स्वेटर, कोट, सूट पहनकर जाता हूँ। लेकिन कुछ भी कहो, शॉल है जोरदार। अगले जाड़े में इसे ओढ़कर बाहर जाया करूँगा। वाकई कोई मुकाबला नहीं इस शॉल का।"

इसी दौरान वसुधा की निगाह कलुआ पर पड़ी। चौदह-पन्द्रह वर्ष का निपट देहाती। छः महीने हुए काम करने कटक आया है। शुरू से ही उनके घर में काम करता है। वह जिस तरह गधे-सा दिन-भर खटता है, उसी तरह जो कुछ भी खाने को मिलता है, खा लेता है, और घरवालों की गालियाँ भी मुँह बन्द करके चुपचाप सुन लेता है। खा-पीकर चालीस रुपये तनख्वाह पाता है। भला क्या बुरा है?

कलुआ एकटक देख रहा था-उस शॉल की ओर। पलकें नहीं गिर रही थीं। छोटे बच्चे खिलौनों या लड्डू और रसगुल्लों को जिस तरह देखते हैं, ठीक उसी तरह ललचायी हुई नजर थी उसकी।

वसुधा ने बड़े प्यार से कहा, "तेरे लिए कुछ नहीं ला पायी, कलुआ। बड़े शहरों में कुछ खरीद पाना नये आदमी के लिए बहुत मुश्किल काम है। यहीं से तुझे शर्ट-पैण्ट ले दूँगी। जाड़ा आ रहा है, पहनना।"

मालकिन की मधुर सहानुभूति देख कलुआ ने साहस बटोरते हुए कहा, "मेरे लिए न भी हो तो चलेगा मालकिन, किन्तु बप्पा के लिए एक ओढ़ने वाला चादर खरीद दो, तो बड़ी मेहरबानी होगी। जाड़े में मुँह छिपे अँधेरे से उठकर काम करने जाते समय बप्पा ठण्ड से ठिठुर जाता है।" 'बप्पा ठण्ड से ठिठुर जाता है', कहते समय कलुआ की कोमल आवाज परम सहानुभूति से भर्रा उठी थी।

वसुधा गम्भीर हो उठीं। मन-ही-मन सोचा, इस लड़के की लालच देखो।

घर में खाने को दाना नहीं, मन हो रहा है शॉल ओढ़ने का। जल्दी-जल्दी दोनों शॉलें कपड़े की अलमारी में रखते हुए उन्होंने कहा, "पहले से कहा होता तो दिल्ली से सस्ते में ले आती। चल देखूँगी, अभी तो जाड़े को काफी दिन हैं, न हुआ तो यहाँ से एक सूती चादर ले दूँगी। इसी कीमत में दिल्ली से ऊनी चादर ले आती..."

कलुआ ने कहा, "गाँव में मालकिन बहुत ठण्ड पड़ती है...जितने बूढ़े-बुढ़िया भूख से नहीं मरते, उतने हर वर्ष जाड़े में ठण्ड से उठ जाते हैं...बप्पा की उम्र भी हो चुकी है..."

"अच्छा जा...जाकर काम कर..." वसुधा ने आदेश दिया और कलुआ वहाँ से तुरन्त चला गया।

वसुधा ने मुँह बनाते हुए कहा, "ये नौकर जरा-सा मौका मिलते ही सिर पर सवार हो जाते हैं। सिर पर छप्पर है नहीं, शरीर के लिए इन्हें चादर चाहिए। आज तक तो नहीं कहा था उसने कि बप्पा के लिए चादर चाहिए..."

नीलाद्रि ने कहा, "अचानक ध्यान में आ गयी होगी बात, और क्या? बीमारी और भूख की तरह ठण्ड भी कम दुश्मन नहीं है गरीबों की। ठण्ड से हर साल भारतवर्ष में कितने मरते हैं, सोचा जाए तो दुःख होता है...।"

ऐसा नहीं कि इससे वसुधा को दुःख नहीं होता, किन्तु इस मस्त-मलंग लड़के का लालच देखकर वे हैरान हैं। मन-ही-मन सोचा, चलो ठीक है, नेपालियों से ऊन और सूत मिला चादर कलुआ के बप्पा के लिए खरीद देंगी। कलुआ ने अभी तक छह महीने की तनख्वाह भी नहीं ली है। उसकी तनख्वाह से थोड़ा-थोड़ा करके काटने पर उसे अखरेगा भी नहीं।

कुछ दिनों के बाद कलुआ ने गाँव जाने की तैयारी कर ली। यह पहले से ही तय था कि दिल्ली से वसुधा के लौटने के बाद आठ दिनों के लिए उसे गाँव जाने की छुट्टी मिल जाएगी। कलुआ ने खुशी-खुशी गाँव जाने की तैयारी कर ली। चलते समय छह महीने की तनख्वाह माँगने पर वसुधा ने कहा, "इतने रुपये एक साथ कहाँ धरे हैं? सौ रुपये ले जा, फिर जब तू लौटकर आएगा, तब साहब की तनख्वाह मिलते ही बाकी के रुपये डाक से भिजवा देंगे..."

गाँव जाते समय सारा पैसा कलुआ को न देने के पीछे वसुधा के दो उद्देश्य थे। पहला यह कि रुपये बाकी होंगे तो कलुआ जरूर वापस आएगा। और दूसरा यह कि जाड़े में चादर खरीदने के लिए वे सारा पैसा अपना तो लगाएँगी नहीं, कलुआ की तनख्वाह से भी दस-बीस रुपये उसमें मिलाएँगी।

किन्तु कलुआ पूरी तनख्वाह के लिए गिड़गिड़ाने लगा, "खबर आयी है कि घर की हालत बहुत खराब है, आजकल चूल्हा तक नहीं जलता। बल्कि तनख्वाह

के अलावा कुछ रुपये आप और उधार दे देतीं, तो अच्छा होता।''

वसुधा गुस्से से बड़बड़ा उठीं, ''यह कोई नयी बात तो है नहीं! तुम लोगों को उधार पैसों की हमेशा जरूरत रहती है। इधर उधार भी लेना चाहता है, और उधर बाप के लिए गर्म चादर भी खरीदना चाहता है। आखिर तेरी तनख्वाह है ही कितनी?''

कलुआ ने अति अनुनयपूर्वक कहा, ''गर्म चादर न भी हुआ तो कोई बात नहीं, जीने के लिए खाना तो चाहिए ही...''

वसुधा ने खीझते हुए कहा, ''असल बात यह है कि तुम लोगों को सभी चीजों का लालच है...''

कलुआ के अनुनय में जितना यथार्थ था, वसुधा की खीझ भी उतनी ही तर्कसंगत थी। बहुत लोगों को उधार पैसा, धोती, चादर, पैण्ट-शर्ट इत्यादि देकर वसुधा बार-बार ठगी गयी हैं। सारा कुछ लेंगे-गाँव जाएँगे, फिर नहीं लौटेंगे। बरगद की जड़ की तरह अविश्वास शहर से गाँव तक पहुँच चुका है। जो ले गया, वह फिर कभी नहीं लौटेगा, न ही लौटाएगा, बार-बार वसुधा ने अनुभव को स्वयं झेला है।

फिर भी कलुआ के व्याकुल आग्रह को नकारा नहीं जा सकता। उधार न भी दें, कम-से-कम उसका पूरा हिसाब तो चुकता कर ही देना चाहिए। कलुआ का पूरा पैसा उसे दे दिया गया। वसुधा ने बार-बार जल्दी ही गाँव से लौट आने को कहा। कलुआ ने वादा किया कि वह हफ्ते-भर में लौट आएगा। घर पर खाने को नहीं है, पाँच लोगों के हिस्से में भला वह अपना हिस्सा क्यों बँटाए? बल्कि यहाँ वह खूब आराम से है। गाँव में दिन में तीन मर्तबा भर-पेट खाना उसने होश सँभालने से आज तक नहीं खाया था...

कलुआ जरूर लौट आएगा, ऐसा वसुधा को लग रहा था। गाँव में ऐसा दिव्य भोजन कहाँ धरा है? यह लड़का खाने का इतना लालची है कि भर-पेट खाने के बाद बर्तन माँजते-माँजते भी बच्चों की जूठी थालियों में बचे आलू के टुकड़े, सब्जी, मुट्ठी-भर भात इत्यादि इकट्ठा करके खा लेता है। वसुधा पूछती, ''क्यों रे, पेट नहीं भरा था तो मुट्ठी-भर भात और क्यों नहीं माँग लिया?''

कलुआ सहज ही भाव से कहता, ''मालकिन, ऐसी बात नहीं है। भात-तरकारी फेंकना मुझे सहन नहीं होता-गाँव के लड़के खाने को इतना भी नहीं पाते। एक टुकड़े आलू के साथ मेरी बहन भर-कटोरा भात खा जाती है...''

वसुधा नरम होते हुए कहतीं, ''गाँव जाते समय बड़े बाजार से दो-चार किलो आलू अपनी बहन के लिए लेते जाना...''

कलुआ के लौटने की उम्मीद में हफ्ता, दो हफ्ते, महीना, दो महीने बीत

गये, परन्तु कलुआ नहीं लौटा। "क्या हुआ, वह क्यों नहीं लौटा"–वसुधा चिन्तित हो उठीं। कलुआ के लिए नहीं, खुद के लिए। व्यस्तता की सीमा नहीं थी। कलुआ घर का काफी काम निपटा लेता था। अब घर का सारा काम कैसे होगा?

नीलाद्रि बाबू के सहकर्मी सुधीर बाबू ने कलुआ को गाँव से लाकर काम पर रखवाया था। वसुधा ने उनसे कलुआ को पुन: गाँव से पकड़ लाने का अनुरोध किया। सुधीर बाबू ने गाँव से लौटने के बाद कहा, "वह लड़का भूखे पेट गाँव में इधर-उधर डोलता रहता है, पर कटक आने का नाम तक नहीं लेता। कुछ ही दिनों में चेहरा सूखकर काँटा बन चुका है, फिर भी उसे अपनी चिन्ता नहीं है। कोई बात नहीं, आप परेशान मत होइए। और कोई लड़का ढूँढ़ लिया जाएगा..."

वसुधा समझ नहीं पा रही थीं कि आखिर कलुआ क्यों नहीं आना चाहता। यहाँ इतने आराम से था–खुशी-खुशी गाँव भी गया। जल्दी ही लौट आने को कह गया था। लेकिन...

एक दूसरा लड़का आया, कलुआ की जगह भर गयी। सभी कलुआ की कमी भूल गये; किन्तु अचानक एक दिन कलुआ को ढूँढ़ा जाने लगा। गाड़ी भाड़ा देकर सुधीर बाबू को कलुआ को पकड़ लाने का निर्देश दिया गया। यह भी बतलाने को कहा गया कि यदि सीधी तरह न आया, तो पुलिस से बँधवाकर लाया जाएगा।

अब भी नीलाद्रि बाबू कह रहे थे, अच्छी तरह ढूँढ़ने के लिए। "शॉल जरूर यहीं कहीं होगी। इतनी कीमती शॉल लेकर भला कलुआ क्या करेगा?"

वसुधा ढूँढ़ते-ढूँढ़ते थक चुकी थीं। पाँच-पाँच मर्तबा अलमारी, बक्से, तकिये आदि ढूँढ़ चुकी थीं। परन्तु शॉल का कहीं नामोनिशान तक नहीं था। कड़ाके की ठण्ड पड़ने पर ही नीलाद्रि ने ओढ़ने को शॉल माँगा था। रखी हुई जगह पर शॉल न मिलने पर वसुधा का दिमाग ठनका। यह काम कलुआ के सिवा और कोई नहीं कर सकता।

कपड़े की अलमारी में प्राय: ताला बन्द नहीं किया जाता। बीच-बीच में कलुआ कपड़े तह करके अलमारी में रखा करता था। इस कमरे में कलुआ के सिवा कोई बाहरी आदमी आता ही कहाँ था कि शॉल ले जाएगा? शॉल सबके नीचे की ताक में कागज के पैकेट में थी। अब तक सारा घर तलाश चुकी हूँ, सब कुछ है, सिर्फ वह शॉल ही नहीं है।

कलुआ की वे ललचायी आँखें वसुधा को याद आ रही थीं। बाप के

लिए उसने अचानक चादर क्यों माँगी? जाते समय पूरी तनख्वाह क्यों ले गया? उसने यह भी कहा था, 'चादर न भी हुई तो कोई बात नहीं, जीने के लिए खाना तो चाहिए ही'। अन्त में, ठीक से कुछ खाये-पीये बगैर गाँव में ही पड़ा-पड़ा सड़ रहा है, फिर से लौटता क्यों नहीं?

कलुआ के खिलाफ अकाट्य तर्क है, किन्तु क्या सबूत है कि शॉल कलुआ ही ले गया है? वसुधा बस एक ही बात कहती हैं, वह शॉल जरूर कलुआ का बाप ओढ़ता होगा। यही तो सबूत है।

सुधीर बाबू निराश होकर लौट आये। कलुआ की बस एक ही जिद थी कि उसने शॉल नहीं ली है। उसके बाप ने भी इनकार किया। दोनों ने देवी मैया का चबूतरा छूकर सौगन्ध खायी। वसुधा ने कहा, "बेटा तो चोर है ही, बाप और भी बदमाश है। बड़ा साहसी है! चार सौ रुपये का शॉल ओढ़ने का कितना शौक है!" चार सौ रुपये चुरा लिये होते तो वसुधा सह जाती, किन्तु पति के लिए इतने प्यार से, इतनी दूर से लाया हुआ शॉल, कलुआ का वह मजदूर, भिखमंगा बाप ओढ़ेगा? "नहीं, यह कभी बर्दाश्त नहीं किया जा सकता। इन लोगों को उचित सबक सिखलाना आवश्यक है।"

वसुधा खुद अपनी गाड़ी में कलुआ के गाँव की ओर चल पड़ीं। उनके साथ फुफेरा भाई, पुलिस इन्स्पेक्टर रणजीत भी था। नीलाद्रि ने कहा, "चार सौ रुपये की शॉल तो गयी ही, उसके साथ सौ रुपये का तेल भी गाड़ी में जल जाएगा। यदि उसने शॉल ली भी होगी तो अब तक ओढ़ चुका होगा। अब उस चादर को लेकर क्या करोगी? बल्कि ओढ़ने दो बेचारे गरीब को, तुम्हें पुण्य मिलेगा।"

वसुधा ने कहा, "मेरा ख्याल है कि इतना सुन्दर शॉल ओढ़ने का दुस्साहस उसने नहीं किया होगा। जरूर सहेजकर रखे होगा। सौ-दो सौ का लालच दिखलाकर वह शॉल उससे ले आऊँगी। इतनी सुन्दर शॉल, भुलाये नहीं भूलती..."

कलुआ और उसका बाप एक ही बात पर अड़े थे कि कलुआ ने शॉल नहीं चुरायी है। तरह-तरह की लालच दी गयी, परन्तु वे मानने को तैयार नहीं थे। अन्त में पुलिस की पोशाक में रणजीत बाबू गाड़ी से उतरे। उन्होंने कहा, "सीधे-सीधे मान जाओ या फिर दोनों बाप-बेटे बैठो गाड़ी में। थाने में खुद ही कबूल लोगे कि..."

देहात का मजदूर होने पर भी कलुआ के बाप से यह छिपा नहीं था कि शहर के थानों में चोरों से किस तरह बातें उगलवायी जाती हैं। मार खाकर लहू-लुहान होकर कबूलने की अपेक्षा सीधे-सीधे मान लेने में ही भलाई है। बात मान लेने से कौन-सी फाँसी हो जाएगी। लड़का मार से तो बच जाएगा...

हाथ जोड़कर बूढ़े ने कहा, "साहब! बच्चा है, लालच में ले आया था।

जो सजा देनी हो मुझे दीजिए, उसका तो साहब अभी बचपना भी नहीं गया है...''

रणजीत अपनी आसान सफलता से उत्साहित होते हुए बोला, ''शॉल लौटा दे, सजा से बच जाएगा, उल्टे मालकिन तुझे पचास रुपये देंगी, तू चादर खरीदकर ओढ़ना।''

रोते-गाते बूढ़े ने कहा, ''साहब, वह शॉल मैं घर पर रखकर क्या करता, उसे बेच आया हूँ...''

''किसे बेचा है बता, मैं उससे वसूल लूँगा।''

गाँव के लोग एक-दूसरे का मुँह ताकने लगे। इस आदमी की वजह से आज पूरा गाँव बदनाम हो गया, लोग मन-ही-मन अपना गुस्सा पी रहे थे।

बूढ़े ने हाथ जोड़कर कहा, ''हमारे गाँव के लोग चोरी का सामान नहीं खरीदते, साहब! एक यह छोटा गरीब गाँव होने पर भी मेरे नादान लड़के को छोड़कर बाकी के सभी लोग सीधे और ईमानदार हैं। सभी मजदूरी करके गुजारा करते हैं। इसलिए मैंने दूसरे गाँव के हाट के दिन एक अपरिचित शहरीबाबू को वह शॉल डेढ़ सौ रुपये में बेच दिया था। रुपये खर्च हो चुके हैं'', बूढ़ा रोने लगा।

रणजीत ने बूढ़े पर दो बेंत जमाते हुए कहा, ''उस शॉल का दाम, हजार रुपये है, कम-से-कम पाँच सौ रुपये निकाल। नहीं तो पाँच साल तक चक्की पीसेगा।''

गम्भीर होकर गाड़ी में बैठते हुए वसुधा ने कहा, ''पाँच सौ रुपये अपने पाँच जन्मों में भला चुका पाएगा। जिस डेढ़ सौ रुपये में बेचा है, उतना ही लौटा दे तो कम-से-कम गाड़ी के तेल का खर्च वसूल हो जाए। जिसके घर में तीन दिन में एक बार चूल्हा जलता है, मजदूरी मिलने पर भात बनता है, भला वह डेढ़ सौ रुपये कहाँ से लाएगा?''

गाँव के मुखिया ने गाँव की इज्जत का खयाल करके उसकी ओर से डेढ़ सौ रुपये दे दिये। बूढ़ा बार-बार प्रतिज्ञा करता जा रहा था कि मजूरी करके वह मुखिया का पैसा सधा देगा। अब भी कलुआ कह रहा था, ''मैंने चोरी नहीं की है। बप्पा झूठा है...।''

कलुआ का तमतमाया हुआ चेहरा देखकर लोग हैरत में पड़ गये। बड़ा होकर यह जरूर डाकू बनेगा। दुबारा मुँह खोलने पर रणजीत बाबू ने दो बेंत जड़ दिये। गाँव वालों ने हाथ जोड़ते हुए कहा, ''आप छछूँदर को क्यों मार रहे हैं साहब, हाथ गन्धाने लगेगा। हम लोग देख लेंगे। आप लौट जाइए। चोर लड़के के कारण मालकिन को भी कच्चे रास्ते की परेशानियाँ झेलनी पड़ीं...''

गाँव वालों को धन्यवाद देकर वसुधा लौट आयीं। शॉल भले ही न मिले,

बूढ़े ने कबूल लिया, यही उनका आत्मसन्तोष था...। चलते समय भी नीलाद्रि ने कहा था, कलुआ इतना साहस नहीं करेगा। अब खुद ही देखें, वह कितना शैतान है।

गर्मी की लम्बी छुट्टियाँ थीं। बच्चों के स्कूल बन्द थे। इन दिनों काफी समय मिलता है। घड़ी देखकर काम करने की जरूरत नहीं होती। वसुधा अलमारी, ताक आदि अच्छी तरह साफ कर रही थीं। कपड़े की अलमारी की निचली ताक में कवर से ढका टाइपराइटर रखा था। जरूरत पड़ने पर बड़ा लड़का उसे निकाला करता है और काम खत्म हो जाने पर पुनः वहीं रख देता है। ताक बहुत गन्दा था। ताक में बिछा अखबार बार-बार टाइपराइटर रखने-उठाने से गुड़ी-मुड़ी हो गया था। ताक साफ करके वहाँ नया अखबार बिछाने की बात सोच उन्होंने टाइपराइटर उठाकर खाट पर रख दिया। उसके बाद वे साँप देखने की तरह चौंक उठीं। टाइपराइटर के नीचे कागज के पैकेट में हरिद्वार को-ऑपरेटिव स्टोर से खरीदी गयी वही अभूतपूर्व शॉल थी। शॉल टाइपराइटर पर रखी हुई थी। बड़े बेटे ने टाइपराइटर निकालते वक्त उसे वहीं ताक में रख दिया, और काम खत्म होने के बाद टाइपराइटर ले जाकर शॉल पर ही रख दिया था। वसुधा ने उस ताक में दस मर्तबा शॉल ढूँढ़ा था, लेकिन टाइपराइटर उठाकर देखने का कोई तुक ही नहीं था।

शॉल देखते ही वसुधा की खुशी का ठिकाना नहीं रहा। परन्तु दूसरे क्षण अपराध-बोध से उनका मन भारी हो उठा। निर्दोष गरीब से डेढ़ सौ रुपये वसूल कर उन्होंने पेट्रोल जला दिया, जिसके लिए खून-पसीना एक करके उसने ऋण चुकाया होगा। सिर्फ इतना ही नहीं, पूरे गाँव के आगे बाप-बेटे दोनों को कितनी आसानी से उसने चोर साबित कर दिया था। किससे कहें कि शॉल मिल गया है? बच्चे भी सुनेंगे तो क्या कहेंगे...

रणजीत को बुलाकर वसुधा ने अपना दुःख कह सुनाया। उस आदमी ने चोरी क्यों कबूल ली, इस बात पर भी उन्हें आश्चर्य हो रहा था। रणजीत ने गर्व से सीना तानते हुए कहा, "यह सब पुलिस के डण्डे का कमाल है, समझीं, मार से तो भूत भी भागते हैं! इसका मतलब, उस आदमी ने अपने लड़के को पुलिस की मार से बचाने के लिए इतना झूठ कहा..."

"किन्तु उससे डेढ़ सौ रुपये लाना, कितना अन्याय हुआ, रणजीत!" वसुधा रुआँसी हो उठीं।

रणजीत ने सहज रूप से कहा, "इसमें घबराने की क्या बात है? सुधीर बाबू के जरिये रुपये लौटा दे, उस आदमी को। हाँ, यह मत बताना कि शॉल

हमें अपने घर में मिल गयी है। वरना मुझ पर से लोगों की आस्था टूट जाएगी। क्या सोचेंगे लोग मेरे बारे में। तरस खाकर उस आदमी का पैसा लौटा रही हो, यही कहना। इससे तुम्हारा यश बढ़ेगा, मुझे भी ख्याति मिलेगी, उस आदमी को भी उसका पैसा मिल जाएगा। हाँ, शॉल मुझे दे दे। 'एक शॉल लाया' कहकर जीजाजी को मैं प्रेजेण्ट कर दूँगा, बड़ा मजा आएगा-''

कलुआ के पिता के लिए वसुधा ने एक चादर खरीदी। डेढ़ सौ रुपये के साथ पचास रुपये और मिलाकर वसुधा ने सुधीर बाबू को बुलवाया और उन्हें देते हुए बोलीं, ''यह लीजिए, कलुआ के बाप के पैसे लौटा दीजिएगा। लड़के की चोरी की सजा भला बाप क्यों पाये? आजकल के बच्चे तो माँ-बाप को कष्ट देने के लिए ही पैदा हुए हैं। उस समय गुस्से में पैसे ले जरूर आयी थी, लेकिन अच्छा नहीं लगता। हाँ, यह चादर उस बूढ़े को दे दीजिएगा। अगली ठण्ड में ओढ़ लेगा...''

वसुधा के चेहरे पर ठण्डे पानी के छींटे मारने की तरह ठण्डे गले से सुधीर बाबू ने कहा, ''आप उदारता दिखलाते हुए चोर को भी दान-दक्षिणा दे रही हैं, किन्तु गाँव वालों ने उसे उचित दण्ड दिया है। जैसे ही उस आदमी ने मजूरी कर-करके गाँव के मुखिया का ऋण सधाया, गाँववालों ने बाप-बेटे की जमकर पिटाई की। गाँव का नाम बदनाम करने के कारण उन पर जुर्माना लगाया। जुर्माना न दे सकने के एवज में गाँववालों ने उस आदमी को बारी-बारी से बँधुआ मजदूर की तरह मुफ्त में खटाया। गाँववालों की मार, भूख, उपवास, मेहनत और साथ ही इस वर्ष की कड़ाके की ठण्ड के प्रकोप से वह बूढ़ा दो महीने पहले ही मरा नहीं, बल्कि तर गया...''

''और कलुआ?'' वसुधा ने व्याकुल हो पूछा।

''बाप के मरने के बाद गाँववालों के अत्याचार के डर से वह चोर लड़का रातोंरात फरार हो गया, उसकी छोटी बहन से भला विवाह कौन करे? गाँव के मुखिया के खेतिहर मजदूर ने तरस खाकर तीसरी पत्नी के रूप में उसे अपना लिया। माँ तो थी ही नहीं। इस तरह चोर वंश का सफाया हो गया...''

वसुधा की छाती का रोग तभी से शुरू हुआ है। किसी सच्चे इंसान को चोर साबित करना कितना आसान है; जबकि उसे उसकी सच्चाई लौटाना कितना मुश्किल!

नीलाद्रि को सारी बातें बतला देने पर भी बीमारी कम नहीं हुई, बल्कि साल-दर-साल ठण्ड के प्रकोप से बीमारी बढ़ती ही जा रही थी। ठीक लाइलाज छाती के रोग की तरह, जीवन-भर इलाज चाहिए; हालाँकि समय की महौषधि बीमारी को दबा जरूर देती है, बाहर निकाल नहीं पाती।

जागीर

उसे किसी की जागीर से कोई मतलब नहीं था, फिर भी न जाने क्यों उसके माता-पिता ने उसका नाम 'जागीर' रखा था। जागीर स्वाईं का गाँव था धूमात, जिला कटक। विरूपा, ब्राह्मणी, केलूवो नदी के संगम पर एक छोटा-सा हरा-भरा गाँव। एक ओर मनुष्य द्वारा बनायी गयी जल की धारा-नहर, और दूसरी ओर प्रकृति-कन्या नदी की धारा। नदी के उस पार किनारे-किनारे जितनी दूर तक निगाह जाती, सब कुछ हरा-भरा और नीला दिखाई देता। हरे-हरे खेतों और जंगलों में बसे हैं कई छोटे-छोटे गाँव...गाँव के उस पार नीले-नीले घने जंगल।

गाँव में हिन्दू और मुसलमान साथ-साथ अपने दिन गुजार रहे हैं। थोड़ी ही दूरी पर स्थित ललितगिरि, रत्नगिरि पर्वतों की दीवारों पर बौद्ध धर्म की अमिट कीर्ति लिखी हुई है। गाँव 'माँ' होती है। माँ के आगे सभी इंसान बराबर होते हैं। कोई किसी भी नाम से क्यों न पुकारे, सभी एक ही का ध्यान रखते हैं, सुख के लिए-गाँव की भलाई के लिए-मानव जाति के कल्याण के लिए। वह हिन्दू हो, मुसलमान हो, बौद्ध हो या सिख, माँ की नजरों में सभी एक हैं। जाति-धर्म के आधार पर 'धूमात' गाँव की नदी का पानी किसी के लिए मीठा या किसी के लिए खारा नहीं है। धूमात गाँव की माटी एक के लिए मीठे और दूसरे के लिए खट्टे फल नहीं उपजाती। धूमात गाँव की हवा एक के लिए मलयानिल और दूसरे के लिए लू-भरी नहीं होती। धूमात गाँव में जब भी, जो कुछ भी आया है, सबके लिए एक समान आया है। राजा और जमींदार के अत्याचार, प्राकृतिक अकाल, सूखा, बाढ़, भुखमरी जब भी हुए हैं, जाति-धर्म के भेदभाव भूलकर-सबको समान रूप से चपेट में खींचा गया है। और जब कभी भी हँसी-खुशी पर्व-त्यौहार आये हैं, धूमात गाँव के सभी लोगों को आत्मविभोर कर गये हैं। धूमात गाँव के हिन्दू-मुस्लिम रोये हैं, तो साथ-साथ और मुस्कराये हैं, तो भी साथ-साथ। भारत भूमि पर अनगिनत साम्प्रदायिक दंगे, हिन्दू-मुस्लिम मार-काट हो

चुके हैं–भारत माता की छाती मनुष्य के खून से लथपथ हो चुकी है। हालाँकि धूमात गाँव के प्रत्येक जन की आँखों से आँसू बह चुके हैं, किन्तु किसी के सीने से कभी खून नहीं टपका। एक-आध मर्तबा साम्प्रदायिक मार-काट हो गयी होती तो शायद धूमात गाँव के लोग जान गये होते कि हिन्दू और मुसलमान के खून में कोई फर्क नहीं है। मार-काट की जरूरत क्या है? धूमात गाँव वाले जानते हैं कि धर्म के नाम पर आज तक किसी ने किसी को छुआ तक नहीं है।

इतिहास में नाम न होने पर भी ऐसा लगता है कि इतिहास में उसका नाम है। उसी धूमात गाँव में जागीर स्वाईं जन्मा है। पिता–घनस्वाईं। माँ का नाम पता नहीं। व्यवसाय–खेती। पत्नी किसान घर की बेटी, उत्तमा। एकमात्र कुलदीपक दामोदर। जागीर स्वाईं का छोटा भाई भिखारी स्वाईं है। दोनों भाई अनपढ़। बाप-दादे की पढ़ाई के बारे में न कहना ही बेहतर है। कुल जमीन एक बीघा। किसी तरह गुजारा हो जाता है। इकलौते बेटे दामोदर को किसी अनजान बीमारी ने ले लिया। जागीर के घर में फिर कभी सोहर में आग नहीं जली। छोटा भाई भिखारी शादी से मुँह चुराये अपने घर में अकेले रहता। माँ-बाप की आँख बन्द हो जाने के बाद जागीर के घर पर उसके मामा-मामी आकर रहने लगे। उत्तमा अपने मरे हुए बेटे को याद करती रहती है, और जागीर पागलों की तरह इधर-उधर भटकता रहता है। बगुला-बगुली की तरह पत्नी का मुँह ताके आखिर वह कब तक घर में बैठा रहे?

किसी के घर पर कोई पूजा-पाठ हो रहा हो तो जागीर वहाँ कमर कसकर हाजिर हो जाता है। किसी के घर पर कोई उत्सव मनाया जा रहा हो तो बगैर जागीर के वहाँ काम नहीं चल सकता। किसी के घर में मुर्दा पड़ा हो तो मुर्दे का भाई बनकर वह उस घर में जा पहुँचता है। गाँव में मार-पीट, फौजदारी, गाली-गलौज हो रहे हों तो बीच-बचाव में पड़कर वह अपना सिर आगे कर देता है। दुःख में, सुख में, ब्राह्मण टोले में, हरिजन टोले में, मन्दिर में, श्मशान में–जो जहाँ भी ढूँढ़े, जागीर वहीं हाजिर हो जाता है। यदि कोई खुश होकर उसे पैसे, खाने-पीने की चीजें या पान आदि दे तो आँखें दिखाकर जागीर कहेगा, "क्या मजदूरी दे रहे हो?...मैं आपका बँधुआ हूँ, नौकर हूँ या मैंने आपकी जागीर खायी है? जागीर स्वाईं किसी की चीज नहीं खाता और ना ही किसी का कुछ धारता है। किसी के आगे हाथ फैलाना या किसी का हुक्म मानना उसकी जन्म-पत्री में नहीं लिखा। क्या आपने मुझे काम करने के लिए बुलाया था? मेरी इच्छा हुई–अपना काम समझकर चला आया। पराया समझता तो आता ही क्यों? आप मजदूरी देने वाले होते कौन हैं? आप मेरे राजा हैं या जमींदार? मैं किसी से

डरने वाला आदमी नहीं हूँ–यदि पैसे की बात करेंगे, तो फिर कभी मौका पड़ने पर देखिएगा–समझे?'' उसके बाद काम खत्म करके जागीर वहाँ से छू-मन्तर हो जाता। भले ही पूरा गाँव उसका धारता हो, लेकिन वह किसी का कुछ नहीं धारता। यदि उसके मन में कोई बात नहीं जँचती, तो मरकर भी उसे मानने को तैयार नहीं होगा। जागीर स्वाईं की हाँ तो हाँ, ना तो ना, वचन दे दिया तो दे दिया। सिर कट जाए तो भी वह जुबान से मुकरना नहीं जानता।

सिर्फ धूमात गाँव में ही नहीं, बल्कि इन्दुपुर आदि आसपास के पाँच-छः गाँव के लिए जागीर स्वाईं हर घर का एक सदस्य है। जागीर की सभी अच्छाइयों में सिर्फ एक ही बुराई है–उसका हठपन। यदि वह कौवे को चिड़िया कह दे तो ब्रह्मा के आकर समझाने पर भी वह उसे कौआ नहीं कह सकता। जिस तरह मूडी है, उसी तरह जिद्दी भी। परन्तु इतना जरूर है कि जागीर हमेशा अच्छी बातों पर ही जिद करता है, सँवारने के सिवा उजाड़ने की जिद का उदाहरण जागीर की जिन्दगी में नहीं मिलता। पाँव-हाथ का जवान पट्ठा खुले बदन गाँव-गाँव डोलता है। छोटे से लेकर बड़े तक का प्रिय, सबका अपना। परन्तु सभी उसे सिर्फ 'जागीर' कहकर पुकारते हैं। नाम के साथ भाई, दादा, मौसा, मामा, दोस्त जोड़कर बुलाने पर वह नाराज हो जाता है। वह कहता है–''कौन किसका भाई, दादा, मौसा, मामा, दोस्त है? सब माया है, बेकार है। एक तो था जो बप्पा-बप्पा कहकर पीछा नहीं छोड़ता था। कहाँ गयी वह बप्पा की आवाज–वह खुद कहाँ चला गया? अकेले आये हो, अकेले जाओगे। दो दिनों की दुनिया में इतना लगाव क्यों बढ़ाते हो? फिर क्यों तड़पते हो? मेरी उत्तमा को ही देखो। 'दामू'-'दामू' की रट में उसने अपनी क्या हालत बना रखी है। सिर्फ हड्डियाँ ही रह गयी हैं उसके शरीर में। माँ की पुकार सुनकर क्या हमारा दामोदर फिर लौट आएगा? तो फिर क्यों झूठी माया के पीछे भागते हो? जितनी जिन्दगी बची है, हँसी-खुशी, मौज-मस्ती में बिता दो–दुनिया भरी है लोगों से, तुम्हारे घर पर कोई हादसा हो गया तो क्या तुम सारी दुनिया के सुखों से मुँह फेरकर, दरवाजा बन्द करके उत्तमा की तरह सिर पटकते रहोगे?'' सभी कहते हैं कि जागीर बातूनी है। कोई-कोई लाड़ से कहता, ''पागल है जी।'' जागीर मुस्कराकर कहता, ''सच कहते हो। मनुष्य पागल न होता तो चन्द दिनों के लिए भला इतने मनसूबे क्यों बाँधता।''

जागीर तो सिर्फ एक को राजा मानता है, मालिक समझता है। उसके फैसले को सिर झुकाकर स्वीकारता है। वह राजा है भगवान, जिसने जन्म और मृत्यु बनाये हैं। इसके सिवा वह किसी भी राजा अथवा जमींदार को नहीं मानता। हालाँकि वह इतना जरूर जानता है कि भारत पर किसी एक अँग्रेज-व्यापारी

ने आकर कब्जा कर लिया है। भारत की जमीन पर जितनी भी फसल, खनिज पदार्थ, धन-रत्न, अमूल्य पैतृक सम्पत्ति हैं, वह सब वही अँग्रेज भोग रहा है। उसने भारत के लोगों को छोटी-छोटी नौकरियों में लगाया है। कमरतोड़ मेहनत करवाता है। उन पर कहर ढाता है। भारत की सम्पत्ति अपने देश भिजवाता है, अपने बेटे, नाती, पोती के लिए। अपने देश की चीजें लाकर यहाँ बढ़ी दरों में बेचता है। व्यापार करने आया था, राजा बनकर बैठ गया। बड़ा धूर्त है, चालाक है। देश-भर में उसने अपने लोगों को फैला रखा है। उनके हाथों में शक्तिशाली अस्त्र, गोला-बारूद हैं। भारत के लोग वीर, योद्धा, साहसी हुए तो क्या हुआ, उसे हटा नहीं पा रहे।

जागीर अपना गुस्सा मन-ही-मन पी जाता है। उसकी मुट्ठियाँ बँध जाती हैं। वह प्रतिज्ञा करता है, "जिस दिन वह अँग्रेज मिल जाएगा, उसे खत्म किये बिना नहीं छोड़ेगा। लाठी की एक ही चोट से उसके सिर का गूदा निकाल बाहर कर देगा।" गाँव के पढ़े-लिखे लोग उसे समझाते कि "अँग्रेज कोई एक आदमी नहीं है रे, एक देश है, एक जाति है। खूब ताकतवर, खूब बुद्धिमान। दूसरे की चीज, दूसरे की सम्पत्ति, दूसरे के देश को हथियाने में धुरन्धर। भला उनका कोई क्या बिगाड़ सकता है?"

जागीर दाँत किटकिटाते हुए कहता, "दिल्ली में न रहकर यदि वह धूमात गाँव में होता, तो जिस समुद्र मार्ग से वह व्यापार करने आया था उसी समुद्र में उसकी कब्र खोद देता। एक से भले दो होते हैं। धूमात गाँव के हिन्दू-मुस्लिम युवक इकट्ठे हो जाएँ तो कौन-सा काम असम्भव है?" जागीर एकान्त में बैठे-बैठे सोचा करता कि यदि पूरे भारत के लोग एकजुट होकर निकल पड़ें तो अँग्रेज क्या, उसके बाप-दादा भी 'मर गये' 'मर गये' चिल्लाते हुए भारत छोड़कर भाग जाएँगे। लेकिन इतना बड़ा देश-कहाँ हिमालय और कहाँ कन्याकुमारी, इतने लोगों को इकट्ठा करेगा कौन?

अँग्रेजों के विरुद्ध सबको एकजुट करने के लिए 'गाँधी' नामक किसी खूब पढ़े-लिखे बुद्धिमान आदमी ने कमर कसी है-जागीर ने यह गाँव वालों के मुँह से सुना। जागीर के कानों में सारी बातें पड़ती हैं। चौपालों में बैठकर बातचीत करने वाले पढ़े-लिखे लोगों की बातें सुनकर जागीर के मन में गाँधी के प्रति खूब स्नेह, श्रद्धा और सम्मान उपजता है। गाँधी को सभी 'गाँधी महाराज' कहते हैं। जागीर ने भी गाँधी को महाराज मान लिया था। जो देश की भलाई करता है, वही वास्तविक राजा है। गाँधी से मिलने और उनसे अपने संकल्प के बारे में बातें करने के सम्बन्ध में वह सोचता रहता था। अँग्रेजों को भगाने के लिए उससे जितना कुछ सम्भव हो सकेगा, वह करेगा। काश धूमात-इन्दुपुर के आसपास के लगभग दस

गाँवों के लोगों को एकजुट करने की जिम्मेदारी जागीर के हाथों सौंपकर 'गाँधी महाराज' निश्चिन्त हो जाते! गाँव-से-गाँव मिलकर ही भारत देश बना है। इस तरह गाँव, गाँव से मिल जाएँ तभी जाकर पूरे देश में अँग्रेजों का विरोध आसानी से किया जा सकता है। क्या 'गाँधी महाराज' अकेले इतने गाँवों में घूम सकते हैं? वह किसके हाथों अपना सन्देश गाँधी महाराज तक पहुँचाये, इस बारे में गाँव-भर से पूछता फिरता है। जहाँ कहीं भी गाँधी जी की बात होती है, वह भूख-प्यास भूलकर सुनता रहता है। लोग कहते, "जागीर तो वाकई बौरा गया है।"

दिसम्बर, 1920 में नागपुर में काँग्रेस का आम अधिवेशन हुआ। 'असहयोग आन्दोलन' अँग्रेजों के विरुद्ध श्रेष्ठ अस्त्र है, यह सर्वसम्मति से स्वीकार किया गया। तय किया गया कि सरकारी शिक्षण संस्थाओं, न्यायालयों, विदेशी वस्त्रों, सरकारी उपाधियों एवं नशीली वस्तुओं-इन पाँच चीजों का त्याग करते हुए स्वदेशी भाई असहयोग आन्दोलन का शुभारम्भ करेंगे।

गाँधी जी के आह्वान पर पूरे देश का युवा-वर्ग स्कूल-कॉलेज को छोड़कर असहयोग आन्दोलन में कूद पड़ा। उस समय डिप्टी कलक्टर की नौकरी पर श्री गोपबन्धु चौधरी कार्यरत थे। यह नौकरी नहीं बल्कि इन्द्रासन था। देश का आह्वान सुन इतने बड़े पद से इस्तीफा देकर गोपबन्धु बाबू असहयोग आन्दोलन में शामिल हो गये। नागपुर अधिवेशन से लौटकर पण्डित गोपबन्धु दास ने कटक की काठजोड़ी नदी की रेत पर सभा करके असहयोग आन्दोलन के लिए आह्वान किया। काँग्रेस के असहयोग और अहिंसा आन्दोलन का अर्थ समझाया। यह उनका आह्वान नहीं, बल्कि पूरे देश का आह्वान था। उड़ीसा के अनेक उदीयमान छात्र स्कूल-कॉलेज त्यागकर असहयोग आन्दोलन के सैनिक बन गये।

गाँव में रहकर जागीर ये सारी बातें सुना करता था। महात्मा गाँधी बहुत दूर रहते हैं। नसीब में होगा तो कभी न कभी उनका दर्शन हो जाएगा। गोपबन्धु दास उड़ियापुत्र हैं। वे गाँधी महाराज के चेले हैं। जागीर ने मन-ही-मन गोपबन्धु दास को गुरु मान लिया। किन्तु वह किस चीज का त्याग करे? स्कूल, कॉलेज, न्यायालय, विदेशी वस्त्र, सरकारी उपाधि आदि से उसे कुछ लेना-देना नहीं। गोपबन्धु चौधरी की तरह वह देश के लिए क्या कर सकता है? जागीर हताश नहीं हुआ। उसके लिए सबसे आकर्षक था तम्बाकू, गुग्गुल और त्रिनाथ मेले के समय गाँजा, तथा शादी-विवाह के निमन्त्रणों पर भाँग की ठण्डाई। जागीर ने 'छिः' कहकर सारी नशीली चीजों का सेवन त्याग दिया। नशीली चीजों को त्यागना असहयोग आन्दोलन की एक शर्त थी। अब जागीर उस शुभ दिन का इन्तजार करने लगा। देश-प्रेम के सागर में कब वह एक बूँद बनकर समाएगा, उसी सपने में

विभोर हो, घर-द्वार छोड़कर वह इधर-उधर से देश की खबरें इकट्ठी करने लगा।

सन् उन्नीस सौ इक्कीस। सारे देश में असहयोग आन्दोलन का जोर था। उत्कल जननी की गोद में भारत जननी के सुपुत्र गाँधी जी ने पहली बार कदम रखा। यह खबर उत्कल के गाँव-गाँव में फैल गयी कि कटक की काठजोड़ी-नदी की रेत पर छब्बीस मार्च को गाँधी जी एक विशाल जनसभा को सम्बोधित करेंगे। यह समाचार भला जागीर के कानों तक कैसे न पहुँचता? परमात्मा का आह्वान भला आत्मा कैसे अनसुना कर सकती थी।

उत्कण्ठा और उन्माद से अट्ठाईस वर्ष के युवक जागीर स्वाईं की भूख-प्यास खत्म हो गयी। आराम नहीं, नींद नहीं। रात के अँधेरे में, एक दिन पहले ही, किसी को कुछ बताये बगैर, अँगोछे में थोड़ा-सा चिउड़ा बाँधकर वह कटक के रास्ते पर निकल पड़ा। रास्ते में ही रात बीती, सूर्योदय हुआ। लेकिन जागीर स्वाईं को कुछ दिखाई नहीं दे रहा था, पेड़-पौधे, खेत-खलिहान, आदमी कुछ नहीं दिख रहे थे। उसके सामने सिर्फ एक ही रास्ता था और रास्ते के उस पार काठजोड़ी की रेत। निराशा के अन्तहीन रेगिस्तान में स्वाधीनता की मशाल जलाये उगते सूर्य की तरह खड़े हैं, भारत माता की होनहार सन्तान, गाँधी महाराज। वह मशाल धीरे-धीरे जलते हुए सूर्य का रूप धारण कर रही है। वह सूर्य स्वाधीनता का सूर्य है। जागीर स्वाईं गाँधी महाराज के बदन से बह रहे पसीने को अपने अँगोछे से पोंछ रहा है। उनके पैरों की थकान दूर करने के लिए दोनों कठोर पैरों को विश्वासपूर्वक थामे हुए रगड़ रहा है। कोई कितना ही शक्तिशाली क्यों न हो, किसी के पैरों की ताकत के साथ किसी और के हाथों की ताकत और मन का विश्वास मिल जाए तो वह अनन्तकाल तक काठजोड़ी की रेत पर खड़े होकर स्वाधीनता की मशाल जलाये रख सकता है। जागीर अपनी धुन में चला जा रहा है। मानो सुदामा श्रीकृष्ण से मिलने जा रहा है। गाँव में कोई नहीं जानता, जागीर गाँधी महाराज के दर्शन को आया है, स्वाधीनता के सेतुबन्ध पर गिलहरी की तरह रेत का कण झाड़ने। गाँव के लोगों ने सुना होता तो हँसते; कहाँ विलायत का पढ़ा बैरिस्टर गाँधी महाराज और कहाँ धूमात गाँव का मैला-कुचैला निपट गँवार जागीर स्वाईं।

जागीर ने रास्ते में नित्यकर्म नहीं किया, नाश्ता नहीं किया, थककर चूर होने पर भी विश्राम नहीं किया। विजय के मार्ग पर एक लय से चल पड़ा है, तो चलता ही जा रहा है। काठजोड़ी के सभास्थल पर उसकी यात्रा खत्म हुई। सभास्थल पर सैकड़ों देश-प्रेमी जनता के आगे गाँधी महाराज ने भाषण दिया-''नये उन्माद से सभी संकल्पबद्ध हैं-अँग्रेजी शासन का लोप होगा। भारत स्वाधीन होगा, उसके लिए प्राणों की आहुति देनी पड़े तब भी कदम पीछे हटने का सवाल नहीं उठता।''

जागीर स्वाईं रोमांचित हो उठा। वह अपना नाम, गाँव, ठिकाना सब भूल गया। उसे लगा कि विशाल जनसमूह का वह भी एक हिस्सा है, भले ही वह कितना ही छोटा, नगण्य क्यों न हो, उसका भी महत्त्व कम नहीं। वह घन स्वाईं का बेटा नहीं, वह धूमात गाँव का निवासी नहीं। वह भारतमाता की सन्तान है–जन्म भारत में–वह भारतीय है। बस यही उसका परिचय है। गाँधी महाराज के लिए मूर्ख, ज्ञानी, धनी, दरिद्र, जाति, कुजाति सभी समान हैं। उन्हें सब पर एक-सा विश्वास है। किसी को अलग करके सत्याग्रह आन्दोलन छेड़ेंगे, अँग्रेजों को खदेड़ेंगे, जैसी बड़बोलेपन की बातें उन्होंने नहीं कीं। हर गाँव के बूढ़े, बच्चे, जवान सबको उन्होंने पुकारा है। ऐसे में भला जागीर स्वाईं मुँह छिपाकर कैसे बैठा रहे?

सभा समाप्त हुई। गाँधी जी, गोपबन्धु दास के साथ गम्भीर बातचीत में मशगूल थे। जागीर स्वाईं ने सामने से आकर भक्ति-भरे गद्‌गद हृदय से गाँधी महाराज को प्रणाम करते हुए उनके पैरों की धूल लेकर अपने मस्तक में लगा ली। उसके इतने दिनों का सपना साकार हुआ, गाँधी महाराज को वह अपनी आँखों से देख रहा है, इतना सोचते ही उसकी अपलक आँखें छलछला आयीं। गाँधी जी ने सस्नेह उस पर निगाह डाली! उनके सामने मन्त्र-मुग्ध-सा खड़ा है मैला-कुचैला जागीर स्वाईं। चेहरे और आँखों में एक दृढ़ संकल्प है। गाँधी महाराज समझ गये, उस संकल्प की भाषा–यह एक जाति का संकल्प है। जिस जाति में इतनी विचित्रताएँ हैं, इतनी भाषाएँ हैं, इतनी परेशानियाँ हैं, उनके संकल्प को अशिक्षित, भूख-प्यास से पीड़ित, जागीर स्वाईं भला किस भाषा में कहता। गाँधी जी का चेहरा खिल उठा। आँखें चमक उठीं। जिसका अर्थ था–"तुम्हारी जरूरत मुझे है, तुम्हारी जरूरत इस देश को है।" गाँधी जी के पास इन्दुपुर के श्री नारायण बीरवर सामन्त खड़े थे। वे जागीर स्वाईं को पहचान गये। जागीर स्वाईं का संकल्प वे समझ गये। नारायण बीरवर सामन्त ने जागीर के सिर पर एक खादी की टोपी पहना दी और उसके हाथों में एक राष्ट्रीय झण्डा थमाते हुए बोले, "जा, गाँव-गाँव में गाँधी की बातों का प्रचार कर। घर-घर में असहयोग आन्दोलन का सन्देश पहुँचा। तू यह कर सकता है, मुझे पूरा विश्वास है।"

जागीर को ऐसा लगा जैसे कि उसके सिर पर खद्दर की कोई मामूली टोपी नहीं, बल्कि कोई बहुमूल्य राजमुकुट पहना दिया गया है। यह कोई मामूली झण्डा नहीं है। एक महान देश का सम्मान और स्वाधीनता की चाबी उसके हाथों में दे दी गयी है, एक बहुत बड़ी जिम्मेदारी उसे सौंपी गयी है। आज उसका मानव-जीवन सार्थक हो गया। जागीर स्वाईं जिस काम में हाथ लगाता है, उसे अधूरा नहीं छोड़ता। देश आजाद होगा, अँग्रेज अपनी गठरी-पोटली बाँधेंगे। यही सच

होकर रहेगा। जागीर ने अपने मैले-कुचैले अँगोछे में गाँठ लगा ली।

जागीर स्वाईं ने पुनः गाँधी जी को प्रणाम किया। गोपबन्धु दास के चरणों की धूल ली। नारायण बाबू को प्रणाम करके अपने गाँव लौट आया।

जब जागीर स्वाईं गाँव लौटा, उसका चेहरा, उसकी नजरें, भाव, भाषा सब बदल चुके थे। मानो वह किसी स्वप्नलोक का दृश्य देखता रहता है, कल्पनालोक की बातें करता रहता है।

किसी ने उसे सिर से खद्दर की टोपी उतारते नहीं देखा, हाथ में राष्ट्रीय झण्डा झुकाते नहीं देखा। वह पागल-सा गाँव-गाँव घूमता रहता। सभा में सुनी गाँधी जी की बातों का प्रचार करता। लोगों से नशीली चीजें त्यागने का अनुरोध करता। देश-प्रेम, जाति-प्रेम और स्वाधीनता के बारे में जितना कुछ जानता-समझता है, उन्हीं को दोहराता रहता। बीच-बीच में 'झण्डा ऊँचा' कर ऊँची आवाज में गला फाड़-फाड़कर चिल्लाता, "स्वराज्य तो हम लेकर रहेंगे, भारत माता की जय, महात्मा गाँधी की जय।" उसका चेहरा, उसका इधर-उधर घूमते फिरना, बकते रहना, स्लोगन लगाना आदि उस समय के गाँव वालों को पागलपन के सिवा भला क्या लगता!

बच्चे से लेकर बूढ़े तक अब सभी जागीर को 'पागल' कहकर बुलाने लगे। जागीर के पीछे-पीछे बच्चे 'पागल' 'पागल' कहकर उसे दौड़ाते, हँसते और उसकी नकल उतारते। फिर भी जागीर के कानों में गाँधी जी का उस दिन का भाषण गूँजता रहता। बच्चे उसे घेरकर शोरगुल करते तो वह हाथ जोड़कर भाषण शुरू करते हुए कहता, "नशीली चीजें छोड़ दो, आलस छोड़ दो, विदेशी चीजें छोड़ दो, गुलामी छोड़ दो, स्कूल-कॉलेज छोड़ दो, सभी एकजुट हो जाओ। आओ, मेरे पीछे-पीछे। गाँधी महाराज बुला रहे हैं। उनके पास ले चलूँगा। अँग्रेज कौन है? वह हमारे ही देश में राजा बनेगा और हम उसके गुलाम होंगे? गाँधी जी की बात मान लें तो अँग्रेज को भगा सकते हैं-फिर देश स्वाधीन होगा। भारत में राजा-प्रजा का भेद-भाव नहीं रहेगा। सभी मुस्कराएँगे, सभी सुखी रहेंगे।" अपनी बात खत्म करते ही वह चिल्ला उठता, "स्वराज तो भई जरूर मिलेगा, गाँधी जी की जय, भारत माता की जय।" बच्चे कुछ समझे बिना ही उसके साथ-साथ कहने लगते, "महात्मा गाँधी की जय। भारत माता की जय।" इन्दुपुर-धूमात गाँव के बाहर खड़े पर्वतों में प्रतिध्वनि होती, "भारत माता की जय, महात्मा गाँधी की जय।" अपने गले की प्रतिध्वनि से उत्साहित होकर जागीर पर्वतों की ओर हाथ बढ़ाकर चिल्लाया करता, "वह देखो-सूर्योदय हो रहा है। सिन्दूरी रंग फैल रहा है, देश को स्वाधीन होने में अब देर नहीं है। वाह, कितना खून है! बिना खून बहाये, आकाश को बिना रंगे, भला कभी सूर्योदय होता है? हमें खून नहीं चाहिए,

हिंसा नहीं चाहिए और यदि अँग्रेज खून माँगे तो क्या जागीर उससे डर जाए?''

जब बच्चे पर्वतों पर अस्तगामी सूर्य की छटा देखकर मुँह बाये रह जाते, तब जागीर सूर्योदय का दृश्य देखता रहता है।

गाँधी जी के असहयोग आन्दोलन का पहली बार जागीर के लगातार प्रचार करते रहने के कारण वाकई उससे कई लोगों को प्रेरणा मिली; लेकिन जागीर का 'पागल' नाम फिर भी नहीं बदला।

सन् 1927 में गाँधी जी का पुनः उत्कल आगमन हुआ। 18 दिसम्बर से 21 दिसम्बर तक वे भाषाकोश लेने के लिए गोपाल प्रहराज के घर पर टिके रहे। इन्दुपुर, धूमात के बाढ़ पीड़ितों की मदद करने वाले कई स्वयंसेवी एक दिन गोपबन्धु दास से मिलने आये तो देखा कि प्रहराज के फाटक के सामने जागीर द्वारपाल बनकर पहरा दे रहा है। उसके सिर पर गाँधी टोपी, और हाथ में राष्ट्रीय झण्डा है। अपने गाँव के लोगों को देखकर खुशी से बोला, ''गाँधी जी के आने की खबर सुनकर मैं भला गाँव में चुपचाप कैसे बैठा रहता? मुझ पर कितना भरोसा है उन्हें। मुझसे मिले बगैर उन्हें कैसे पता चलेगा कि सारा कामकाज ठीक-ठाक चल रहा है या नहीं। कड़कड़ाती ठण्ड की परवाह किये बिना पैदल चला आया। दास जी मुझे देखकर काफी निश्चिन्त हो गये। फाटक की रखवाली करने का काम उन्होंने ही मुझे सौंपा है।'' इतना कहने के बाद अपनी व्यस्तता दिखलाते हुए जागीर अन्दर की ओर चला गया। सहकर्मियों के आने की सूचना दास जी को दे दी। गाँधी जी जितने दिनों तक कटक में रहे, जागीर दिन-रात फाटक पर बैठे पहरा देता रहा। कोई मिलने आता तो अन्दर जाकर खबर करता। अन्दर जाता तो बार-बार मन भर-भर कर दास जी और गाँधी जी को देख लेता और सोचता, उसका जीवन सफल हो गया; उसके जैसा नसीब लेकर भला धूमात गाँव का और कौन बेटा पैदा हुआ है!

गाँधी जी लौट गये। जागीर अपने गाँव लौट आया। लेकिन अब वह धूमात गाँव की सीमित परिधि में बँधकर नहीं रह सका। आखिर वह सीमा के भीतर रहे भी कैसे? जागीर गाँव-गाँव घूमता। जहाँ भी रात हो जाती, वहीं उसका घर होता। वह वहीं विश्राम करता। जहाँ भी भूख लगती, वहीं उसका घर होता। कहीं से मुट्ठी-भर कुछ मिल जाता। विलायत से लौटे बैरिस्टर गाँधी देश की स्वाधीनता के लिए पैदल ही पूरे भारत का भ्रमण कर रहे हैं। क्या जागीर चन्द गाँवों में नहीं घूम सकता? जागीर के आगे अन्तहीन रास्ता पड़ा है। उस रास्ते का अन्तिम मील का पत्थर स्वाधीनता है। स्वाधीनता का अर्थ मूर्ख जागीर क्या समझता है, इसे कोई नहीं जानता। लेकिन स्वाधीनता के लिए वह पागल हो गया, यह सभी जानते हैं। धूमात गाँव में अब जागीर से रोजाना

मुलाकात नहीं होती, कभी-कभार धूमकेतु की तरह कहीं से आकर पहुँच जाता। भाषण देता, नारे लगाता और कहता, "अगली बार गाँधी जी आएँगे तो धूमात गाँव बुला लाऊँगा। भक्तिविलास मठ में ठहराऊँगा। गले में फूलों का हार पहनाऊँगा। देवी-देवताओं के आगे गाँधी जी मनौती मानेंगे। स्वाधीनता जरूर मिलेगी। धूमात गाँव के देवी-देवताओं की महिमा कौन नहीं जानता!"

दूसरे दिन सुबह फिर दूसरे गाँव के लिए चल देता। पैंतीस साल का युवा जागीर अस्सी साल के बूढ़े की तरह दिखने लगा था। नहाने, खाने, सोने, आराम करने का कोई ठिकाना नहीं। जागीर कब किस गाँव में रहता है, उसकी खबर तक कोई नहीं रखता।

सन् 1928 उत्कल के लिए एक दुःखद अशुभ वर्ष था। उत्कलमणि गोपबन्धु दास की असामयिक मृत्यु की खबर से लोगों को गहरा सदमा पहुँचा। अब बाढ़-पीड़ित इलाकों के शोकातुर लोगों को बाढ़ से कौन उबारेगा? दास जी तो चले गये। जागीर कहीं गया था, वह धूमात गाँव लौट आया। दास जी के मरने की खबर पाकर जागीर दुःख से किलबिला उठा। पागल जागीर और अधिक पागल-सा हो गया। उसने कहा, "मैं तो बेसहारा हो गया, अब किसके भरोसे काम करूँगा...किसके भरोसे गाँधी महाराज ओड़िशा आएँगे? अब भला इस मिथ्या संसार से मोह क्यों?" जागीर गाँव छोड़कर चला गया। वह फिर कभी धूमात गाँव लौटकर नहीं आया। पैंतीस साल की उम्र में धूमात गाँव की जनसंख्या की सूची से जागीर का नाम अपने आप कट गया।

जब जागीर गाँव में रहा करता था, तब सबने पागल कहकर उसका मजाक उड़ाया। गाँव से चले जाने के बाद कोई भी उसे ढूँढ़ने नहीं गया। उसके चले जाने पर किसी के घर का चूल्हा ठण्डा नहीं हुआ। धूमात गाँव की स्वाभाविक जीवन-यात्रा जागीर स्वाईं की गैर-हाजिरी में पल-भर भी नहीं थमी। 'पागल कहीं मर-खप गया होगा' इस तरह की भावना कभी-कभार सहानुभूति की एक क्षीण लौ की तरह जलकर बुझ जाया करती। सन् 1930 में जब बर्दोली का लगान बन्द करने का आन्दोलन चल रहा था, उस वक्त लगान न देने के अपराध में जागीर की जमीन, उसका घर-द्वार सब नीलाम कर दिया गया। फिर भी जागीर दिखलाई नहीं दिया।

सन् 1934 में भारत-भर में फैले अस्पृश्यता निवारण आन्दोलन कार्यक्रम में गाँधी जी की पदयात्रा शुरू हुई। उन्हीं दिनों 31 मई को धूमात-इन्दुपुर की मिट्टी गाँधी जी के चरण-रज का स्पर्श कर धन्य हुई। गाँधी जी 'भक्तविलास मठ' में ठहरे। बड़े, बूढ़े, बच्चे सभी एक अपूर्व खुशी से झूम उठे। 'महात्मा गाँधी की जय' ध्वनि से जमीन-आसमान भर गया। गाँधी जी के इर्द-गिर्द उत्कल के अनेक

गण्यमान्य व्यक्ति थे। लेकिन उनके पास दास जी नहीं थे, गाँधी जी की अगवानी करने के लिए धूमात गाँव का पागल जागीर भी नहीं था।

जागीर स्वाईं के इस चिर-प्रतीक्षित अवसर पर वह कहाँ चला गया? इस सवाल का जवाब धूमात गाँव के लोगों के पास आज भी नहीं है। 15 अगस्त सन् 1947। देश-भर में स्वाधीनता-प्राप्ति का आनन्द-महोत्सव मनाया जा रहा था। भारत के आकाश में स्वाधीनता का सूर्य मुस्करा रहा था। धूमात गाँव के बीचोंबीच राष्ट्रीय झण्डा फहरा रहा था। इस खुशी में जिसका सबसे बड़ा हिस्सा था, वही पागल जागीर स्वाईं जाने कहाँ छुप गया?

धूमात ग्रामवासियों के लिए यह सवाल आज भी अनुत्तरित है। भारत के स्वाधीनता-संग्राम की लड़ाई में जागीर स्वाईं का नाम नहीं है। इतिहास में नाम लिखवाने के लिए जागीर स्वाईं अपना घर-द्वार त्यागकर पागल नहीं हुआ था। किताबें, पुराण, हस्तलिपि, जागीर स्वाईं के लिए निपट अर्थहीन थे। वह तो एक स्वाधीन चिन्तक था, एकदम सरल, उसने समझा था स्वाधीनता का महत्त्व। उसका सपना साकार हुआ, इससे उसकी आत्मा को जरूर शान्ति मिली होगी।

क्या जागीर स्वाईं वाकई मर गया? ऐसा दुःखद समाचार अभी तक धूमात गाँव में नहीं पहुँचा है। जागीर स्वाईं के मरने की खबर अब कभी भी धूमात गाँव नहीं पहुँचेगी। धूमात गाँव के अनलिखे इतिहास के पन्नों पर जागीर स्वाईं अमर रहेगा। नेताजी सुभाषचन्द्र की तरह जागीर स्वाईं शायद अभी भी जीवित है। जागीर स्वाईं को मौत नहीं लिखी, वह मर नहीं सकता।

धूमात गाँव में जागीर स्वाईं की प्रतिमा नहीं है, न ही कोई तस्वीर है। स्वाधीन भारत की तस्वीर देखने पर जागीर स्वाईं की एक धुँधली-सी तस्वीर आँखों के आगे बन जाती है। अभी भी जागीर स्वाईं की आवाज रत्नगिरि, ललित गिरि की पहाड़ियों से टकराकर धूमात गाँव के दिल में प्रतिध्वनित होती है, 'महात्मा गाँधी की जय, भारत माता की जय...'

रेमो

"वे लोग आदमी नहीं हैं, ख़ूँख़्वार जंगली जानवरों से भी अधिक खून के प्यासे हैं।" उनके बारे में सबकी सर्वसम्मत राय यही थी।

'जोखिम में ही विजय है।'–यही सोचकर मेधा ने यात्रा शुरू की थी। हालाँकि उसके मन में विजय करने की इच्छा नहीं थी, था केवल भय...विस्मय। कौतूहलपूर्ण एक भयंकर डर आहिस्ता-आहिस्ता उसके मन में अजगर की भाँति लिपटकर कुण्डली मारे सरक रहा था। वह अद्‌भुत लोगों के इलाके में जा रही थी, जबकि वह इलाका जैसे-जैसे निकट होता जा रहा था, उसे ऐसा लगने लगा था मानो उसके हाथ-पैर बाँधकर उसे किसी भूखे शेर के पिंजड़े में फेंका जा रहा है।

पत्रकारिता और भय आज एक-दूसरे से बुरी तरह जुड़े हुए हैं। यदि आप कोई पत्रकार हैं, तो जिसे चाहें उसे डरा सकते हैं, साथ ही पग-पग पर जीवन से डर-डरकर दिन काट रहे होते हैं और यदि आपने महिला होकर पत्रकारिता का पेशा अपनाया है, तब तो भय की परिधि दूर-दूर तक फैली होती है। मेधा पत्रकार है, वह महिला है, फिर भी भयंकर, हिंसक जानवरों से भरे निषिद्ध इलाक़े की यात्रा पर निकल पड़ी है; जहाँ मनुष्य जंगली जानवरों से अधिक ख़ूँख़्वार और भयानक होते हैं। जिसके इलाके में अभी तक रास्ते नहीं बने हैं, सभ्यता की हवा तक नहीं पहुँची है, जहाँ आदमी की हत्या रोजमर्रा की आम घटनाएँ हैं।

मेधा महज पत्रकार ही नहीं, लेखिका भी है। प्रकृति की गोद में पल रहे लोगों के लिए उसके मन में केवल कुतूहल ही नहीं, एक अदम्य आकर्षण भी जागा है। उसने प्रतिज्ञा की है, वह जाएगी, चार हजार फीट ऊँचे दुर्गम जंगल की ओट में, बण्डा लोगों की बस्ती में वह एक रात जरूर बिताएगी, मनुष्य से मनुष्य की मित्रता स्थापित करेगी।

कोरापुट पहुँचने पर मेधा के सारे उत्साह पर आशंका की कालिमा छा

गयी। सभी बस एक ही हिदायत दे रहे थे, ''लौट जाइए, यह दुस्साहस आपने किया ही क्यों? क्या है उन खूँखार, अनपढ़, मैले-कुचैले बण्डा लोगों के पास? शिक्षित लोगों के प्रति उनमें घोर विद्वेष, शंका, सन्देह है-कहीं शिक्षित लोग उनके स्वतन्त्र बण्डा राज्य को हथिया न लें! हर कदम पर खतरा है। पहाड़ पर चढ़ने के लिए रास्ता नहीं है, एक मर्तबा जीप से जाकर लौटने का अर्थ है मौत पर विजय पाकर लौटना। पहाड़ पर पीने के लिए विशुद्ध पानी नहीं है, खाद्य नहीं है, कोई सुविधा-असुविधा पड़ जाए तो पहाड़ के नीचे खइरीपुट ब्लॉक ऑफिस से सम्पर्क साधने का कोई उपाय भी नहीं है। मलेरिया, अनजान बुखार, चिपचिपा चर्मरोग, आँखें आना इत्यादि बण्डा के विशेष उपहार हैं। एक दिन रह जाओ तो संक्रमण निश्चित समझो। सिर्फ इतना ही नहीं, पग-पग पर बाघ, साँप, लकड़बग्घा, जहरीले बिच्छुओं का भय भी बना रहता है। सबसे अधिक भय है 'बण्डा मर्द' का। बण्डा आदमी नहीं है। वह जंगली, खूँख्वार जानवर से भी अधिक खतरनाक जीव है। जानवर भूखा हो तो आदमी का खून ढूँढ़ता है। बण्डा मर्द के पेट में दारू, मांस अच्छी तरह पड़ जाए तो बहक जाता है और बिला वजह आदमी का खून ढूँढ़ने लगता है। उसके पास चार-चार अस्त्र होते हैं। पाँच साल के बण्डा लड़के की नंगी कमर में हँसुआ, चाकू, कन्धे पर कुल्हाड़ी और हाथ में तीर-धनुष होता है, वह खुशी से अपना अपराध कबूल लेता है, अपनी मर्जी से जेल चला जाता है।''

बण्डा की खुशियों में कौन रोड़े अटकाएगा? मेधा का भय बढ़ता जा रहा था, लेकिन इस यात्रा का परिणाम विजय होगा अथवा पराजय, अभी भी वह इस ऊहापोह में पड़ी थी।

ओड़िशा और आन्ध्र की सीमा को दो भागों में बाँटती हुई बह रही थी माछकुण्ड नदी। उसी के उत्तर-पश्चिम में बण्डा पहाड़ है। माछकुण्ड नदी की सतह से साढ़े तीन हजार फीट की ऊँचाई पर इसी पर्वत-शिखर पर अनादि काल से प्रकृति से संघर्ष करते हुए दुनिया के आदिम निवासी 'बण्डा' जीवन-यापन कर रहे हैं। जीने के लिए संघर्ष करते-करते वे उग्र, खूँख्वार और जंगली बन गये हैं।

हर पल ऐसा लग रहा है जैसे कि ऊबड़-खाबड़ रास्ते पर हिचकोले भरते-भरते जीप पलट जाएगी। पहाड़ से नीचे गहरी खाई, सिकुड़े रास्ते में सैकड़ों मोड़-मोड़ पर मुड़ते समय लगता है जीप रसातल में चली जाएगी। पहाड़ी रास्ते, हर पल बाधा उत्पन्न करते हुए मानो कह रहे थे 'लौट जा, लौट जा'। उसकी बात माने बिना निपुण ड्राइवर के हाथ की स्टेयरिंग तेजी से इधर-उधर घूम रही थी। पलक झपकते ही रास्ता न काटा गया तो तीन हजार फीट नीचे जीवित

समाधि बन जाएगी। जीप के तेज हिचकोले से शरीर के अन्दर की अँतड़ियाँ, हड्डी, मज्जा मानो घुल-मिलकर आँख, कान, नाक, मुँह से निकल आएँगी। मेधा का सिर घूम रहा था। 'बण्डा दीवार' के द्वार तक पहुँचने में दो बार उल्टियाँ भी हो चुकी थीं।

पर्वत-शिखर से पहाड़ी रास्ते को पत्थरों से बनी विराट दीवार ने अलग किया था। यहीं से शुरू होता है बण्डा राज्य।

'बण्डा दीवार' पत्थरों से बनी लम्बी और मजबूत दीवार है, बण्डा की सुरक्षा दीवार। दीवार के उस पार स्वाधीन बण्डा राज्य है। वहाँ राजा नहीं है, प्रजा नहीं है, धनी-गरीब में कोई फर्क नहीं है। न जाने किस आदिम-युग से यहाँ गणतन्त्र का बेरोकटोक प्रवाह और साम्यवाद की अनवरत जय-यात्रा चल रही है।

पहाड़ी रास्ता पार करके बण्डा राज्य में पहुँचना एक पूरी-की-पूरी साधना है। पर्वत के ऊपर पर्वत, उसके ऊपर पर्वत, जैसे किसी ने एक पर एक पर्वत सजा-सजाकर रखे हों। ऊँचे-ऊँचे पर्वतों की गोद में कहीं-कहीं थोड़ी-बहुत ढालू मिट्टी की समतल जमीन, जहाँ सिंगी (सूर्य) देवता की किरणें लहरें तोड़ती हैं। धूप से चमकती ढालू मिट्टी के किनारे-किनारे शान्त नाला इठलाते हुए बहता है, पूरे साल। नाले के किनारे-किनारे आम, कटहल, केले के पेड़, बाँस के झुरमुट, जाने-अनजाने पेड़-पौधों की भरमार है। उसी की ओट में माछकुण्ड नदी की सतह से साढ़े तीन हजार फीट ऊँचे पर्वत-शिखर पर छोटी-छोटी इकतीस बण्डा बस्तियाँ हैं। बण्डा बस्तियों से सटकर बैंगन, रेंड़ी, सेम और ककड़ियों के बगीचे हैं। उसके नीचे झरने के किनारे-किनारे सीढ़ियों जैसे बण्डा लोगों के खेत फैले हुए हैं। शिकार और पोडू खेती बण्डा की जीविका है।

जंगल में इधर-उधर छितरे पड़े पेड़-पौधों की तरह ताड़पत्रों और बाँस से बने बण्डा की छोटी-छोटी मड़ैयों का भी कोई नक़्शा नहीं होता। गाँव में पैदल चलने के लिए भी बँधा-बँधाया रास्ता नहीं है। बण्डा पर्वत-शिखर पर बसे बण्डा राज्य तक पहुँचने के लिए जिस तरह कोई रास्ता नहीं है, गाँव के अन्दर एक-दूसरे के बीच भी कोई रास्ता नहीं है। निर्मल प्रकृति से पूरी तरह अभिन्न बण्डा मनुष्य के जंगली हृदय में आज तक सभ्यता का मार्ग प्रशस्त नहीं हुआ है।

मरने, मारने को बण्डा मनुष्य आगे-पीछे नहीं सोचता। पुरुष-नारी नग्न और स्वच्छन्द होते हैं, ठीक पर्वत की तरह, नंगे जंगली जानवरों की तरह।

दस वर्षों से बण्डा पर्वत पर पुलिस चौकी है, लेकिन वहाँ पुलिस नहीं रहती, बण्डा के भय से। किस सुरक्षा के भरोसे मेधा वहाँ जाएगी? एक महिला को ऐसा दुस्साहस दिखाने की क्या जरूरत थी?

मेधा ने ठान रखी है, वह जाएगी, उसके साथ कोई जाए या न जाए। वह अकेली तो नहीं, उसके साथ भय भी तो होगा। वह बण्डा पर्वत के दिल को जीतकर ही लौटेगी।

जयपुर-बाली मेला-मार्ग पर घाटी-दर-घाटी पार करने के बाद खइरीपुट गाँव पड़ता है। वहाँ से बायीं ओर मुड़ने पर बण्डा राज्य के लिए पहाड़ी रास्ता शुरू हो जाता है। खइरीपुट ब्लॉक की जीप में संवाददाता मेधा, उसकी एक छोटी-सी अटैची और हैण्ड बैग। खइरीपुट के लोगों ने उसे आगाह करते हुए कहा, "होशियार रहिएगा। बण्डा लोग सामान छीन लेते हैं। आजकल बात-बात पर पैसा माँगते हैं, जिस रोज वे खइरीपुट हाट के लिए उतरते हैं, दुकान-बाजार लूट लेते हैं। निर्दोष लोगों के बाग-बगीचे उजाड़ देते हैं। धोबी-घाट से कपड़े उठाकर फाड़-फूड़कर फेंक देते हैं। गाय, बैल, बकरी, भेड़ जबर्दस्ती खदेड़ लाते हैं। कुछ कहो तो कहते हैं, 'बण्डा की आँख में जो भी कुछ पड़ता है, सब उसका है। 'भगबाँ' पेड़-पौधे बनाया है, 'भगबाँ' बण्डा के हाथ में कुल्हाड़ी दिया है, वह पेड़ काटेगा; जो चाहेगा तोड़ेगा; ध्वंस करेगा, उसी में उसकी खुशी है।' "

मुदलीपाड़ा बण्डा राज्य की राजधानी है। न जाने किस आदिम पाषाण युग में, साढ़े तीन हजार फीट ऊपर पर्वत की ढलान पर मुदलीपाड़ा नामक गाँव में इस आदिम बण्डा मनुष्य की उत्पत्ति हुई थी। शुरू में बारह भाइयों ने पहाड़ की तलहटी पर, जंगल की ओट में, नाले के किनारे-किनारे, बारह छोटी-छोटी मड़ैया बनायी थीं, वे 'बारहजंगर देश' के रहने वाले थे। मुदलीपाड़ा गाँव का नायक 'बारहजंगर देश' के बारहों नायक के लिए पूज्य है। मुदलीपाड़ा गाँव के नीचे घनी अमराई से होकर 'किंकू बोड़क' नामक सदाबहार नाला बहता है। त्रेता युग में भगवान राम की डाकुई (पत्नी) मातेश्वरी सीता वनवास के समय, 'किंकू बोड़क' नाले में निर्वस्त्र नहाया करती थीं।

बण्डा डाकुई (लड़की) सीताजी का निर्वस्त्र यौवन देख हँसने लगी। यह देख मातेश्वरी ने उसे शाप दिया-बण्डा डाकुई (लड़की) कलियुग में निर्वस्त्र ही घूमेंगी। यौवन ढँकना उनके लिए विशाप (पाप) समझा जाएगा। इसीलिए बण्डा डाकुई निर्वस्त्र हैं। कमर में एक फुट चौड़ी 'केरग' (गले से कमर तक कई तहों में रंग-बिरंगे हार)-उसी में खुले यौवन का निर्विकार प्रदर्शन। सिर मुड़ा हुआ, मुड़े हुए सिर पर घास से बुनी चौहरा माला, चौड़े ताड़ के पत्ते की पट्टी-'रेउर'। उसके कानों में लिम्बरी (झालदार रिंग) झूलते हैं। नाक सीधी नुकीली और खुली होती है। वनफूल की मुस्कराहट-जैसी बण्डा डाकुई की निर्मल खिलखिलाहट होती है।

खुले शरीर के लिए मन में कोई संकोच नहीं, शर्म नहीं। मानो डाकुई खुली पसरी वीरान प्रकृति हो।

डीलडौल में न अधिक लम्बा होता है न ठिगना, इंगेर बोय 'बण्डा-पुत्र'। कमर के चारों ओर घूसी (लँगोटी), बदन खुला, साथ हर वक्त चार तरह के अस्त्र–चाकू, कुल्हाड़ी, हँसुआ और तीर-धनुष। वह पहाड़ों पर डोलता फिरता है, शिकार करता है, ताड़ी और दारू पीकर झूमता है–जी भरकर पीका (बीड़ी) पीता है। वन-जंगल में डोल-डोलकर आधी रात को घर लौटता है–दारू और मांस के आनन्द में कोई भी बात कहकर खलल डाले तो वह खूँख़्वार हो उठता है। बण्डा मर्द को गुस्सा आ जाए तो एक ही सजा देता है–'मौत'। आदमी मारना और खरगोश, हिरन, पक्षी मारना उसके लिए एक ही बात है। बल्कि आदमी मारना उसके लिए अधिक आसान है। आदमी उसकी पहुँच में होता है–आदमी का शिकार पलक झपकते ही हो जाता है। 'आदमी क्यों मारा' का जवाब देगा, "मुझे गुस्सा आया–मारूँगा नहीं?" "क्यों आया गुस्सा?" का जवाब देना बण्डा पुरुष की मर्जी पर है। किस तरह के गुस्से से मृत्युदण्ड देता है, उसका जवाब उसके पास नहीं होता। इच्छा हुई तो गुस्सा आ गया–गुस्सा आ गया तो मौत के घाट उतार दिया। उसके पास और चारा ही क्या है!

बण्डा पुरुष खूँख़्वार, प्रतिशोधपरायण, दायित्वहीन, स्वतन्त्र और भयंकर होता है। उसका अतीत नहीं है, भविष्य नहीं है। वर्त्तमान ही उसका जीवन है। दुनियादारी की चिन्ता उसे नहीं होती, उसकी पत्नी को होती है, जो उम्र में उससे दस-बारह साल बड़ी है। जिस सन्तान को वह दुनिया में लाता है, उसके लिए भी कैसी चिन्ता? उसके लिए तो पूरा बण्डा पर्वत इस छोर से उस छोर तक फैला पड़ा है। बण्डा पर्वत की जो भी सम्पदा है, वह सारी बण्डा-पुत्र की ही तो है। वह प्रकृति से लड़ेगा–जीएगा–मरेगा।

क्या कोई इस जीवनधारा को बदल सकता है? यदि नहीं, तो चिन्ता किस बात की? बण्डा-पुरुष अपने आप में मस्त रहता है।

गाँव के बीचोंबीच 'सिन्दीबोर' है, गाँव-भर के लोगों का मिलन-स्थल। न्याय-अन्याय, पर्व-त्यौहार, सब कुछ उसी चौड़े पत्थर की चट्टान 'सिन्दीबोर' पर ही होता है। सिन्दीबोर से सटकर ही गाँव के इष्टदेवता 'हुण्डी' का थान भी है।

गाँव से बाहर इंगरसन (युवकों का रैन-बसेरा) और सेलनी डिंगो (युवतियों का रैन-बसेरा) हैं। बण्डा-युवती जवान होते ही 'सेलनी डिंगो' में रात बिताने लगती हैं। अपने ही गाँव के युवक उसके 'सोरु भाई' होते हैं, इसलिए आपस

में विवाह सम्भव नहीं। पास के गाँव से रात को बण्डा-युवक आते हैं। 'इंगरसन' में सोते हैं। चाँदनी में चेहरा ही साफ-साफ नहीं दीखता है, लेकिन मन झिलमिल-झिलमिल दीखता है तारों की तरह। दिलों के लेन-देन में कोई रोक-टोक नहीं है। दस-बारह साल का बण्डा युवक उन्नीस-बीस साल की बण्डा युवती से प्रेम-निवेदन करता है। हथेली की चोट से डं-डं बजाता है किडिं, डुं-डुं सुनाई देता है, उस पर टेढ़ी डण्डी की चोट। ढोलकी की आवाज भी उसमें मिल जाती है। युवकों के पैरों में घुँघरू, सिर पर नाना रंग के पंख। नाच में, प्रेम-निवेदन करते समय भी उनके दोनों हाथों में तीर-धनुष, चाकू, कुल्हाड़ी होते हैं।

युवती राजी हो तो विवाह पक्का। दस साल के बण्डा युवक की पत्नी बन कर घर-संसार बसाती है बीस साल की बण्डा युवती। सभ्य लोगों को इसमें आश्चर्य होता है, यह कैसा प्यार है! यह प्यार का कैसा खुमार है!

लेकिन बण्डा युवक-युवती इसे अच्छी तरह समझते हैं। राधा उम्र में बड़ी थी। कृष्ण छोटे। क्या उनके प्यार को लोग समझते हैं? राधा-कृष्ण का प्यार सभ्य इंसान कहाँ तक समझता है, उसी तरह बण्डा का प्यार भी उनकी समझ से परे है।

बण्डा गृहिणी घर की जिम्मेदारी, किसानी, पेट की चिन्ता, जीवन-संग्राम में पिस-पिसकर स्थिर, कर्मठ और सहिष्णु हो जाती है। बण्डा मर्द शिकार, भ्रमण में मस्त और निश्चिन्त तथा दारू के नशे में भयावह, खूँख़्वार और उत्तेजित दिखता है। बण्डा नारी प्रकृति है, बण्डा पुरुष प्रभंजक। प्रकृति और प्रभंजक के मिलन से बण्डा का बना-सँवरा, सुख-दुख का शाश्वत संसार होता है।

दस सालों से इसी बण्डा राज्य में रहते आ रहे हैं श्री रघुनाथ। साथ सहधर्मिणी जानकी, सहोदर सौमित्र भी हैं। राजधानी भुवनेश्वर भूल चुके हैं शिक्षित युवा श्री रघुनाथ। बण्डा देश की राजधानी मुदलीपाड़ा में बस्ती बनाकर पिछले दस सालों से रह रहे हैं। भारत की आदिवासी उपजातियों के कल्याण और विकास के लिए एक सौ अस्सी समन्वित आदिवासी प्रखण्डों में मुदलीपाड़ा स्थित 'बण्डा डेवलपमेण्ट एजेंसी' एक है। रघुनाथ बण्डा डेवलपमेण्ट प्रोजेक्ट के लीडर हैं। बण्डा लोगों में वे भगवान् रामचन्द्र की तरह विश्वासी, बण्डा लोगों के अति प्रिय 'लीडर बाबू' हैं।

पहाड़ की ऊपरी ढलान पर यह प्रखण्ड बसा है। कुछ टीन की छतवाले मकान, उनमें बण्डा विकास प्रोजेक्ट के कुछ कर्मचारी रहते हैं। रघुनाथ रहते हैं, पत्नी और दो छोटे-छोटे बच्चों के साथ, टीन की छत वाले तीन कमरों के क्वार्टर में।

उनसे जरा हटकर बण्डा विकास प्रखण्ड का दो कमरों का अतिथि-गृह है। अतिथि-गृह के आगे की ओर छोटा-सा बरामदा और पिछवाड़े छोटा-सा रसोई घर है। खुली-खुली लकड़ियों से घिरे बरामदे से सटकर सेफ्टी पाखाना है। अतिथि-गृह के पिछवाड़े से एक पगडण्डी बण्डा गाँव तक पसरी पड़ी है। गर्मियों में पतली धार का नाला बह रहा है, अतिथि-गृह की पगडण्डी और बण्डा गाँव को दो भागों में बाँटते हुए, किसी गुमनाम पते की ओर। नाले के उस पार किर्सानीपाड़ा, पिण्डा जंगर, किचापाड़ा, बरगुड़ा गाँव हैं। अतिथि-गृह के सामने नीले रंग का ऊँचा पहाड़, हरा-हरा जंगल है। जंगल के बीच बण्डा पुरुष की तरह सड़प (एक तरह के रसीले फल) के झबरैले पेड़ हैं। कटहल के पेड़ नीचे से लेकर ऊपर तक पीले-पीले कटहलों से लदे हैं। पहाड़ के बीच, ढालू घाटी में आँखों से न दिख रही जगह पर मुदलीपाड़ा गाँव है। उससे आगे दाँतिपाड़ा, बड़ेइगुड़ा, बाँधगुड़ा और इसी तरह की अन्य कई बस्तियाँ हैं।

चिलचिलाती धूप में अतिथि-गृह के सामने वाले पहाड़ के ऊपर गाढ़े नीले रंग के बादल के टुकड़े मानो पहाड़ के बदन पर और अधिक नीला रंग पोत रहे थे। यह दृश्य धूप में आँखों को अंजन की तरह लग रहा था। मानो शीतलता पोती गयी हो आँखों में। हरे-भरे जंगल ने मन से भय का काला पर्दा हटाकर पूरे मन में हरा रंग पोत दिया था। जंगल से मन की मित्रता गाँठना बण्डा राज्य की आँगटो (विधि) है।

मेधा के मन ने बण्डा के वन और पहाड़ों से अपने एक ही पहर के निवास में मित्रता गाँठ ली। लीडर बाबू से कुछ ही घण्टों की दोस्ती थी। बण्डा राज्य में वे ही एकमात्र मानव-बन्धु हैं, बाकी सब बण्डा नंगे, खूँख़्वार, जंगली। लीडर बाबू से बण्डा राज्य के मनुष्य, उनकी जीवन-यात्रा, उनके विश्वास, पर्व-त्यौहार, एवं विकास के बारे में पूछताछ करके मेधा ने मोटे रूप से एक धारणा बना ली थी। सुबह के समय मेधा लीडर बाबू के साथ आसपास के पाँच गाँवों में घूम आयी थी। दिन-भर बण्डा गाँव वीरान पड़ा रहता है। बण्डा औरतें पहाड़ के नीचे खेतों पर गयी होती हैं। मर्द शिकार पर गये होते हैं, अथवा खेती करने या दारू बनाने। इसी में उनकी खुशी है। वहीं खेत में कुछ खा-पी लेते हैं। माँड़ पीने के समय बच्चे घर लौटकर माँड़-भात पीते हैं या फिर दिन-भर वन-वन भटकते रहते हैं, छोटे-छोटे हँसुआ, कुल्हाड़ी, तीर-धनुष लिये। गाँव में दिन-भर लाचार बूढ़े-बूढ़ियाँ, गोद के बच्चे, कुत्ते, मुर्गियाँ, सुअर, बकरी और भेड़ रहते हैं।

दोपहर बाद बिना आराम किये मेधा पुनः बण्डा गाँव की ओर चल पड़ी। इस बार किसी दूर गाँव को जाएगी। शाम तक न लौट सकी तो अँधेरे में खतरे से रू-ब-रू हो जाएगी। कन्धे पर झूल रहे थैले में थोड़ी बीड़ी, बिस्कुट, छोटी

नोटबुक, कलम और पानी की बोतल है। लीडर बाबू ने पूछा, "आप इतनी दूर चल तो लेंगी, मिस महान्ति? एक गाँव से दूसरे गाँव को जाने का मतलब है पहाड़ चढ़ना, विश्राम करना, फिर चढ़ना; बड़ी कष्टदायक यात्रा होती है। मुझे तो अभ्यास हो गया है, आप तो यों भी महिला हैं। शाम तक न लौट सकें तो खतरा पैदा हो जाएगा।"

मेधा ने दृढ़तापूर्वक कहा, "आपको पीछे छोड़कर मैं ही आगे-आगे चलूँगी। कॉलेज में पढ़ते समय भूतत्त्व-विज्ञान मेरा विषय था। अनेक पहाड़-पर्वत चढ़ चुकी हूँ।"

लेकिन अभी भी लीडर बाबू को उस पर सन्देह था। उन्होंने कहा, "मुझे अपनी चिन्ता नहीं है, आपकी चिन्ता है; इतनी रुचि लेकर आप यहाँ आयी हैं, कहीं कोई ऐसी-वैसी दुर्घटना न हो जाए।...खैर, मैं साथ हूँ तो डरने की कोई बात नहीं।"

वाकई लीडर बाबू साथ हों तो डर, भय नहीं रहता, यह बात मेधा अच्छी तरह जान चुकी है। सुबह वह निर्भय होकर अपने गाँव में घूमने की तरह बण्डा गाँव में घूम चुकी है।

साथ कालिया नाई भी था। वह लीडर बाबू का दूत है। मेधा को थकान नहीं हो रही थी, स्रष्टा और संवाददाता दोनों की नजरों से वह बण्डा मनुष्य को देख रही थी। जहाँ कुतूहल और जिज्ञासा हो, भला वहाँ थकान का अवसर कहाँ?

खेत और जंगल से बण्डा स्त्री-पुरुष लौट रहे थे। छोटे-छोटे गाँव में भीड़ जमने लगी थी। लीडर बाबू सबके घर के आदमी हैं। गन्दे बण्डा बच्चों को बेहिचक गोद में उठा लेते हैं। नंगे बण्डा बच्चे दिन-भर इधर-उधर डोलते रहते हैं। आम और कटहल का मौसम है। मुँह से लेकर पेट तक आम के रस के चित्र-विचित्र दाग बने हैं। साँवले बदन पर बादामी काले रंग के आम के चोप का दाग स्थायी होकर एक विचित्र दृश्य बना रहा था। बण्डा बच्चे रोज नहीं नहाते।

घास-फूस के झुके हुए छप्परों से बने घरों में झुककर झाँकते हुए लीडर बाबू हँस-हँसकर बण्डाओं से बातें कर रहे थे। उनके पीछे-पीछे मेधा थी।

हर घर से किसी-न-किसी ने आदमी मारा है, कोई-न-कोई हत्याकाण्ड में मरा है। बण्डा गाँव के हर घर में हत्यारा और जेल से लौटा मुजरिम होता है। अधिकतर घर के पुरुष अभी भी जेल में हैं। इसके लिए उनके मन में न कोई पछतावा है, न संकोच। बण्डा की जाति ही शिकारी है। फिर मनुष्य का शिकार करने में शर्म कैसी? जेल जाने में भला संकोच क्यों? बण्डा के जंगली कानून में मनुष्य मारना अपराध नहीं है। सरकारी कानून में यह अपराध है, जानकर

वह खुद-ब-खुद अपराध स्वीकार कर लेता है। जेल से लौटकर पुनः पहले जैसा स्वच्छन्द जीवन बिताता है। 'जेल से लौटे मुजरिम' की काली मुहर बण्डा के बदन पर नहीं लगती। लीडर बाबू के अनुरोध पर एक-एक करके सभी अपना-अपना जेल का अनुभव बिना संकोच के सुना रहे थे। लीडर बाबू मुस्कराते हुए कहते, "जरा बता तो मंगल, मामा-घर (जेल) काहे गया था, वहाँ कितने दिन रहा?"

मंगल ने सरलतापूर्वक जवाब दिया, "आदमी मारा था। मामा-घर गया, सात साल रहकर अभी वापस आया।"

"क्यों, काहे मारा उसको?"

"मैं घर पर नहीं था तो मेरी घरवाली से सोमा (गन्दी) बातें कह रहा था। मुझे गुस्सा आया। पीछे से बींध दिया।"

"तब तुम कितने बड़े थे?"

"दाढ़ी-मूँछ नहीं निकली थी। इसलिए जेल की सजा कम कर दी जेल बाबू ने।"

"अब मामा-घर मत जाना रे मंगल, अब मनुष्य मत मारना।"

"जो गुस्सा दिलाएगा, वह मरेगा। मामा-घर से डरता हूँ क्या?"

इन छोटे-छोटे कारणों से हत्याएँ हो जाती हैं। उनमें हत्या के लिए कोई सोच नहीं, कोई पछतावा नहीं।

जिस तरह बण्डा एकाएक गुस्से से तमतमा उठता है, उसी तरह सहसा घनघोर घटा छाने लगी थी। लौटते समय गाँव से सभी जल्दी-जल्दी बाहर निकल रहे थे। गाँव के कुछ लोग झुण्ड बनाकर लीडर बाबू के पीछे-पीछे चल रहे थे। लक्ष्मा इसी साल जेल से लौटा है। उसने लीडर बाबू से कहा, "मैंने दो हजार पौधे लगाये हैं। और पौधे लगाऊँगा। छोटे पौधे दे लीडर बाबू।"

लीडर बाबू ने मुस्कराते हुए कहा, "पहले तो तूने मना किया था। मामा-घर से लौटने पर बुद्धि आती है? क्यों..."

लक्ष्मा गर्व से मुस्कराया। उसने कोरापुट शहर देखा है। मामा-घर में दो साल रहा है, पढ़े-लिखे शहरी बाबुओं के साथ। इस दौरान वह बहुत-सी बातें जानने लगा है, जो कि जेल न भोगे बण्डा नहीं जानते।

लीडर बाबू ने कहा, "पौधे यदि रोपेगा तो फिर कौन-सा अभाव रह जाएगा , लक्ष्मा?"

"ओइ सर (जी, सर)!" लक्ष्मा ने खुश होते हुए कहा।

"फिर मामा-घर नहीं जाएगा न?" लीडर बाबू ने पूछा।

"आदमी मारूँगा तो जाऊँगा। नहीं तो, अब नहीं जाने वाला। भला राइज

गाँधी (राजीव गाँधी) का कानून नहीं मानूँगा?'' जेल में रहकर लक्षमा सारी बातें समझने लगा है– ''राइज गाँधी भारत देश का राजा है; लेकिन वह बण्डादेश का राजा नहीं है। बण्डा राइज गाँधी का कानून मानता है, यह बण्डा की अपनी मर्जी है।...''

आगे-आगे लीडर बाबू लम्बे-लम्बे डग भर रहे हैं। पीछे-पीछे कालिया नाई और कई बण्डा मर्द।

जवान लक्षमा माझी से बातें करते हुए मेधा भी पीछे-पीछे चल रही है। लीडर बाबू काफी आगे निकल गये। मेधा ने संवाददाता की तरह सवाल किया, ''लीडर बाबू कैसा काम कर रहे हैं?'' मेधा ने लक्षमा की ओर दो बीड़ियाँ बढ़ा दीं। बीड़ी देखकर और भी कई लोग मेधा के पीछे-पीछे चलने लगे। मेधा ने सबको बीड़ियाँ दीं।

वयस्क बण्डा पुरुष ने कहा, ''लीडर बाबू 'भगबाँ' की तरह अच्छे हैं। सस्ते में चावल देते हैं। बैल देते हैं। बीज देते हैं। लेकिन दारू या बीड़ी नहीं देते। बस इतनी ही खराबी है।''

बूढ़े हन्ताल ने कहा, ''दो बैल दिये थे किसानी के लिए। एक को मारकर हमने खा लिया। लीडर बाबू नाराज हुआ। जंगल में शिकार नहीं मिलेगा तो हम लोग खाएगा क्या, जो वह नाराज हो गया?''

मेधा ने कहा, ''बैल खा डालोगे तो खेती कैसे करोगे?''

''एक बैल लीडर बाबू फिर क्यों नहीं दे देता? उसको क्या कमी है। वह चाहे तो दे दे।'' उस आदमी ने मुस्कराकर कहा। वह क्या जाने आईन-कानून? बण्डा का मन जिस वक्त जो कुछ चाहता है, वही उसका कानून है। लीडर बाबू ऐसा क्यों नहीं करते, यही उसकी शिकायत है।

बातें करते हुए मेधा को याद आया कि वह पहाड़ के किनारे-किनारे तंग रास्तों पर चल रही है। उसके आगे-पीछे पाँच-सात बण्डा मर्द चल रहे हैं। सभी खूनी हैं, जेल से लौटे हुए। काफी आगे चल रहे लीडर बाबू के सफेद कुर्ते से अँधेरे में उनके होने का आभास-भर हो रहा था। लक्षमा ने मेधा से तेज आवाज में कहा, ''सोरू-सोरू भावे'' (जल्दी-जल्दी चलो ना!)। हठात् मेधा के भीतर भय का एक तेज झोंका फैल गया। वह खूनियों के बीच अकेली चल रही है। दारू की गन्ध से उसे एकाएक साँस लेने में दिक्कत महसूस होने लगी। बण्डा नशे में अकारण ही किसी को मार सकता है। इन सबों ने दारू पी रखी है। लीडर बाबू निडर होकर आगे-आगे चल रहे हैं। अचानक नाई को कुछ सुनाई दिया, वह दौड़ते हुए चिल्लाकर बोला, ''सोरू-सोरू भावे!'' लीडर बाबू और नाई अब नहीं दिख रहे थे। मुदलीपाड़ा और चार किलोमीटर है। सभी दौड़ने

लगे। अँधेरे में सिर्फ वजनी कदमों की धप्-धप् की आवाज आ रही थी।

लक्ष्मा ने मेधा के कान में कहा, "कुकुसा!" दारू और लछमा के गन्दे शरीर की गन्ध से मेधा को चक्कर आने लगा। कौन है? बाघ? खुद लक्ष्मा तो नहीं? लक्ष्मा दौड़ रहा है, उसके पीछे-पीछे अँधेरे में मेधा दौड़ रही है। एकाएक एक मजबूत हाथ मेधा की बाँह पकड़ उसे जंगल के भीतर खींच ले गया।

"कौन?" मेधा ने शोर मचाया।

"मंगल"-मेधा के कान में मंगल ने कहा। मंगल खूनी है, लक्ष्मा खूनी है, किस पर विश्वास करे मेधा?

जंगल के भीतर एक सुनसान खुले स्थान पर मंगल मेधा को खींचते हुए ले गया। लक्ष्मा की आवाज उसके कानों में अब भी पड़ रही थी "कुकुसा! सोरू-सोरू भावे! (जल्दी-जल्दी चलो ना!)"

मंगल मेधा के कमजोर शरीर को सहारा दिये अँधेरे में एक जगह चुपचाप खड़ा था। उसने डपटकर कहा, "चुप खड़ी रहो। कल उस डंगर पर बूढ़े की पत्नी को कुकुसा (बाघ) ले गया है।"

मेधा काँप रही थी। यदि मेधा को बाघ घसीटकर ले जाए तो मौत सुनिश्चित है। यदि बाघ के बदले मंगल या लक्ष्मा उसका सामान छीन लें और उसे तीर से बींध दें या कुल्हाड़ी से दो टुकड़े कर दें, तो भी मौत आनी है। पहाड़ी रास्ते पर दौड़कर भागने पर यदि पैर फिसल जाए तो किस धरातल पर उसकी समाधि बनेगी, कोई नहीं जान पाएगा। अर्थात् संवाददाता मेधा की मौत की खबर किसी अखबार में भी नहीं छपेगी। उसके मरने की खबर किसी के पास नहीं पहुँचेगी।

और भी कई बण्डाओं की अपनी भाषा में बातचीत करने की आवाज उसे सुनाई दे रही थी। वे लोग दल बनाकर मेधा को लूटने तो नहीं आ रहे!

अचानक किसी बीभत्स आशंका से मेधा के सारे भय, घृणा आतंकित हो उठे। वे लोग मेधा से बलात्कार करके उसे लूटने के बाद कहीं उसकी हत्या तो नहीं कर देंगे? आजकल प्रतिदिन सभ्य समाज में बलात्कार, पाशविक अत्याचार के बाद हत्या जैसी घटनाएँ आम हो चुकी हैं। हर रोज ऐसी खबरें अखबार में छपती हैं। लोग पढ़ते हैं। लेकिन उस बारे में वे अधिक नहीं सोचते। रोजमर्रा की आम घटनाओं के बारे में भला सोचने की फुर्सत ही किसे है? खुद मेधा ने ऐसी अनेक खबरें भेजी हैं। दिमाग पर अधिक जोर देकर घटनाओं के बारे में सोचने का समय ही नहीं होता। आज जब मेधा खुद को उन बदनसीब औरतों की जगह रखती है, कुछ सोच नहीं पाती। वह सोचती है, मौत तो सबकी जिन्दगी में एक बार आती ही है, पर ऐसी जघन्य मौत...!

उस ओर बाघ है, इस ओर मंगल। मंगल ने मेधा की बाँह जोर से पकड़ रखी है। रह-रहकर उसके मुँह से दारू का भभका निकल रहा है। कितनी उम्र होगी मंगल की? अधिक से अधिक अठारह या उन्नीस साल। मेधा फालतू बातें क्यों सोच रही है? बण्डा संस्कृति में पति से पत्नी दस-बारह साल बड़ी होती ही है। वयस्का नारी के प्रति बण्डा पुरुष का आकर्षण कोई नयी बात नहीं है। ऐसा सोचते ही मेधा की धड़कन शायद बाहर तक सुनाई देने लगी। मंगल ने मेधा की हथेली दबाकर फुसफुसाते हुए कहा, "डर रही हो क्या? मैं हूँ तो, चिन्ता क्यों करती हो? इन हाथों से जानवरों को मारा है, आदमी को मारा है..."

हठात् बिजली की चमक में मेधा ने चार-पाँच बण्डा पुरुषों को सामने से अपनी ओर आते देखा। सभी दारू के नशे में धुत्। किसी एक ने पूछा, "पकड़े हो न मंगल?"

"ओए, ओए (हाँ-हाँ)।"

"अच्छा किया...शाबाश...शाबाश", दूसरे ने कहा। हठात् खुद को बचाने की अन्तिम कोशिश की मेधा ने। जिस तरह गोलियों से बचने के लिए अन्तिम कोशिश करके जलियाँवाला बाग के कुएँ में मासूम लोग जान बचाने को कूद पड़े थे, ठीक उसी तरह मंगल की पकड़ से खुद को छुड़ाकर अँधेरे में दौड़ने लगी मेधा। अब मौत सुनिश्चित है। लेकिन ऐसी घृणित मौत से तो अच्छा है कि बाघ के मुँह में पड़कर, या पहाड़ से फिसलकर साहसिक, सम्मानजनक मौत मरे। हालाँकि मेधा की भावनाओं को कोई समझ नहीं सकेगा, न समझे, लेकिन मरते-मरते मेधा तो जान जाएगी कि सच की तलाश में आकर, मनुष्य से मैत्री के लिए आकर उसने मौत को गले लगाया। इतनी-सी सान्त्वना तो वह अपनी मौत को दे सकती है। मेधा के पीछे-पीछे गुरिल्ला की तरह धप्-धप् करते हुए बण्डा पुरुष दौड़ रहे हैं। अपनी भाषा में चिल्ला रहे हैं। शायद 'रुक जा, रुक जा' कह रहे हैं। मंगल अँधेरे में धनुष में तीर चढ़ाये दौड़ रहा है, कुल्हाड़ी उठाये मेधा के पीछे-पीछे दूसरे लोग भी दौड़ रहे हैं। सामने दो स्थिर, जलती हुई आँखें अँधेरे में चमक रही हैं। बाघ है! या बण्डा पुरुष!

आगे मौत, पीछे मौत, और पहाड़ की पगडण्डी के दोनों तरफ पाताललोक था। मेधा को ठोकर लगी। नीचे लुढ़कने से पहले एक भयंकर गर्जना एवं कई मजबूत हाथों से अपने शरीर को शून्य में उठा ले जाने के अनुभव के दौरान वह भय से बेहोश हो गयी।

मुदलीपाड़ा के अतिथि-गृह में मेधा को होश आया। मंगल, लक्ष्मा और अन्य आठ-दस बण्डा पुरुष रात-भर अतिथि-गृह के चबूतरे पर बैठे रहे। मेधा

को होश में लाने के लिए लीडर बाबू और उनकी पत्नी जानकी देवी को जंगली दवा ला-लाकर देते रहे।

मेधा की आँखें खुलते ही जानकी ने ममता भरी आवाज में कहा, "आपको कुछ नहीं हुआ है। आपको सुनिश्चित मौत के मुँह से बचाया है, हमारे बण्डा भाइयों ने। बाघ की गन्ध पाकर मंगल ने आपको सुरक्षित स्थान पर रोक रखा था। अन्य लोगों को लीडर बाबू ने आपकी सुरक्षा के लिए भेजा था। बाघ दूर चला जाता तो आप सुरक्षित लौट आतीं। बाघ से बचकर करीब ही लीडर बाबू आपका इन्तजार कर रहे थे। आप मंगल से अपना हाथ छुड़ाकर बाघ की ओर क्यों दौड़ने लगीं? सौभाग्य से मंगल के तीर से घायल होकर बाघ विपरीत दिशा में भाग गया और अन्य लोगों ने आपको पकड़ लिया। वरना पहाड़ से गिरने के बाद कौन जाने आपकी क्या हालत होती!" जानकी देवी के चेहरे पर भय और करुणा के भाव उभर आये थे। उन्होंने एक लम्बी साँस छोड़ते हुए कहा, "कितने बड़े संकट में डाल दिया था आपने खुद को और हम सबको!"

मेधा ने मुरझायी हुई आवाज में कहा, "मुझे लगा, नशे में धुत् बण्डा लोग जबर्दस्ती मेरी इज्जत...", आगे कुछ नहीं कह सकी मेधा। दूसरों के बारे में घटी दुर्घटना की खबर पाते ही जिस तरह बिना अधिक सोचे-समझे वह अखबारों में लिख देती है, वही बात अपने बारे में महज सोचना तक कितना कष्टदायक होता है, इसका मेधा ने कभी विचार तक नहीं किया था।

लीडर बाबू ने गम्भीर होते हुए कहा, "अपना शक्की शहरी मन लिये यहाँ आकर आपने इस आदिम बण्डा पर्वत की पवित्रता भंग की है। यहाँ आने से पहले आपको यह जान लेना चाहिए था कि बण्डा पर्वत के इतिहास में बलात्कार, जोर-जबर्दस्ती एवं पाशविक अत्याचार का कलंकित अध्याय कभी लिपिबद्ध नहीं हुआ है। इसके अलावा बण्डा पुरुष ने नारी जाति पर कभी भी अस्त्र नहीं चलाया है। बण्डा पुरुष ने जब कभी भी खून किया है, पुरुष का ही किया है। नारी बण्डा पुरुष की आराध्या है, उसके घर की पूरी कर्त्ता-धर्ता है, उसकी संस्कृति की बहती हुई धारा है। बण्डा पुरुष ने जब भी किसी नारी को चाहा है, उसकी अनुमति से ही उसे वधू बनाकर लाया है। बलात्कार करके नारी-शरीर को भोगने का उदाहरण बण्डा पर्वत में नहीं है। भगवान करे, ऐसा कभी न हो। कम-से-कम धरती पर यह थोड़ी-सी जगह तो पवित्र धरती के रूप में बनी रहे। संसार के सारे पाप बण्डा लोगों के पुण्य से ही कट जाएँ!"

मेधा शर्म और ग्लानि से चुपचाप बैठी रही। सोच रही थी कि वहाँ से लौट कर क्या विवरण देगी अखबार में?

बण्डा लोगों ने पूछा, "क्या माँ बात करने लगी? किससे डर गयी थी?

बाघ से या हमसे? हम तो उसके मइतर (दोस्त) हैं, फिर डर क्यों...?''

मेधा बाहर आयी। मंगल का हाथ पकड़कर बोली, ''मुझे बाघ का डर नहीं, तुम्हारा भी डर नहीं, अपने मन का डर है...।''

''अपने मन का डर?'' सभी बण्डा हँसने लगे। सौभाग्यवश वे मेधा की बात का वास्तविक अर्थ नहीं समझे।

सुबह हो चुकी थी। अब वे लोग उठकर खड़े हो गये। लक्षमा ने कहा, ''एक कुड़की (कुदाल) देना लीडर बाबू, डंगर मारूँगा (बंजर जमीन साफ करूँगा)।''

लीडर बाबू ने कहा, ''चलो। मैं आता हूँ। जिसको जो चाहिए, दूँगा।'' बण्डा खुले मन से चल पड़े। क्या हुआ, क्या होगा, इस बारे में सोचकर वे अपना समय बर्बाद नहीं करते। मंगल ने पीछे मुड़कर पूछा, ''फिर कभी मुदलीपाड़ा आएँगी कि नहीं, मइतर?''

''जरूर आऊँगी।'' मेधा ने कहा। उसकी आँखें भर आयीं। लौटते समय मेधा ने अपनी नोटबुक में एक वाक्य और जोड़ा, ''बण्डा खुद को 'रेमो' कहता है, जिसका अर्थ है–'मनुष्य'।''

देवकी

जंगली रास्तों से होकर झुमिया हाट से लौट रही है। दुःख की सीढ़ियों पर ठुकुर-ठुकुर डग बढ़ाते हुए मानो वह जीवन के पहाड़ी रास्तें पर चढ़ती चली आ रही है। अमूल्य निधि की तरह न जाने कौन-सी चीज खूब सँभालकर छाती से चिपकाये हुए है। ऐसा लग रहा है मानो कोई छौना उसकी छाती से सटा दूध पी रहा हो।

तीन नाले और एक नदी पार करके जंगली रास्तों से होकर पन्द्रह मील पैदल चलने के बाद उसका गाँव पड़ेगा। दो दिन पहले अपने गाँव से पैदल चलकर वह खड़ियाल हाट आयी थी। आते समय भी इसी तरह सीने से चिपकाये हुए थी–अमूल्य निधि, अपने पाँच महीने के छौने को। हाट में क्या बेचा, क्या खरीदा, उस बारे में झुमिया नहीं सोच रही थी। वह सोच रही थी किस तरह अपने गाँव पहुँचे, भूख और बीमारी की मार सँभाल न पाने से गाँव छोड़ जाने को तैयार बैठे अपने पति घन्नू के मुँह में खाना डाले, उसे जिलाये रखे...खुद भी कुछ खा-पीकर साँस लेगी, जीएगी, चोले में जान आएगी।

घन्नू कब से कह रहा है–"चलो, गाँव छोड़कर भाग चलें। इस गाँव में काम नहीं है, खाना नहीं है, इन्द्रदेव की कृपा नहीं है, फसल नहीं है। सूखा, अकाल, बीमारी, मौत ये गाँव का पीछा नहीं छोड़ेंगे–चलो, कहीं और भाग चलें।"

झुमिया राजी नहीं हुई। उसकी गोद में छोटा-सा छौना है। पेट में भी एक और पलने लगा है। गाँव की देहरी छोड़कर कहाँ जाएगी? इस गाँव में कुछ न सही, सिर पर छप्पर तो है, पूर्वजों की टूटी-फूटी मड़ैया तो है। आगे बरसात का मौसम है। किसी तरह बीत जाएगा। उसके बाद फिर काम मिलेगा, हर साल की तरह जिन्दगी बीत जाएगी। घन्नू झुमिया की बातें सुन, मन मसोसकर अपनी ही देहरी पर पड़ा रहा। उसकी तरह और भी कई लोग मन मसोसे अपनी-अपनी देहरी पर पड़े हैं। कितना ही भंयकर अकाल पड़े, सभी गाँव छोड़कर नहीं भागते।

इस छोटे-से गाँव में कुम्हार, ग्वालों और आदिवासियों के कई घर प्रतिवर्ष जीवन, मृत्यु, बीमारी, भूख, सूखा, अकाल से संघर्ष करते हैं। गाँव में कुआँ, तालाब नहीं है, स्कूल, अस्पताल, दुकान-बाजार नहीं हैं। दूर नाले से गन्दा पानी लाने पर भात बनता है, भूख मिटती है। हर साल सूखे के समय लोग मर-खप जाते हैं-लोगों से भरपूर गाँव में अब सिर्फ दो-ढाई सौ भूखे और बीमार लोग बचे हैं। घन्नू और झुमिया दूसरे खेतों में काम करके मजूरी के रूप में हाँड़ी-मटका पाते हैं। उन्हीं हाँड़ी-मटकों को बेचकर बहुत मुश्किल से एक जून खाते और दूसरे जून उपासे रहकर आज तक जी रहे हैं। सत्रह साल हो चुके हैं झुमिया को घन्नू के घर आये। आठ बच्चों की माँ भी बन चुकी है लेकिन कोई भी उसका नहीं हो सका। सभी अपने-अपने तरीके से दगा देकर खिसक गये। बड़ा लड़का उसके पास होता तो उसकी उम्र पन्द्रह साल की हुई होती। दो साल पहले सूखा पड़ा। गाँव के बहुत-से लोग मध्यप्रदेश और पंजाब भाग गये, काम की आशा और जीने की अभिलाषा में। उसी समय मोती भी किसी के साथ मध्यप्रदेश भाग गया। फिर नहीं लौटा, न ही उसकी कोई खबर आयी। जिस तरह आँधी आम के बौर गिरा देती है, उसी तरह सूखा गाँव के लोगों का सफाया कर हर साल गाँव को सुनसान कर जाता है। मोती ने अच्छा किया जो नहीं लौटा। वह जिन्दा है या नहीं, यह झुमिया नहीं जानती। फिर भी 'मेरा मोती जिन्दा है', यह सोचकर इतने दुःखों में भी झुमिया खुश रहती है, माँ होने के नाते उसका दिल गद्गद हो जाता है। "जहाँ भी हो, जीता रहे, हाथी जंगल में घूमता रहे तो भी राजा का ही होता है।" झुमिया जैसी असहाय जननी के लिए इससे बड़ा आश्वासन भला और क्या हो सकता?

मोती के बाद जितने भी गोद में आये, सभी आते ही चल बसे। कोई भी साल-भर तक नहीं जी सका। लगातार छह-छह भाई-बहनों की मौत देख मोती सहम गया था, उसे डर लगने लगा था। लेकिन घन्नू इस बारे में कुछ नहीं सोचता था। मृत बच्चे को फटे चीथड़ों में लपेटकर श्मशान में डाल, नाले में एक डुबकी लगाकर आता और भात खाकर, काम पर निकल जाता। बड़े लड़के मोती की पीठ पर हाथ फेरकर साहस बँधाते हुए कहता, "मौत से इतना भय क्यों? मौत कोई आश्चर्य की बात तो नहीं? सभी जीते हैं रे! क्या पेड़ के सभी फल पकने तक लगे रहते हैं? मनुष्य का जीवन भी वैसा ही है..." अधिक नहीं, एकाध दिन झुमिया भी फूट-फूटकर रोती। घन्नू मर्दानगी दिखलाते हुए कहता, "तिल को ताड़ क्यों बना रही है? इस गाँव में किसके घर पाँच-सात बच्चे नहीं मरते जो तू सारा काम-धाम छोड़कर इस तरह रो रही है जैसे

कि सिर्फ तेरे ही बच्चे मरे हैं। चल, जा काम पर, वे तेरे नहीं थे, यह सोचकर मन को समझा ले...''

झुमिया अपने मन को समझा-बुझा लेती। घन्नू की बात गलत नहीं है। किसी देवता ने शाप पाकर झुमिया के पेट से मनुष्य का जन्म लिया था, शाप पूरा हुआ, वे स्वर्ग लौट गये, छोटे-से जंगली गाँव में भूख और बीमारी में कुलबुलाने के लिए भला वे क्यों जीवित रहते? जो चला जाता है, वह देवता है—वह दुःख, भूख नहीं जानता। जो जीवित रहता है, वह मनुष्य है; क्योंकि वह दुःख, भूख, शोक में पड़ा सड़ता रहता है। दुःख के पहाड़ को लाँघकर जीवन के विपरीत प्रवाह को काटते हुए आगे की ओर बढ़ते रहना कितनी सहज, सुन्दर अपनत्व भरी सान्त्वना है!

जब झुमिया को लड़का होता तो वह सोचती, भगवान इस पर अपनी कृपादृष्टि बनाये रखेंगे। उसकी उस काट खाने को दौड़ती मड़ैया में 'माँ-माँ' की टेर सुनाई देगी। किन्तु बड़े लड़के के बाद माँ कहकर टेरने तक कोई उसकी गोद में टिक नहीं पाया। कई वर्षों से सूखा आस-पास के पाँच गाँवों में कंस की तरह मौके की तलाश में बैठा है। माँ की गोद सूनी कर बच्चों को खत्म कर देता है। भूख, उपास से ऐंठे हुए सुकोमल बच्चों का गला दबाने के लिए घात लगाये बैठा है कंस रूपी सूखा।

इस साल का सूखा सिर्फ बच्चे ही नहीं, बल्कि बड़े-बुजुर्गों एवं चौपायों को भी गाँव से खत्म करने पर उतारू है। गाँव श्मशान की तरह खाने को दौड़ता है। सौ के लगभग लोग गाँव छोड़कर कुली का काम करने दूर-दूर तक चले गये। कोई बँधुआ मजूरी करने लगा तो कोई दैनिक मजूरी। गाँव में जो दस-पाँच परिवार अच्छे खाते-पीते घर के हैं, वे भी एक जून खाना खाते हैं और दूसरे जून उपासे रहते हैं। जो कुछ बीज के लिए रखा था, भूख में वह भी खा चुके हैं। जड़-जमीन, बर्तन-भाँड़े, गाय-बैल, भेड़-बकरियाँ सब कुछ बेच-बाचकर लोग दिवालिया हो चुके हैं। खाने-पीने के लिए घर पर एक बर्तन तक नहीं है। जंगली शकरकन्द और कोमल जड़ें खाकर कितने दिनों तक जिया जा सकता है? जहरीले कुहलिहा शकरकन्द को भी उबालकर पानी निचोड़कर लोग जान बचाने के लिए खा रहे हैं। अब तो जंगल के कन्द-मूल तक खत्म हो चुके हैं। अब पेड़ की छाल और कुछ पेड़ों के उबले पत्तों में ही लोगों की अन्तिम साँसें टिकी हैं। झुमिया और घन्नू की सम्पत्ति के रूप में उनके चार कमेरू हाथ हैं। खेत में फसल नहीं थी, गाँव में काम नहीं था। काम न हो तो भात नहीं। और बिना भात के हाथ भी कमाऊ नहीं रह जाते।

गाँव में जो अस्थि-पंजर युक्त मनुष्य पड़े हुए हैं, उनमें कौन बूढ़ा, कौन

जवान है, मालूम नहीं पड़ता था। सभी एक-से दिख रहे थे, लम्बे और ठिगने-से ही छोटे बच्चे या बड़े आदमी के होने का अन्दाजा लगाया जा सकता था। सबकी आँखें कोटरों में समा चुकी थीं, शरीर में सिर्फ हड्डियाँ ही रह गयी थीं और गाल अन्दर धँस चुके थे। खाद्य पदार्थ के अभाव से बच्चों के सिर के बाल बूढ़ों की तरह बदरंग हो गये थे। पशु, मनुष्य, नदी, नाले, खेत, खलिहान हर जगह बुढ़ापे का एकछत्र राज था।

झुमिया ने भी अपने नन्हे बच्चे के बचने की उम्मीद छोड़ दी। उसके पेट में तो एक दाना तक नहीं है, बच्चे के लिए दूध कहाँ से आएगा? उबले चकवँड़ के पत्तों से उसके और घन्नू के कुछ दिन कट जाएँगे, पर बच्चा कैसे जिएगा? बच्चे को सीने से चिपकाकर जिस दिन झुमिया हाट जाने को निकली, घन्नू ने पूछा, "क्या बेचेगी हाट में? पिछवाड़े बाड़ी में कुछ है भी तो नहीं- बकरी, मुर्गा, अण्डा, तुरई, भिण्डी, भण्डा-बासन क्या है जो तू हाट जा रही है? तेरी तबीयत भी ठीक नहीं, भूखे पेट नदी-नाले पार करके पन्द्रह मील पैदल चलने के बाद जिन्दा भी रह सकेगी? मान भी लें कि भाग्य के जोर से तू खड़ियाल पहुँच भी जाएगी, तो क्या तेरा चेहरा देखकर कोई तुझे रुपये या चावल दे देगा?"

झुमिया ने उदास होते हुए कहा, "मैं मरूँ या जीऊँ, वह बाद की बात है- सोचती हूँ बच्चे को किस तरह बचाऊँ। इस गाँव में सूखा, कंस की तरह घात लगाये बैठा है। मेरी गोद में बच्चा देखते ही उसे झपट लेने को तैयार है। कई लोग हाट जा रहे हैं। देखूँ, शायद कोई उपाय मिल जाए।..." वह कुछ और कहना चाहती थी कि रुआँसी हो उठी।

झुमिया की तार-तार हुई साड़ी को देख घन्नू ने कहा, "क्या भूख के कारण लाज-शरम भी खो चुकी है? इस तरह खुले बदन हाट जाएगी?"

गुस्सा, दुःख, निराशा से खीझते हुए झुमिया ने कहा, "लाज-शरम तो मामूली बात है, पेट की आग बुझाने के लिए किसी दिन अपना ही मांस खा लूँ, बस वही बाकी है। मेरी हाड़-कंकाल की देह को देखने कौन बैठा है हाट में?- देखूँ, एकाध साड़ी भी मिल जाए..."

झुमिया बच्चे को सीने से चिपकाये हाट जाने को हुई। घन्नू ने कहा, "जाती है तो जा, अब मैं इस गाँव में नहीं रहूँगा, कहे देता हूँ। थोड़ा-सा भी चलने लायक हुआ कि तेरी बात माने बिना रायपुर चला जाऊँगा। रिक्शा चलाने या रोज मजूरी करने पर मूठी-भर भात तो मिलेगा..."

झुमिया ने बच्चे का बदन छुलाते हुए कहा, "बच्चे को छूकर कह, फिर कभी गाँव छोड़कर जाने की बात नहीं कहेगा। हाट से मैं कुछ-न-कुछ जरूर

लाऊँगी। अब क्या तुझमें रिक्शा चलाने की ताकत है भी?''

घन्नू ने चौंकते हुए अपना हाथ खींच लिया और कहा, ''अरे, बच्चे का बदन क्यों छुला रही है? सबको तो सूखा निगल चुका, यह इकलौता भी कहीं हाट जाने के रास्ते में ही न चल बसे...''

''तुम्हारे इस गन्दे मुँह से सिर्फ बुरी बातें ही निकलती हैं। दिन-रात गाँव छोड़कर भाग जाने की धमकी देते हो। लगता है मेरे और मेरे बच्चे के भूखे मुँह में दाना देते हो...'' कहते-कहते झुमिया रो पड़ी।

घन्नू ने बच्चे के पिचके हुए चेहरे को सहलाते हुए कहा, ''अच्छा जा, बच्चे को सँभालकर ले जाना, रास्ता खराब है, फिर तेरी भी तो तबीयत ठीक नहीं।''

झुमिया बच्चे को गोद में लिये हुए बड़ी मुश्किल से जंगली रास्तों पर डग बढ़ाती चली जा रही थी। नदी, नाले सब एक ही धुन में पार करती जा रही थी। झुमिया की प्रतिज्ञा क्रमशः दृढ़ होती जा रही थी। वह जीएगी, घन्नू जीएगा, उसका बेटा जीएगा, जीने के लिए ही मनुष्य जन्म लेता है। उस दिन इसी तरह वासुदेव देवकी की गोद सूनी कर कृष्ण को लिये हुए नदी-नाले, जंगल पार करके गोकुल की ओर बढ़े चले जा रहे थे। वासुदेव ने प्रतिज्ञा की थी, ''उनका बेटा कंस के चंगुल से बचेगा, जरूर बचेगा...'' उस दिन देवकी ने अपनी छाती पर पत्थर रख कृष्ण को वासुदेव के हाथों में सौंप दिया था, ''बेटा जहाँ भी रहे, जीता रहे।'' देवकी के मन में इतनी ही बात थी। झुमिया के मन की बात देवकी से अलग नहीं है। देवकी माँ है। झुमिया का मातृत्व क्या देवकी से कम है? झुमिया की गोद से भी छह बच्चों को सूखे कंस ने छीन लिया है। मानो उसकी गोद का बच्चा भी छीन लेने के लिए कंस आँधी-तूफान बनकर उसके पीछे-पीछे दौड़ा चला आ रहा है।

फटे चीथड़े से बेटे को खूब अच्छी तरह ढककर छाती से चिपकाये थी झुमिया। बच्चा झुमिया के सूखे स्तन में मुँह लगाये निष्क्रिय-सा माँ की छाती से मिल गया। वह जी रहा है या नहीं, इस बारे में झुमिया को कभी-कभी आशंका होने लगती। कमजोरी की वजह से बच्चा दूध खींच नहीं पा रहा था, खींचता भी तो झुमिया की छाती में बेटे के लिए बूँद-भर दूध तक नहीं था। झुमिया काँटे-पत्थर की परवाह किये बगैर चलती चली जा रही थी। न जाने उसके निर्बल पैरों में इतनी ताकत कहाँ से आ रही थी!

खड़ियाल के हाट में झुमिया ने हाँड़ी-मटका बेचा है। कभी-कभार घर की बाड़ी की साग-सब्जी, अण्डे, मुर्गे भी बेचे हैं। लेकिन जो कुछ आज बेचने जा रही है, कभी सात जन्मों में न बेचना पड़े। दुनिया को इस बात का पता न चले।

पता चल गया तो दुनिया कहेगी, झुमिया माँ है या राक्षसी? लेकिन झुमिया का दु:ख भला कौन समझता है?

उनके गाँव के कई लोग हाट-बाजार में बिक गये। जवान पत्नी को पति ने बेच दिया, विवाह योग्य लड़की को बाप ने बेच दिया, लड़की, लड़के, पत्नी को छोड़कर पति कहीं दूर चला गया। उनके गाँव की रमा का पति भूख के कारण घर छोड़कर कहीं भाग गया। रमा के घर पर जवान बेटी, गोद में बेटा और उससे बड़ी ठुकुर-ठुकुर चलती बिटिया है। अधिक पैसे मिलने की उम्मीद में रमा ने जवान बेटी को बेच दिया। छोटी बिटिया को बेचती तो ज्यादा पैसे नहीं मिलते। कुछ दिनों तक माँ-बच्चों का गुजारा हो जाएगा। उसके गाँव की फानसपूँजी ने अपनी विवाह-योग्य ननद को सौ रुपये में बेच डाला। झुमिया की जवान बेटी होती तो वह भी बेटे को न बेचकर बेटी को ही बेचती। झुमिया जो कुछ करने जा रही है, उसमें कोई पाप नहीं है। वह जीएगी, बेटा जीएगा। इसीलिए वह चली जा रही है। जिस दिन देवकी ने कृष्ण को गोकुल भेज दिया, उस दिन बेटे की जान बचाने के साथ ही अपनी जान बचाने की बात क्या उसके मन में नहीं थी? अधिक बच्चे नहीं पाल सकेंगी, इसीलिए आजकल माँएँ गर्भ गिरवा देती हैं। कहते हैं, यह पाप नहीं है। बल्कि इससे देश का कल्याण होता है। वह तो जीव-हत्या करने नहीं जा रही है, जान बचाने की और कोई राह न पाकर ही इस राह को चुना है।

पूरे रास्ते झुमिया तरह-तरह से अपने मन को तसल्ली दिला रही थी। जो काम करने जा रही थी, उसकी अनिवार्यता के बारे में सोचती जा रही थी। यह सोच-सोचकर बार-बार मन को सान्त्वना देती थी कि बच्चे के मृत शरीर को केवड़े की झाड़ियों में लुढ़का देने से तो अच्छा है कि माँ यशोदा के हाथों में सौंप दे।

खड़ियाल हाट के पास कोई साहब किसी बच्चे के लिए व्याकुल हो घूमते दिखलाई देते हैं। भगवान ने उन्हें कोई बच्चा नहीं दिया। वे किसी अनाथ बच्चे को गोद लेना चाहते हैं। हाट से लौटने वाले अपने गाँव के लोगों से कई मर्तबा झुमिया ने इस बारे में सुना है। वे साहब खड़ियाल के मिशनरी अस्पताल में पहुँचकर लावारिस बच्चा ढूँढ़ते हैं। अभी तक उनकी इच्छा पूरी नहीं हुई है। साहब को बेटा चाहिए, झुमिया को जिन्दगी। यही उम्मीद लेकर झुमिया खड़ियाल हाट आयी है। कुछ ही महीने के बाद वह फिर माँ बनेगी। माँ बनना उसके लिए कोई बड़ी बात नहीं थी। माँ कहकर पुकारे जाने तक बच्चे को जिलाये रखना बड़ी बात थी। झुमिया रह-रहकर अपना हौसला बढ़ा रही थी।

बात आसानी से बन गयी। बच्चे को साहब की पत्नी के हाथों में सौंपते

समय झुमिया का पेट अन्दर से खिंचने-मथने लगा। शायद दूसरा बच्चा कह रहा था, ''माँ री! मुझे भी इसी तरह बेच देगी ना!''

साहब की पत्नी ने भरी हुई आवाज में कहा, ''मन में दुःख मत करना। तेरा बेटा अच्छी तरह रहेगा। आज से वह मेरा बेटा है।'' बच्चे को लड़ियाते हुए वे तुरन्त घर में घुस गयीं। मानो झुमिया की बुरी नजर उस पर पड़ जाएगी।

साहब ने अस्सी रुपये और एक मोटी साड़ी झुमिया के हाथ में रख दी। एक साथ इतने सारे रुपये झुमिया ने कभी नहीं छुए थे। फिर भी उसने सोचा कि औरत समझकर साहब ने मुझे ठग लिया। गाय, बैल, बकरी, भेड़ तो बहुत-से रुपये में बिकते हैं। मुर्गे का ही दाम चालीस रुपये हो गया है जबकि मनुष्य के बच्चे, वह भी लड़के का दाम सिर्फ अस्सी रुपये और एक साड़ी! बच्चे के लिए साहब के साथ मोल-तोल करना उसे ठीक नहीं लगा। यदि साहब ने बच्चा लौटा दिया, तो लौटते समय उसे केवड़े के झुरमुट में ही सुलाना पड़ेगा।

साहब ने झुमिया के चेहरे पर उखड़े हुए भाव को देखकर कहा, ''बच्चा बहुत कमजोर और बीमार है। दवा में काफी रुपये खर्च करने होंगे। मेरे पास और पैसे नहीं हैं, बच्चे के इलाज के लिए कुछ रुपये तो हाथ में रखने ही होंगे।''

बच्चे के इलाज की बात सुन झुमिया ने व्याकुल होते हुए कहा, ''नहीं साहब, मेरे लिए इतना ही काफी है। जिगर के टुकड़े का इलाज करवाएँगे और उसे भर-पेट खाना देंगे, बस इतना भरोसा दिला दें तो मैं निश्चिन्त हो लौट जाऊँगी।''

मालकिन ने अन्दर से ही कहा, ''मेरे बेटे के लिए अब तुझे परेशान होने की जरूरत नहीं है। तू सोचती है कि मैं लापरवाही करूँगी? जा, जा-तुझे अभी आँधी-बारिश में बहुत दूर जाना है। बच्चे की याद अब दिल में मत लाना। इसमें उसकी भलाई नहीं है। और सुन, फिर कभी यहाँ मत आना।''

झुमिया लौट आयी। दुबारा बच्चे को देखने की इच्छा होने पर भी कहने का साहस नहीं हुआ। दूसरे के बच्चे पर अब उसका क्या अधिकार है? यह समझने में उसे देर नहीं लगी कि मालकिन उसे विदा करने के लिए हड़बड़ा रही हैं। शायद बेचारी डर रही होंगी कि कहीं झुमिया अपने बेटे को वापस न माँग ले।

मुँह फेरकर लौटते समय अन्दर से रोने की धीमी-सी आवाज सुनाई दी। झुमिया का कलेजा काँप उठा। पीछे एक कदम लौटने पर पुनः अपना भ्रम समझ गयी। दूसरे के बच्चे के रोने पर उसके कलेजे में दर्द होना ठीक नहीं है। जो बच्चे को माँ से अधिक चाहती है, वह डायन होती है। झुमिया अब अपने बच्चे की माँ नहीं है।

रास्ते-भर बच्चे की वही अन्तिम रोने की आवाज झुमिया के कानों में पड़ती रही। झुमिया सोचने लगी कि बच्चा जरूर माटी टोहता होगा, हाथ टोहता होगा, मुँह टोहता होगा। नहीं तो रोता क्यों? अब झुमिया अपनी आँखों के आँसू नहीं रोक पा रही थी। वे अनवरत बह रहे थे, और सूख रहे थे। मन-ही-मन सोच रही थी, इससे तो अच्छा था कि भूखे-प्यासे बच्चे को सीने से चिपकाये उनके प्राण-वायु उड़ जाते, माँ-बेटे एक साथ सो गये होते निश्चिन्त नींद में। उसने ऐसा क्यों किया, जिन्दगी-भर के लिए चिन्ता का शूल कलेजे में गाड़ लिया! फिर सोचती, बच्चे को क्यों सुखाकर मारती? अच्छा है किसी और के पास रहे, आदमियों में उसकी गिनती हो, श्रीकृष्ण की तरह कंस के चंगुल से बचकर, आदमियों-सा आदमी नहीं बनेगा, यह कौन कह सकता है।

रास्ता खत्म नहीं हो रहा था, न ही झुमिया के पैर आगे बढ़ रहे थे- यह बात झुमिया की समझ में नहीं आ रही थी। एक तरह के दर्द से उसका पेट अन्दर-ही-अन्दर करोर जाता। मन में एक अबूझ क्रोध था, खुद पर या नियति पर, समझ नहीं पा रही थी। कभी-कभी साहब की पत्नी के प्रति उसका मन ईर्ष्या से भर उठता था। साहब के घर खाने को है, इसलिए साहब की पत्नी गर्भ का दर्द सहे बगैर ही आज बेटे की माँ है, जबकि गरीब होने के कारण सात-सात बच्चों को अपने खून-मांस से गढ़कर, दर्द सहकर, जन्म देकर भी आज उसकी गोद सूनी है!

दूसरे ही क्षण झुमिया के मन में नारीत्व का अभिमान जाग उठा। उसके गर्भ में पल रही है आठवीं सन्तान। कुछ ही दिनों में वह फिर माँ बनेगी। आठवें गर्भ से जो जन्म लेगा वह निश्चित ही देवअंश से जन्मेगा। सूखा, अकाल, दारिद्र्य के कंस का नाश करेगा। उसके जन्म लेने के बाद फिर कभी अकाल नहीं पड़ेगा, भूख से तड़पकर कोई अपने बीवी-बच्चों को नहीं बेचेगा। जब से बच्चा पेट में आया है, उसका मन कहता है, अब उसके दुःख दूर हो जाएँगे, उसके गाँव में खाने-पहनने का अभाव नहीं रह जाएगा। आठवीं सन्तान को किस तरह जिलाये रखेगी, किस तरह पाल-पोसकर बड़ा करेगी, यह सब सोचते हुए झुमिया बच्चा बेचने का दुःख भूलने लगी थी। वह बार-बार प्रतिज्ञा करती, लाख अकाल पड़े, वह मर जाएगी, पर अपने बच्चे को नहीं बेचेगी। आने वाले सुख की कल्पना से हो या और किसी वजह से, झुमिया के पूरे बदन में झिमझिमाहट फैल गयी। दर्द धीरे-धीरे बढ़ते हुए पूरे शरीर में फैलने लगा। जंगली रास्ते में दोनों पैर काँपने लगे। मानो वह पल-भर में बेहोश हो जाएगी। निचले पेट और कमर के पास के मेरुदण्ड की हड्डी में जैसे कोई विद्रोह की घोषणा कर रहा हो। इस विद्रोह का मतलब झुमिया से छिपा नहीं रहा। नारी-जीवन की तीव्रतम वेदना से अस्थिर हो

वह जमीन पर चित लेट गयी। उसकी आँखों की ज्योति धूमिल पड़ने लगी। दोनों हाथों से वह अपने कुछ पृथुल पेट को सहलाने लगी। मन-ही-मन बोली, 'नहीं, ऐसा नहीं होना चाहिए, आठवें गर्भ की सन्तान को विद्युत्-कन्या-सी इस तरह शून्य में तो नहीं समाना चाहिए! देवशिशु के अवतरित होने का समय तो अभी नहीं हुआ है। अरे बेटे, तू क्यों नहीं समझता। गाँव में अभी भी कंस रूपी सूखा घात लगाये बैठा है, अभी तेरे आने का समय नहीं हुआ है...'

दर्द से जितना नहीं, उससे ज्यादा आशंका से झुमिया का अंग-अंग काँप उठा। उसकी आँखें फैल गयीं और एक आलोड़न में ही दर्द का बोझ पल-भर में खत्म हो गया। झुमिया की आँखें थकान-बोझ से मुँद गयीं। वह इस आस में थी कि हर बार की तरह एक सुकोमल शिशु के रोने की आवाज किसी भी क्षण गूँज उठेगी और फिर माँ बनने के गर्व से उसका मन झूम उठेगा।

लेकिन वैसा कुछ नहीं हुआ। नवजात शिशु के क्रन्दन ने जंगली जमीन को पवित्र नहीं किया, बल्कि दिल से आ रही करुण क्रन्दन की आवाज से झुमिया अपनी थकान भूलकर उठ बैठी। उसके पैरों के नीचे से खून का झरना बह गया था। और उसमें एक निर्जीव मांस का लोथड़ा पड़ा था, झुमिया के सारे सपनों को छिन्न-भिन्न कर, उसके व्याकुल मातृत्व का मजाक उड़ाता हुआ। आठवें गर्भ का वह देवशिशु मातृ-गर्भ के कारागार को तोड़कर मुक्त हो चुका था। उसने निर्जीव मांस के लोथड़े से आकाशवाणी की, "मानव शिशु का जन्म माँ की गोद में लालन-पालन के लिए होता है, एक साड़ी और अस्सी रुपये के एवज में बिकने को नहीं। साग-सब्जी, भेड़-बकरी, बैल और मुर्गे से मनुष्य के बच्चे की कीमत जिस धरती पर इतनी कम, इतनी नगण्य है, वह धरती मुझे नहीं चाहिए..."

देवशिशु की गहन बातें झुमिया नहीं समझ पायी। करुण विह्वल नजरों से मांस के लोथड़े को एक बार देखने के बाद झुमिया ने अपने खून से सने पैरों को खिसका लिया। साड़ी और उसकी छोर में बँधे अस्सी रुपयों को पहले की तरह छाती से चिपकाये धीरे से उठकर बैठ गयी। उसके बाद एक-एक डग धरते हुए चल पड़ी। शरीर हल्का हो गया। उसने सोचा, उसके गर्भ की आठवीं सन्तान की तरह इस संसार में सब कुछ मिथ्या है, सत्य तो केवल भात, कपड़ा और जीवित रहना है।

साड़ी और रुपयों को सुकोमल बच्चे की तरह छाती से चिपकाये हुए झुमिया जल्दी-जल्दी डग बढ़ाने लगी। सन्तान खोकर वह टूटी नहीं, क्योंकि वह जानती है, उसके गाँव में साल के बारहों महीने भर-पेट भात जुटाने की अपेक्षा साल में एक बार माँ बनना अधिक आसान है।

इतिवृत्तक

''सत्य का एकमात्र स्वरूप सत्य ही है, सत्य का कोई गोपनीय अर्थ नहीं है, प्रत्यक्ष में भी सत्य और अप्रत्यक्ष में भी सत्य-इस तरह सत्य के दो विभाग नहीं हैं। सत्य को मुट्ठी में बाँधा नहीं जा सकता। हे आनन्द! तीन तरह के लोग सत्य और ज्ञान में गोपनीयता बनाये रखने का काम करते हैं। वे तीन तरह के लोग हैं-स्त्री, पुजारी, अज्ञानी या असत्य सिद्धान्तवादी।''

न्यग्रोध वन के प्रवेश-द्वार पर तथागत की अनुमति की प्रतीक्षा कर रही गौतमी, भिक्षुणी यशोधरा, सुजाता, खेमा इत्यादि नारियों के हृदय-तट पर बुद्ध की यही वाणी निष्ठुरतापूर्वक गूँज रही थी।

मगध के राजा बिम्बसार को अपने धर्म में दीक्षित करने के बाद राजगृह के वेणु-वन विहार में बौद्ध श्रमणों के साथ बुद्धदेव ने कुछ दिनों तक निवास किया था। उसी दौरान पिता शुद्धोधन का हृदय, पुत्र गौतम को देखने के लिए व्याकुल हो उठा। गौतम के बालसखा उदयन को वृद्ध राजा शुद्धोधन ने गौतम को लिवा लाने हेतु भेजा। पिताश्री के बुलावे पर तथागत अपने बीस हजार शिष्यों सहित कपिलवस्तु के न्यग्रोध उद्यान में आ पहुँचे। शाक्यवंशीय अनेक उच्छृंखल युवकों ने बुद्धदेव से प्रथम साक्षात्कार में ही शिष्यत्व ग्रहण कर, गृहत्याग कर संन्यास धारण कर लिया। शुद्धोधन के द्वितीय पुत्र नन्द ने राजपद से अभिषिक्त होने के ठीक पहले बुद्धदेव से दीक्षा ग्रहण कर संन्यास ले लिया। अन्त में सात वर्ष का छौना, शाक्यवंशीय अन्तिम उत्तराधिकारी राहुल ने भी हाथ में भिक्षा-पात्र लिये हुए पिता तथागत का मार्ग-अनुसरण किया। वृद्ध पिता शुद्धोधन, अमात्य, और सभी बन्धु परिवारों ने भी बुद्ध का शिष्यत्व ग्रहण किया। वे राजप्रासाद छोड़ न्यग्रोध वन में बुद्ध के साथ रहने लगे। खाली राजप्रासाद में माता प्रजापति गौतमी और अकेली यशोधरा का जीवन बिताने का आधार ही क्या रह गया?

वृद्धा माता गौतमी वधू यशोधरा, दासी, परिचारिकाओं, आत्मीय महिलाओं सहित उद्यान के प्रवेश-द्वार पर प्रतीक्षा कर रही है, दर्शन के लिए अनुमति माँग

रही है। लेकिन तथागत ने निर्विकार रूप से प्रार्थना की उपेक्षा कर गौतमी को वापस भेज दिया।

उपेक्षिता गौतमी आँखों में आँसू भर न्यग्रोध वन के प्रवेश-द्वार पर ही तथागत के उद्देश्य से प्रणाम कर सूने राजमहल की ओर चल पड़ीं। उनके पीछे निर्वाक् स्पन्दनहीन खड़ी हैं शाक्यवंश की राजवधू, कपिलवस्तु की राजरानी यशोधरा। दुःख, विरह, उपेक्षा और अभिमान की अग्नि में वर्ष-प्रतिवर्ष जलने के कारण उनका रूप-सौन्दर्य होमशिखा-सा पवित्र, उज्ज्वल, शुभंकर दीख रहा था। उसमें जला डालने की उग्रता नहीं है-स्वयं जल-जलकर दूसरे को आलोकित करने के समर्पण भाव से वह रूपशिखा स्थिर, निष्कपट, कोमल दिखाई दे रही है। लेकिन उस कोमल होमशिखा में भी एक तरह की ऊष्मता है। लगता है वह ऊष्मता अभिमान के वास्तविक अभियोग की है, जहाँ तथागत भी निरुत्तर हैं।

याद आता है-सब कुछ याद आता है, गौतमी को। कपिलवस्तु की पटरानी, सहोदरा, प्रिय भगिनी मायादेवी पुत्र के जन्म के सातवें दिन जब चल बसीं, तब मौसी तथा छोटी रानी प्रजापति गौतमी ने उस शिशु को गोद में उठा लिया था, माँ की ममता देकर उस शिशु का पालन-पोषण किया था। सिद्धार्थ को यह मालूम नहीं होने दिया कि वह मातृहीन है। सिद्धार्थ की शिक्षा, सेहत, मनोरंजन और अन्त में विवाह की सारी जिम्मेदारी जननी गौतमी ने बड़े सुचारु रूप से निभायी थी। सिद्धार्थ की वास्तविक जननी गौतमी नहीं बल्कि मायादेवी हैं, यह बात नगरवासी, महल-निवासी, यहाँ तक कि राजा शुद्धोधन भी भूल गये। गौतमी के नामानुसार सभी उसे गौतम नाम से ही बुलाने लगे। जब राजा शुद्धोधन वृद्ध हुए और गौतमी राजमाता बनने का सपना देखने लगीं, तभी एक दिन रात्रि की निर्जनता में गौतम राजमहल छोड़कर चले गये। वही गौतम आज बुद्ध बनकर कपिलवस्तु लौटे हैं। घुटा हुआ सिर, गेरुआ वस्त्र, तथागत के अन्दर पुत्र गौतम को ढूँढ़ पाने की व्यर्थ चेष्टा से प्रजापति गौतमी हताश नहीं हुई थीं बल्कि किसी अपूर्व आशा की ज्योति से आदि से अन्त तक का द्वार खुल गया था, चेतना के क्षितिज में उदित सूर्य की तरह तथागत चमके थे। गौतमी ने घर त्याग दिया था, बुद्ध के मार्ग का अनुसरण करने के लिए। क्या सिर्फ नारी-जाति से तथागत विमुख हैं?

तथागत के जीवन में ऐसी कोई नारी नहीं आयी जिसने उन्हें उनके मार्ग से च्युत करने का प्रयास किया हो। 'पुत्र के साधना-पथ में कहीं बाधक न बन जाएँ' यही सोच शायद मायादेवी बेटे के जन्म के सातवें दिन चल बसीं। पत्नी होते हुए भी यशोधरा ने बुद्ध का रास्ता नहीं रोका बल्कि खामोश रहते हुए वे पति तथागत की उपयुक्त सहधर्मिणी बनीं। हालाँकि मन्दबुद्धि 'मार' की कन्याओं ने

गौतम की तपस्या तोड़ने की काफी कोशिश की थी। किन्तु क्या यह बात तथागत नहीं जानते कि मार की कन्याओं को 'मार' ही ने उनकी तपस्या भंग करने के लिए भेजा था? क्या तथागत को यह मालूम नहीं है कि पुरुष के बिना सहयोग के नारी भ्रष्ट नहीं हो सकती? क्या यह बात तथागत समझ नहीं पाये हैं कि हर युग में पुरुष के साधना-पथ में 'मार' एवं 'मार-कन्याएँ' बाधा उत्पन्न करती हैं और अन्त में बोधिसत्त्वों के आगे हार मान लेती हैं? क्या तथागत इस बात से अवगत नहीं हैं कि 'मार' एवं 'मार-कन्याओं' को जीतने पर ही बोधिसत्त्वों को बुद्धत्व प्राप्त होता है? तो फिर तथागत नारियों को संघ की सदस्या बनाने से क्यों हिचकिचा रहे हैं?

उपेक्षिता यशोधरा के मन में कई प्रश्न हैं–कई भावनाएँ हैं, जिनका कोई उत्तर नहीं है। भिक्षुणी संघ स्थापित करने के लिए तथागत विमुख हैं–भिक्षुणी संघ में भी यशोधरा के लिए स्थान नहीं है।

यशोधरा एक के बाद एक प्रश्न पूछती जा रही हैं–निरुत्तर, निरुपाय भिक्षु आनन्द से–"क्या मनुष्य की सारी साधना, सारे कर्म, सारी तपस्या मृत्यु के लिए है, मृत्यु के बाद की अवस्था के लिए है–जीवन के लिए नहीं?

"स्वर्ग-प्राप्ति ही यदि मर्त्यवासी मनुष्य का परम लक्ष्य है, तो फिर मर्त्य की आवश्यकता ही क्या है? यदि मृत्यु के बाद ही स्वर्ग की प्राप्ति होती है, तो फिर जीवन की आवश्यकता ही क्या है? हे आनन्द, यदि संन्यास ही मुक्ति का एकमात्र मार्ग है, तो फिर जीवन का प्रवाह कैसे सम्भव होगा? मोक्ष के नाम से मानव समाज का कहीं ध्वंस तो नहीं हो जाएगा?"

यशोधरा के प्रश्न-वाणों से जर्जरित भिक्षु आनन्द के लिए निरुत्तर रहने के सिवा और कोई चारा नहीं था।

यशोधरा ने पुनः प्रश्न किया, "हे आनन्द, तथागत ने मानव-जाति को जन्म-जरा-मृत्यु-चक्र से छुटकारा दिलाने के लिए बुद्धत्व प्राप्त किया है। क्या नारी मानव-जाति में नहीं गिनी जाती? क्या तथागत किसी नारी रहित मानव-समाज की कल्पना करते हैं?"

आनन्द अब भी निरुत्तर हैं।

यशोधरा ने तीसरी बार प्रश्न किया, "हे आनन्द, मेरे लिए तथागत का क्या सन्देश है? तथागत द्वारा गृहत्यागी संन्यास ग्रहण कर लेने के उपरान्त राहुल के लिए यशोधरा के जीवन की आवश्यकता थी; लेकिन बालक राहुल के संन्यास ग्रहण कर लेने और राजमहल त्यागने के बाद यशोधरा के जीवन की आवश्यकता ही क्या है–उद्देश्य ही क्या है? क्या कारण है कि तथागत नारियों को भिक्षुणी संघ स्थापित करने की अनुमति नहीं दे रहे? नारियों से दूर रहकर ब्रह्मचर्य-पालन

करने में चारित्रिक दृढ़ता नजर नहीं आती। अग्नि से सुरक्षित दूरी पर रहकर 'वह दहनीय नहीं है' कहना कहाँ तक उचित है?

"सोना आग में तपकर दग्ध नहीं होता, बल्कि शुद्ध होता है। उसी तरह बौद्ध संघ में महिलाओं के प्रवेश करने से बौद्ध भिक्षु अपनी कामनाओं का दमन कर कलंकहीन रहेंगे। नारी पुरुष को कमजोर नहीं बनाती, बल्कि कमजोरियों का दमन करने में मदद करती है, क्या यह बात तथागत ने अपनी जीवनानुभूति से नहीं समझी है?"

आनन्द फिर भी निरुत्तर हैं। यशोधरा के सारे प्रश्न तथागत के लिए हैं। उत्तर देने की शक्ति आनन्द में कहाँ? तथागत जहाँ खामोश हैं, वहाँ जगत् भी खामोश हो जाता है।

पिछले सात वर्षों से तथागत से पूछने के लिए जिन प्रश्नों को यशोधरा ने मन-ही-मन दुहराया है, उन्हें पूछने पर उत्तर कैसे पाएँगी? तथागत के अन्दर के प्रिय सिद्धार्थ को तो वे ढूँढ़ ही नहीं पायी हैं।

कुमार सिद्धार्थ की यदि ऐसी ही इच्छा थी, तो फिर कालीराज-नन्दिनी यशोधरा को पाने के लिए यशोधरा के पिता शाक्य दण्डपाणि के आगे अपना पौरुष प्रदर्शित करने के लिए प्रतियोगी क्यों बने थे? क्यों शाक्यवंश के अप्रतिद्वन्द्वी योद्धावृन्द को प्रतियोगिता में बुरी तरह हराया था?

वसन्त ॠतु के उस रोमांचित क्षण में यशोधरा ने सिद्धार्थ की आँखों में जिस सपने का संकेत देखा था, क्या वह झूठा था?

कपिलवस्तु राजप्रासाद का तीसरा खण्ड। सुसज्जित प्रशस्त कक्ष में राजसिंहासन पर अनिन्द्य रूपवान तेजोदीप्त तरुण युवराज सिद्धार्थ विराजमान थे; शास्त्र, संगीत, कला, क्रीड़ा प्रतियोगिताओं में भाग लेने वाली सभी सम्भ्रान्तवंशीय कुँवारियों को युवराज अपने हाथों से पुरस्कार प्रदान करेंगे। मन्त्रिपरिषद् से विचार-विमर्श करके राजा शुद्धोधन ने यह व्यवस्था की थी। जिस तरुणी की ओर युवराज सिद्धार्थ आकर्षित होंगे, उसी से राजा शुद्धोधन उनकी शादी कर देंगे।

कालीराज-नन्दिनी विदुषी, कलावती, शास्त्र-निपुणा, अनन्य रूपवती यशोधरा ही सिद्धार्थ का वैराग्य समाप्त करने को पैदा हुई है, यह बात महामन्त्री बहुत पहले से जान चुके थे। उन्होंने जान-बूझकर यशोधरा का नाम प्रतियोगिनियों की सूची में सबसे अन्त में रखा था एवं प्रतियोगिनियों की संख्या से पुरस्कार की संख्या एक कम रखी थी।

ध्यानमग्न तपस्वी की तरह निरासक्त रूप से युवराज सिद्धार्थ यन्त्रवत् पुरस्कार वितरण कर रहे थे। किसी भी प्रतियोगिनी का रूप-यौवन उनके तन्द्रा जड़ित तारुण्य-तट पर एक छोटी-सी लहर तक उत्पन्न नहीं कर रहा था। अन्त

में रूप की आभा और व्यक्तित्व से समूचे कक्ष को प्रकाशमय कर कालीराजनन्दिनी यशोधरा पुरस्कार लेने के लिए युवराज के सामने जा पहुँचीं।

वसन्त ने मानो एकाएक सिद्धार्थ की गुप्त तरुणाई को जगा दिया। विस्मित नजरों से वे यशोधरा को एकटक देखते रहे। उन्हें ऐसा लग रहा था जैसे अनन्तकाल से उस नारी से उनका परिचय हो। यशोधरा भी चुप्पी साधे सिद्धार्थ के सौन्दर्य को मूर्तिवत् निहार रही थीं।

कौन कहता है युवराज सिद्धार्थ नीरस, आवेगहीन, प्रेमी बनने के योग्य नहीं? जो अपार्थिव प्रेम-धारा अकस्मात् यशोधरा के कुँवारे मन के पवित्र तट को भिगो रही है, सिद्धार्थ के दर्शन बिना तो वह कभी यशोधरा के जीवन में सम्भव ही नहीं हुआ।

महामन्त्री के इशारे पर सिद्धार्थ ने पुरस्कार की थैली के लिए हाथ बढ़ाया। थैलियाँ समाप्त हो चुकी थीं। तो क्या वह अपूर्व सुन्दरी राजकन्या खाली हाथ लौट जाएगी? रह-रहकर अप्रतिभ होने लगती थी राजनन्दिनी। सिद्धार्थ की सम्मोहनी दृष्टि के आगे हाथ पसारे सबके सामने और कब तक वह खड़ी रह सकेगी! सिद्धार्थ ने मधुर कोमल स्वर में कहा, "प्रतीक्षा करो देवि, पुरस्कार समाप्त हो गये हैं। भाण्डार से तुरन्त मँगवाता हूँ।"

"यशोधरा पुरस्कार की कामना नहीं रखती। क्या यह किसी सफल प्रतियोगी का अपमान नहीं?" यशोधरा ने निर्भीकतापूर्वक कहा।

युवराज ने तत्काल अपने गले का रत्नहार उतारकर यशोधरा के गले में पहनाते हुए कहा, "प्रियंवदे! यही तुम्हारा वास्तविक पुरस्कार है।" दोनों एक-दूसरे को अपलक निहारते रहे। ठीक उसी क्षण महानायक के तत्त्वावधान में पहले से सुसज्जित सैनिकों ने तूर्यनाद करते हुए युवराज का अभिवादन किया। युवराज की जय-जयकार से भवन की तीसरी मंजिल का कक्ष तक गूँज उठा। उल्लास की बाढ़ नगर के कोने-कोने तक फैल गयी।

उस समय यशोधरा नाम की स्वर्णलता से उदित अरुणिमा अनन्त युगों के सपनों को साकार कर रही थी। राजा शुद्धोधन ने अपने पुत्र के साथ यशोधरा के विवाह का प्रस्ताव शाक्य दण्डपाणि को भिजवाया।

लेकिन शाक्य दण्डपाणि ने शुद्धोधन के महार्घ प्रस्ताव को आदरपूर्वक ग्रहण नहीं किया। "राजा का भूषण केवल रूप-गुण नहीं होता, राजा का भूषण है उसकी वीरता, उसका शौर्य। कुमार सिद्धार्थ दयालु, विनम्र, ज्ञानी और रूपवान हो सकते हैं, परन्तु वे अत्यन्त सुकुमार हैं। वे यशोधरा का पाणिग्रहण करने योग्य वीर नहीं हैं। यदि वीरता की परीक्षा में वे उत्तीर्ण होंगे, तभी शाक्य दण्डपाणि उन्हें दामाद के रूप में स्वीकार करेंगे।" यही था यशोधरा के पिता का पलटकर भेजा गया प्रस्ताव।

इतने से ही यशोधरा का दुःख समाप्त हो जाता। शुद्धोधन अपने पुत्र का कोमल स्वभाव व संसार-विरागी मनोभाव जानते थे। यशोधरा को पाने के लिए सिद्धार्थ अपनी वीरता की परीक्षा देंगे व उसमें उत्तीर्ण होंगे, यह बात सपने से भी परे थी। यशोधरा की आशा छोड़कर सम्भवतः शुद्धोधन अपने पुत्र के लिए किसी अन्य राजकन्या की तलाश करते।

यशोधरा क्या करतीं! शायद उनका क्षण-भर का दुःख नये सपनों में खो गया होता। कुँवारी कन्याओं के जीवन में जो अक्सर होता है वही हुआ होता।

देवदत्त, आनन्द, नन्द, सुन्दरानन्द आदि में से किसी भी योग्य राजकुमार के गले में वरमाला डालकर वह राजरानी बन गयी होती, स्वामी, सुहाग, सुख, ऐश्वर्य, सन्तान-सन्तति के बीच अपने नारीत्व को सफल करती।

लेकिन दुःख का अन्त नहीं होता, यशोधरा के जीवन में दुःख की शुरुआत ठीक सिद्धार्थ से है। सिद्धार्थ ने अपने पिताश्री से अनुरोध किया था, ''मुझे सिर्फ एक बार शाक्य वीरों से युद्ध कर अपना पौरुष प्रदर्शित करने का अवसर दें।''

वह अवसर मिला और सिद्धार्थ विजयी हुए। यशोधरा को पाने की प्रतिज्ञा में मानो वे अलौकिक शक्ति और वीरता के अधिकारी बन बैठे। केवल शस्त्र ही नहीं, अस्त्रविद्या में भी उन्होंने सबको पछाड़ दिया।

गौतम के जन्म से पहले मायादेवी ने जो सपना देखा था, पण्डितों ने उसकी व्याख्या करते हुए कहा था, ''यदि मायादेवी का गर्भ-शिशु बूढ़े व्यक्ति, रोगी, मृत व्यक्ति और संन्यासी को नहीं देखेगा, तो वह पृथ्वी का एकमात्र चक्रवर्ती सम्राट होगा, किन्तु यदि उसने उपर्युक्त चारों को देख लिया तो वह गृह-त्याग कर बुद्धत्व प्राप्त करेगा और संसार को प्रकाश का मार्ग दिखलाएगा।''

गौतम के सम्बन्ध में की गयी भविष्यवाणी राजा शुद्धोधन समेत कपिलवस्तु के प्रत्येक व्यक्ति को याद है, सभी गौतम की निरासक्ति, चिन्तामग्न, एवं तपस्वी सुलभ गम्भीर कैशोर्य पर गौर करते। खासकर शाक्य दण्डपाणि का विचार है कि गौतम भावुकता तथा ज्ञान रूपी राज्य का सम्राट् बन सकते हैं, परन्तु कपिलवस्तु का सम्राट् बनने जैसा कोई लक्षण उनमें नहीं है। राजा शुद्धोधन गौतम को संसार के दुःख, शोक, वैराग्य, जरा, व्याधि एवं मृत्यु इत्यादि घटनाओं से दूर रखने के प्रयास में ग्रीष्म, शीत और वसन्त ऋतु के लिए स्वर्ग की अमरावती जैसे तीन प्रासाद बनवाकर गौतम के चारों ओर नृत्य, गीत, विलास, आनन्द का वातावरण बनाये रखने के बावजूद जरा, व्याधि, मृत्यु रूपी सत्य से उन्हें दूर नहीं रख पाएँगे। इसलिए संन्यास व गृहत्यागी होने की भविष्यवाणी गौतम के जीवन में एक न एक दिन जरूर सच होगी। अपनी अनन्य सुन्दरी सुकुमारी कन्या का विवाह गौतम से करने का अर्थ है जान-बूझकर उसके भाग्य में विरह और दुःख को आमन्त्रित

करना। अतः राजा शुद्धोधन के प्रस्ताव को टालने के लिए यशोधरा के पिता ने इस तरह की परीक्षा का आयोजन किया था। किन्तु उन्हें क्या मालूम था कि गौतम परीक्षा में विजयी होंगे और निरुपाय होकर यशोधरा को दुःख में धकेलने के सिवा उनके पास और कोई चारा नहीं होगा!

यशोधरा भी गौतम के जीवन की भविष्यवाणी से अवगत थी। उन्होंने यह भी सुना था कि गौतम सांसारिक सुख, विलासिता के प्रति उदासीन रहते हैं। किन्तु गौतम से आँखें चार होते समय उसे जिस प्रेमानुभूति का अहसास हुआ, वह तो झूठ नहीं था! उन्हें यह लगने लगा था कि गौतम के साथ क्षणिक दाम्पत्य जीवन बिताना किसी भी किशोरी की कामना हो सकती है। जिस दिन बड़े आडम्बरपूर्ण ढंग से गौतम के साथ उनका विवाह हुआ, उसी दिन से उन्होंने सारे दुःख सहने के लिए खुद को तैयार कर पति-गृह में प्रवेश किया था।

वह एक अविस्मरणीय अपूर्व दाम्पत्य जीवन था। संसार में शायद ऐसे दाम्पत्य-प्रेम का उदाहरण नहीं है। यशोधरा को यह अनुभव हो रहा था कि विवाह का लक्ष्य भोग नहीं, त्याग है; पाना नहीं, देना है; ग्रहण करना नहीं, समर्पण है। यही है दाम्पत्य जीवन का वास्तविक आनन्द। विरह, दूरी, देशान्तर, यहाँ तक कि मृत्यु भी दाम्पत्य प्रेम को मलिन नहीं कर सकती। गौतम के साथ पल-भर का दाम्पत्य जीवन अनन्त युगों के प्रेम को मात दे सकता है।

दाम्पत्य जीवन के हर पल में विरही पल का सामना करने के लिए यशोधरा खुद को तैयार कर रही थीं; क्योंकि गौतम सुख के हर क्षण में न जाने किस अलग दुनिया में खो जाते थे। जिस दिन यशोधरा ने एक बुरा सपना देखने का वृत्तान्त पति को सुनाया, गौतम ने निर्विकार रूप से कहा, "इस सपने का अर्थ है, मेरा भौतिक सुखों से दूर होने का समय करीब आ गया है।" यह सुन यशोधरा को ठेस पहुँची, लेकिन उन्होंने कोई विरोध नहीं किया। अपने अनुभव से वह जानती थीं कि गौतम को अधिक दिनों तक पार्थिव सुख के बन्धन में बाँधकर नहीं रखा जा सकता। वह इन्तजार कर रही थीं उस पल का। गौतम की सहधर्मिणी के रूप में खुद को समझाने का वही उपयुक्त मौका था। लेकिन गौतम ने यह मौका भी नहीं दिया। जब यशोधरा अपने नन्हे पुत्र के साथ किसी स्वप्न की दुनिया में खोयी हुई थीं; गौतम यशोधरा की उपेक्षा कर, उन्हें पत्नीत्व की परीक्षा का अवसर दिये बिना पूर्णिमा की उस प्रकाशमय रात्रि में यशोधरा के सम्पूर्ण जीवन को अन्धकारमय करते हुए घर छोड़कर चले गये।

यह सच है कि गौतम की उपयुक्त पत्नी होते हुए भी यशोधरा उनकी सारी बातें आँखें बन्द करके स्वीकार नहीं कर लेती थीं। गौतम का 'दुःखवाद' ही यशोधरा के जीवन का सबसे बड़ा दुःख था और यशोधरा इस दुःखवाद का

विरोध भी करती थीं। सुख के हर पल को गौतम दुःख के दर्शन से विषादमय कर देते थे। सुख को भी दुःख मानकर वे वैराग्य भावना में डूब जाते थे।

यशोधरा के मन में लगातार सवाल उठते, यह मानकर कि 'संसार दुःखमय है, क्या सुख को भी दुःख समझकर जीवन को दुःखमय करना ही इस जीवन का लक्ष्य है? दुःख में सुख ढूँढ़ना उचित है या सुख में दुःख? मृत्यु जीवन का एक अटल सत्य है तो क्या जीवन मिथ्या है? वार्धक्य अटल है तो क्या यौवन मिथ्या है? जीवन, यौवन, क्षण-स्थायी हो सकते हैं, पर मिथ्या नहीं।'

कभी-कभी यशोधरा गौतम के साथ नित्य, अनित्य; जीवन, मृत्यु; सुख, दुःख; के सम्बन्ध में गम्भीर तत्त्व-आलोचना में खो जातीं। उन्हें गौतम से हार मानने का दुःख नहीं, बल्कि गर्व और आत्मसन्तोष होता है। वह जानती हैं कि गौतम भिन्न उपादान से बने हैं, उन्हें अधिक दिनों तक अपना बनाकर नहीं रखा जा सकता। क्योंकि संसार के लोगों के दुःख दूर करने के लिए उनका जन्म हुआ है। इस भाव में दुःख के साथ एक गौरवमय तात्त्विक आनन्द भी शामिल हो जाता, सारी अप्राप्तियों के बीच वह गौतम-पत्नी यशोधरा हैं, यही तो उनके जीवन की सबसे बड़ी उपलब्धि है।

लेकिन गौतम उन्हें बिना बताये, आधी रात को घर छोड़कर क्यों चले गये? यदि गौतम अपने सिद्धान्त में दृढ़ थे, तो भय किसका था? खुद का या यशोधरा का?

यदि गौतम यशोधरा को कहकर गये होते तो शायद यशोधरा छलछलायी आँखों से उन्हें विदा करतीं, या फिर दुःख सहने के लिए उसी क्षण बेहोश हो जातीं। क्या गौतम यशोधरा के आँसू और वेदना से विचलित होकर रुक जाते? क्या उन्हें खुद पर इतना भी भरोसा नहीं था, या यशोधरा पर भरोसा नहीं था?

एक सुन्दर प्रभात में, सुख निन्द्रा से उठते ही जब किसी प्रियतमा पत्नी को यह मालूम पड़े कि उसका पति बिना कोई कारण बताये, कोई सन्देश छोड़े, घर छोड़कर चला गया है, तब केवल विरह-दुःख से ही नहीं बल्कि नारीत्व के अपमान से भी उसका सिर झुक जाता है। यदि गौतम यशोधरा को कहकर गये होते तो विरह-दुःख को सहने का एक आधार होता, यशोधरा गर्व से सोच सकती थीं कि मेरे पति बुद्धत्व की प्राप्ति के लिए मुझसे दूर गये हैं एवं पति के बुद्धत्व-प्राप्ति के मार्ग में पत्नीत्व के सपनों को मैंने जान-बूझकर निछावर कर दिया है। लेकिन गौतम ने उन्हें इतना तुच्छ कैसे समझा? पत्नी, पुत्र, पिता के दुःखों का सामना नहीं कर पाएँगे, यह सोच चुपचाप चले गये? कभी-कभी दुनिया कहती, गौतम निष्ठुर थे, हृदयहीन थे। पत्नी-पुत्र के प्रति निष्ठुर साबित हुए। लेकिन यशोधरा जानती हैं कि गौतम निष्ठुर नहीं हैं, वे अति कोमल हृदय के हैं।

निष्ठुरता का सामना नहीं करना चाहते थे, इसीलिए यशोधरा को बिना बताये चले गये, किन्तु यशोधरा का आरोप सिर्फ इतना ही है कि गौतम ने उन्हें अपना पत्नीत्व साबित करने का मौका क्यों नहीं दिया? स्त्री-जाति से इतनी विमुखता क्यों? जो दु:ख का सामना नहीं कर सकता, क्या उसके लिए संसार का दु:ख दूर कर पाना सम्भव है!

उस दिन अनेक प्रश्न अनकहे रह गये। तथागत उस दिन यशोधरा के दरवाजे पर खड़े थे। तथागत के घर छोड़कर चले जाने के बाद यशोधरा सिर मुड़वाकर गेरुवे वस्त्र धारण कर सादगीपूर्ण संन्यासिनी का जीवन बिता रही थीं। दिन में एक बार शाकान्न खाकर, तृणशय्या पर शयन कर तथागत की उपयुक्त पत्नी होने की साधना में सात वर्षों तक उनींदी रातें बितायी थीं। उन्होंने सोचा था, लौटकर गौतम उन्हें पत्नी की मर्यादा देंगे, बिना बताये घर छोड़कर चले जाने की क़ैफियत देते हुए उनका अभिमान दूर करेंगे।

यह सच है कि तथागत लौटकर आये भी, पर यशोधरा के पति गौतम कभी नहीं लौटे। यशोधरा के सारे अभिमान, सारे प्रश्न, सारे आँसू तथागत के चरणों में चुपचाप समर्पित हो गये। उन्होंने सोचा था, तथागत असहाय विरहणी यशोधरा को अपने सीने से लगा लेंगे। अमृतमय वाणी से सान्त्वना देंगे। लेकिन तथागत ने प्रव्रज्या देने की मुद्रा में निर्विकार स्वर में कहा, ''देवी, चार महासागरों का जल अधिक है या तुम्हारी आँखों का जल? इस संसार की सारी वस्तुएँ अनित्य व क्षणभंगुर हैं। मनुष्य का जीवन दु:खमय है, जीवन की महायात्रा में जितना अश्रुजल तर्पण करना पड़ता है वह चार महासागरों के जल से अधिक है। तुम्हारा चहुँओर अन्धकारमय है! जल से अन्धकार का विनाश नहीं होता, बल्कि अन्धकार और घना हो जाता है। तुम दिव्य प्रकाश की खोज क्यों नहीं करतीं?'' यशोधरा निरुत्तर रह गयीं। जिन्हें पति समझकर आँसू बहा रही थीं, वे गौतम नहीं हैं, भगवान बुद्ध हैं, यशोधरा के दीक्षा-गुरु। सारे प्रश्न अनुच्चरित अनुत्तरित रह गये।

आज भी न्यग्रोध वन के प्रवेश-द्वार से प्रश्नों का पहाड़ अगोरे वह लौट रही हैं।

कभी-कभी तथागत खामोश क्यों रहते हैं?

जीवन के सारे प्रश्नों का उत्तर कहाँ है? या जीवन ही एक प्रश्न है, जिसका कोई उत्तर नहीं।

यशोधरा ने प्रश्न किया, ''आनन्द, क्या संघ में शामिल होने के लिए तथागत की अनुमति नहीं मिलेगी?''

''अनुमति नहीं मिलेगी, ऐसा तथागत ने नहीं कहा है।''

''नारी जाति से वे विमुख क्यों हैं?''

"उन्होंने नहीं कहा विमुख हैं।"

"तो वे नारी जाति से विमुख नहीं हैं?"

"उन्होंने नहीं कहा विमुख नहीं हैं।"

"हे आनन्द, नारी जाति समाज से बाहर नहीं है एवं संघ की शरण में आने का अधिकार व सामर्थ्य उसमें है, इस बारे में तुम्हारी क्या राय है?"

"मेरी राय के बारे में तथागत ने कुछ नहीं कहा।"

"तो क्या संघ के सदस्य की राय का कोई मूल्य नहीं?"

"उन्होंने ऐसा नहीं कहा कि मूल्य नहीं है।"

"तो क्या संघ के सदस्य की राय का मूल्य है?"

"उन्होंने यह भी नहीं कहा कि मूल्य है।"

आनन्द का उत्तर ही एक-एक नया प्रश्न था। यशोधरा चुपचाप लौट आयीं।

पुनः वैशाली नगरी के महावन में संघ-प्रवेश के लिए तथागत की अनुमति की प्रार्थना करती सिर घुटाये, गेरुए वस्त्र धारण किये, धूल-धूसरित अश्रुपूर्ण गौतमी, यशोधरा एवं शाक्यवंशीय अनेक नारियाँ प्रतीक्षारत हैं।

यह सच है कि यशोधरा और गौतमी के दुःख से विचलित होकर आनन्द भिक्षुणीसंघ स्थापित करने की दिशा में तथागत को राजी करने में सफल हो गये, किन्तु तथागत ने भिक्षुणियों के लिए आठ नियम बनाते हुए अन्त में कहा, "हे आनन्द! यदि स्त्रियों ने संघ में प्रवेश न किया होता, तो यह धर्म सहस्त्र वर्षों तक टिका रहता; लेकिन चूँकि वे संघ में प्रवेश कर चुकी हैं, यह धर्म केवल पाँच सौ वर्षों तक ही टिका रहेगा।"

महावन के प्रवेश-द्वार पर प्रतीक्षारत यशोधरा के दिल में बुद्ध की वाणी झंकृत हो रही थी। दुःख-अपमान से जर्जरित यशोधरा प्रश्न पूछ रही हैं, "हे आनन्द, धर्म के पतन के लिए क्या केवल नारी जिम्मेदार है? पुरुष जहाँ कामनारहित होता है, क्या नारी वहाँ कामना बनकर खड़ी हो सकती है? यदि भिक्षु-संघ में रहने वाले सभी पुरुष जितेन्द्रिय नहीं हैं, तो ऐसे पुरुषों को तथागत ने संघ में स्थान क्यों दिया है? क्या केवल इसलिए कि वे पुरुष हैं?"

आनन्द ने विनम्र भाव से कहा, "देवि, तथागत ने इस बारे में कुछ नहीं कहा।"

यशोधरा ने दृढ़ स्वर में कहा, "हे आनन्द, मैं जानती हूँ कि उन्होंने जो भी कुछ कहा है, वह सब संघ के लिए ग्रहणीय है। मैं तो केवल एक साधारण भिक्षुणी हूँ, बुद्धत्व से बहुत दूर है मेरी जगह। फिर भी इतना कहे देती हूँ, जिस धर्मसंघ में नारी प्रवेश करती है, उस संघ का पतन नहीं होता; बल्कि जो धर्म-संघ नारी को हेय समझता है, उस धर्म का पतन अवश्यम्भावी है। क्योंकि धर्म मानव-

समाज के कल्याण के लिए बना है एवं मानव-समाज में आधा हिस्सा नारियों का है। चाँद का आधा हिस्सा प्रकाशमय होते हुए भी जिस तरह चाँद खण्डित है, उसी तरह नारी समाज को नीचे रखकर किसी भी समाज का उत्थान सम्भव नहीं।''

यशोधरा की बातें भिक्षु आनन्द के दिल में लिपिबद्ध हो गयीं। अनेक वर्षों के बाद, बुद्ध के परिनिर्वाण के उपरान्त, तथागत के श्रेष्ठ तथा एकमात्र अनुगत शिष्य आनन्द के प्रति अन्य भिक्षुओं के दोषारोपण थे, आनन्द ने तथागत की वन्दना स्त्रियों से करवायी थी, और उनके आँसुओं से तथागत का पैर धुलवाया था। इसके अलावा संघ में भिक्षुणियों के प्रवेश के लिए तथागत को राजी करने जैसा बड़ा अपराध भी उन्होंने ही किया था।

परन्तु यशोधरा की अन्तिम बातें तब भी आनन्द के स्मृति-पटल पर झंकृत हो रही थीं–क्या यशोधरा की बातें सच हैं? आनन्द अपराध स्वीकार करने को तैयार नहीं हैं। किन्तु भिक्षुओं के तर्क के आगे उन्होंने हार मान ली थी।

नारी जाति के सम्बन्ध में इतिवृत्तक (बुद्ध ने जो कुछ कहा है) के आगे वे चुप हो जाते थे। हृदय से अनुमोदन न करने पर भी संघ के आगे क्षमा माँगते-माँगते जराग्रस्त आनन्द दुःख से टूटने लगे थे। जरा, व्याधि, दुःख से छुटकारा पाने के लिए वे जिन्दगी-भर संघ की शरण में रहे। क्या वास्तव में उन्होंने जरा, व्याधि, मृत्यु और दुःख से छुटकारा पा लिया था? यदि उन्हें दुःख से छुटकारा नहीं मिला, तो इस आजीवन कष्टपूर्ण साधना का मूल्य ही क्या रहा? जहाँ जीवन में इतने सवाल हों, वहाँ भला दुःख का अन्त कहाँ?

दुःख हो तो हर युग में बुद्ध का पुनर्जन्म होता है, तो फिर यह कहना कहाँ तक सच है कि तथागत का यह अन्तिम जन्म है? यदि पृथ्वी पर अब भी दुःख का अन्त नहीं हुआ है, तो फिर जन्म लेते ही तथागत ने यह कैसे घोषणा कर दी थी, ''यह मेरा अन्तिम जन्म है। इसके बाद मेरा पुनर्जन्म नहीं है।'' तो क्या उन्होंने जो कुछ कहा है, वह सब...???

चन्द्रभागा और चन्द्रकला

चन्द्रकलाओं का ह्रास भी है और वृद्धि भी। इसीलिए खण्डित चाँद इतना सुन्दर दिखता है, क्योंकि उसके पीछे एक अदृश्य कूची पूर्णता की तस्वीर बनाती रहती है।

लेकिन उसे देख मैं सोचता हूँ, मानो वह दिन-प्रतिदिन चुकती जा रही है, क्षय होती जा रही है। उसकी बात सोचते ही याद आती है बुद्धत्व की अमरवाणी, प्रथम आर्यसत्य : दुःख। दुःख मनुष्य के जीवन का एक मर्मान्तिक सत्य है। परन्तु मनुष्य दुःख में भी सुख की तलाश करता है। अलग-अलग तरीके से दुःख को कम करता है। इसलिए रोगग्रस्त मनुष्य चिकित्सा की मदद लेता है, मन को दिलासा देता है, रोग क्षणिक है-स्वस्थ जीवन ही शाश्वत सत्य है। जबकि मनुष्य को मालूम है, विपरीत बात ही अकाट्य है। आशा ही दुःख का कारण है। जबकि वह आशा ही मनुष्य को जिलाये रखती है-आशा ही मनुष्य को आनन्द देती है, जबकि वह आनन्द स्वयं क्षणिक है।

किन्तु वह कौन-सी आस लिये जी रही है, मैं समझ नहीं पा रहा। मन को कैसी दिलासा दिये हुए पड़ी है, यह मेरे सोच से परे है। उसके जीवन का अन्तिम सत्य डॉक्टर बता चुके हैं। आज उस बीमारी का कोई इलाज नहीं है। कितनी ही फीस देने पर भी कोई डॉक्टर उसे देखने आने की जुर्रत नहीं करता। फिर भी वह जिन्दा है और जीवन को चाहते हुए जी रही है! उसका मनोबल, उसकी सहनशीलता देख मैं चकित हो जाता हूँ, असमंजस में पड़ जाता हूँ। सोचता हूँ, नदी की विपरीत दिशा के प्रवाह के प्रखर होने की तरह शायद विपरीत परिस्थिति ही मनुष्य को शक्ति प्रदान करती है।

उससे मेरे परिचय का सूत्र वह खुद है।

एक दिन अचानक उसने फोन पर कहा था-"जी नमस्कार! मैं चन्द्रा बोल रही हूँ, चन्द्रभागा दास। मैं आपकी प्रशंसक हूँ। आपकी लगभग सारी रचनाएँ पढ़ चुकी हूँ। आपको देखने की बेहद इच्छा हो रही है।"

मैंने विनम्र स्वर में कहा, ''शाम को अक्सर मैं घर पर ही रहता हूँ, किसी भी दिन आ जाइए।''

खामोशी का स्वर मुझे उदास आग्रह से छू रहा था। फिर आवाज आयी– ''मैं पिछले कुछ दिनों से लगातार अस्वस्थ हूँ। सुना है, आप यहीं कहीं निकट ही रहते हैं। यदि मेहरबानी करके आप ही एक बार आ जाते...''

मेहरबानी करके नहीं, बल्कि कुतूहलवश उस रोज मैं उसके घर गया और उसके बाद से लगातार जाता हूँ। एक अदृश्य आकर्षण समस्त कार्य-व्यवस्थाओं के बीच मुझे उसकी ओर खींच लेता है।

पहले दिन वह लेटी हुई थी एक लम्बा गाउन पहने। उसके बूढ़े पिता लम्बोदर बाबू मेरा परिचय पूछने के बाद मुझे आग्रहपूर्वक अन्दर लिवा गये। बेटी से परिचय करवा दिया, ''ये हैं लेखक प्रभात राय, जिनके लेखन की तू प्रशंसा करते नहीं थकती। तूने ही फोन किया था आने को।''

उसने हाथ जोड़कर नमस्ते किया, पर बिस्तर से उठी नहीं। उठने की कोई कोशिश भी नहीं की। शायद अस्वस्थता के कारण कमजोरी महसूस कर रही थी। सम्भवत: डॉक्टर ने उठने को मना किया हो। उसका पान के पत्ते-सा चेहरा कुछ फीका और मुरझाया-सा लग रहा था। नुकीली नाक किसी गोपनीय आवेग से कुछ-कुछ काँप रही थी। एक निष्पाप कान्ति से उसका चेहरा आकर्षक लग रहा था। खोयी-खोयी-सी उदास आँखें भावव्यंजक थीं, उसकी नजर गहरी, मर्मस्पर्शी थी। वह एकटक मेरा चेहरा देख रही थी। मानो कुछ ढूँढ़ रही है। कान्तिभरी छरहरी युवती की सीधी निस्संकोच निगाह मुझे संकुचित कर रही थी। सोचा, एक अपरिचित लेखक को घर बुलाकर यह लड़की निस्संकोच हो किस गहरे गहन जीवन के प्रश्न का उत्तर तलाश रही है? मैंने पूछा, ''क्या हुआ है? आप कब से अस्वस्थ हैं? क्या बुखार है, सिर-दर्द है?''

मेरे सवाल का जवाब न देकर उसने उदासी भरी मुस्कान छोड़ी। उसके बाद तुरन्त मेरी अनेक रचनाओं पर बातचीत करने लगी। मैं उसकी अस्वस्थता की बात भूलकर अपनी कृतियों पर विचार-विमर्श करने में जुट गया। उस लड़की को मेरी रचनाएँ जितनी अच्छी लगी थीं, वह लड़की मुझे उनसे अच्छी लगी। इस बीच उसकी माँ चाय-नाश्ता दे गयी थीं, सादा पान लगाकर मेरी ओर बढ़ा दिया था– घर के व्यक्ति-सा। दो घण्टे तक बैठा रहा पहली मुलाकात में उसकी अस्वस्थता से पूरी तरह बेखबर हो। उठते हुए अपने लोगों-सा जोर देकर बोला था, ''अब तुम्हारी बारी है। उम्मीद है, खूब जल्दी अच्छी हो जाओगी और माँ को साथ लेकर मेरे घर आओगी। मेरी पत्नी बहुत खुश होगी।'' उसी तरह लेटे-लेटे उसने एक वादारहित मुरझायी-सी मुस्कान बिखेर दी।

मैंने खड़े-खड़े पूछा, "मेरी रचनाओं के बारे में सारी बातें बता गयीं, अपने बारे में तो कुछ भी नहीं बताया तुमने? किस कॉलेज में पढ़ती हो? कला या विज्ञान? डॉक्टर ने कितने दिनों तक आराम करने को कहा है?" पहली मुलाकात में इससे अधिक जिज्ञासा भला क्या करता उसके बारे में!

उसने मायूसी-भरी आवाज में कहा, "अपने बारे में क्या बताऊँ। छोड़िए, फिर कभी सही। आज आपका काफी वक्त बर्बाद कर चुकी हूँ। पर बहुत अच्छा लगा आपसे मिलकर। अपनी रचनाओं की तरह आप भी काफी अन्तरंग लगे पहली ही मुलाकात में। मेरा फोन पाकर आप आये, यह मेरा सौभाग्य है।" 'धन्यवाद' कहकर आत्मसन्तोष में स्मित मुस्कान सहित कमरे से निकल ही रहा था कि स्तब्ध रह गया बरामदे के एक कोने को देख। मुझे लगा, मेरा युवक-सुलभ ऊष्म रक्त-प्रवाह शीतल होकर जमने लगा है। मेरे पैर ठिठक गये। कण्ठनली शुष्क है, हृदय थर-थर काँप रहा है, भयकातर निगाह उसी अनाकांक्षित वस्तु से बँध गयी है। सोचा, तकदीर का उत्थान और पतन कितना दुःखमय है! ओस के कण-सी स्वच्छ, निष्पाप इस कोमल उम्र की लड़की के कृतकर्म का फल इतना विषमय नहीं हो सकता, जिसके लिए उसे इतना बड़ा अभिशाप मिले। यह महज उसकी तकदीर की विडम्बना अथवा प्रारब्ध का फल है।

उसके पिता ने निर्विकार स्वर में कहा, "आज से बारह साल हो गये। पहले कमर सीधी करके बैठती थी। अब आजकल नहीं बैठ पाती। व्हील चेयर काफी दिनों से वहाँ उसी तरह पड़ी है। सम्भवतः वह अब फिर कभी काम न भी आये।"

"हे भगवान!" मेरी इच्छा के विरुद्ध अस्फुट कातरोक्ति अनजाने ही निकल पड़ी।

उसके पिता बोले, "पहले मैं भी भगवान को याद किया करता था, जब चन्द्रा के ठीक होने की झूठी दिलासा डॉक्टर दिया करते थे। चन्द्रा के बारे में डॉक्टर अन्तिम निर्णय दे चुके हैं, अब मैं भगवान को याद नहीं करता। आजकल न मन्दिर जाना पड़ता है और न ही अस्पताल। दौड़-धूप काफी कम हो गयी है। पाँच साल चन्द्रा नर्सिंग होम में थी। अस्पताल और मन्दिर दौड़ते-दौड़ते तब मैं अधमरा हो गया था।"

मैं चुपचाप सुन रहा था। खड़े-खड़े उन्होंने मेरे आगे अपना दिल खोल दिया, "तब चन्द्रा दस साल की थी। कमर के पास रीढ़ की हड्डी में दर्द उठा। डॉक्टर ने कहा-ऑपरेशन करना पड़ेगा। ऑपरेशन के बाद चन्द्रा की कमर से नीचे का हिस्सा बेकार हो गया है। वह कभी स्थिर नहीं बैठती थी; धीमे कदमों से न चलने के कारण जिसे घर और स्कूल में रोजाना डाँट पड़ा करती थी, आज

वह निश्चल लेटी हुई है बारह वर्षों से। सिर्फ यह अँधेरी कोठरी ही उसकी दुनिया है। जाला भरी छत ही आकाश है। मैं समझ नहीं पा रहा कि भगवान उसे क्यों जिलाये हुए हैं। अब हम हैं ही कितने दिनों के मेहमान। हमारे बाद इसकी क्या दुर्दशा होगी? कुछ सोच सकते हैं आप?''

इतने सारे सवालों का जवाब मैं नहीं दे सका। सिर्फ इतना ही पूछा, ''आपके और बाल-बच्चे...''

''हैं, तीन बेटियाँ खूब अच्छी तरह हैं। दो भारत से बाहर हैं। दोनों लड़के अपनी-अपनी गृहस्थी में व्यस्त हैं। हमारे पास आते हैं तो एकाध दिन रहते हैं। पर चन्द्रा की जिम्मेदारी तो हमारी है! हमारे बाद चन्द्रा की जिम्मेदारी कोई लेगा, यह मुझे विश्वास नहीं होता। हालाँकि कभी चन्द्रा भी सबकी लाडली बहन, सबकी मुँहबोली रानी बिटिया थी।'' उन्होंने लम्बी साँस छोड़ी। जीवन की मर्मान्तक सचाइयों की अनुभूति के प्रत्येक कोष में संचित करने वाले इस असहाय वृद्ध को इधर-उधर की झूठी दिलासा देकर निकल आने का साहस मुझमें नहीं था। चन्द्रा को जो बीमारी थी, उसके लिए भला क्या दिलासा दी जा सकती थी?

मैं चन्द्रा की ओर पीठ किये खड़ा हूँ। वह हमारी बातें सुन रही है। उसे पुनः पलटकर देखने का साहस नहीं हो पा रहा है। यदि उसकी आँखों में इस बुजुर्ग की आँखों की असहायता का कण-भर भी होगा तो मैं उसे क्या दिलासा दिलाऊँगा? मेरी लेखनी पर चन्द्रा की गहरी आस्था है। अपने जीवन की समस्या का समाधान यदि वह मुझसे माँग बैठे तो मैं क्या जवाब दूँगा?

फिर एक बार पीछे घूम पड़ा। चन्द्रा का सामना करने के लिए खुद को तैयार किया। उसकी बीमारी का विवरण पाने के बाद बिना कुछ कहे चुपचाप वापस चले आना शायद चन्द्रा को ठीक न लगे। किन्तु क्या कहूँगा चन्द्रा को उसकी अर्द्ध-मृत देह के बारे में? कुछ तो कहूँगा, सोचकर मन कठोर किया, दिल की समस्त कोमल सहानुभूतियों को निचोड़ने के बाद ''मैं बेहद दुःखी हूँ'', इतना कहने की ठानकर जैसे ही चन्द्रा की ओर मुड़ा, स्तब्ध रह गया।

अपरिचित अवांछित देह को बेखातिर-सी बिस्तर पर डाले चन्द्रा लेटी हुई है निश्चिन्त। बारह साल के निष्ठुर सत्य को जीवन के हर पल में बारम्बार स्वीकार कर जो अविचलित-सी मुझे ताक रही थी, उस पर दया करके अफसोस जताने की स्पर्धा अचानक गायब हो गयी। मैंने देखा, पत्थर की आँखों-सी उसकी पुतलियाँ स्थिर हैं। चेहरे का भाव वास्तविक पीड़ा से निर्विकार है। मानो चन्द्रा नहीं बल्कि खुद मैं असहाय-सा चन्द्रा की करुणा भीख माँग रहा हूँ। क्या कहने से चन्द्रा की निष्पाप निर्भीक आत्मा को ठेस नहीं लगेगी, वह अपमानित नहीं होगी, यह जानने के लिए मैं चन्द्रा से मन-ही-मन विनती करता हूँ। मेरी लाचारी चन्द्रा

समझ रही है। बारह साल तक न जाने कितने जाने-अनजाने लोगों को उसके दु:ख में लाचार होने के दृश्यों का उसने सामना किया है। दूसरे लोग जितना अधिक असहाय हुए हैं, वह उतनी अधिक शक्ति अपने भीतर तलाश पायी है। क्योंकि वह जानती है, दया, करुणा, हाहाकार मिला देने से किसी का दु:ख कम नहीं हो जाता। जो गुजर चुका है वह फिर नहीं लौटता। उसने जो भोगा है, वह झूठ नहीं हो जाएगा।

चन्द्रा ने स्थिर गले से कहा, ''कब तक ऐसे खड़े रहेंगे? मैंने आपको बुलाकर वाकई परेशान किया।''

मैंने घबराकर कहा, ''नहीं-नहीं, मुझे कोई परेशानी नहीं है।'' मैं और कुछ नहीं कह पाया।

चन्द्रा ने तपाक से कहा, ''यदि आप मेरे बारे में कुछ सोच रहे हैं तो क्या मेरे लिए एक काम करेंगे?''

''कहो, मेरे वश में हुआ तो जरूर करूँगा। मैं वादा करता हूँ।''

चन्द्रा ने निर्णय भरे स्वर में कहा, ''आपसे अनुरोध है, मुझ पर कभी दया मत कीजिएगा। बारह साल से दूसरे लोगों ने मुझ पर जितनी अधिक दया उँड़ेली है, मैं उतनी ही अधिक दीन हो गयी हूँ। यह देश आज दरिद्र है, क्योंकि दया-दक्षिणा हममें इतनी अधिक है कि उसी से कितने लोगों का गुजारा भी होता है। बुरा तो नहीं मान गये?''

उस अचल देहधारी तेज सचल मस्तिष्क वाली लड़की को एकटक ताकते हुए सोच रहा था-कहीं मेरी लाचारी देख चन्द्रा मुझ पर तरस तो नहीं खा रही है? वास्तव में जिस लड़की की चिन्तन-शक्ति इतनी प्रखर और उच्च स्तर की हो, उस पर तरस खाना मूर्खता नहीं तो और क्या है?

''फिर आऊँगा, शुभ रात्रि'' कहकर उससे विदा ले बाहर चला आया। मैंने बरामदे में रखी व्हील चेहर की ओर जान-बूझकर नहीं देखा। चन्द्रा की विकलांगता को विज्ञापित करनेवाली यह निर्जीव चेयर सत्य है, यह बात मानने को भी मेरा मन तैयार नहीं था।

गेट तक छोड़ने आये उसके पिता ने धीमी आवाज में कहा, ''वास्तव में चन्द्रा से कहलवाकर मैंने ही आपको यहाँ बुलवाया था। क्या आप चन्द्रा की एक मदद करेंगे?''

मैंने आग्रहपूर्वक कहा, ''मुझसे जितना भी सम्भव होगा, करूँगा। जरूर करूँगा। यदि उससे चन्द्रा का भला होता हो।''

विषाद-राग की मुस्कान छोड़ते हुए उन्होंने कहा, ''हाँ, उससे चन्द्रा का भला ही होगा। उसके सिवा उसका अधिक भला और किसी से नहीं होगा।''

मैं त्रिशंकु बना खड़ा था।

उन्होंने कहा, "मैंने सोचा है चन्द्रा से कहूँगा वह सरकार से एक आवेदन करे। किन्तु आवेदन-पत्र अच्छी भाषा में बनाकर आप लिख दें।"

मैंने उत्कण्ठित हो पूछा, "कहिए सर! क्या लिखना होगा?"

उन्होंने निश्चय भरे स्वर में कहा, "वह आत्महत्या करेगी। अनुमति माँगते हुए वह सरकार से आवेदन करेगी। मेरी मृत्यु से पहले कम-से-कम इतना काम आपके प्रयास से हो जाए तो मैं चैन से मर सकूँगा। लाड़-प्यार, देखभाल और शुश्रूषा के बीच वह चल बसे तो मुझे खुशी होगी।...वैसे हमारे बाद उसकी मृत्यु सुनिश्चित है। लेकिन कितने कष्ट और लापरवाही के बीच वह प्राण त्यागेगी, क्या उसकी कल्पना आप कर सकते हैं?"

वृद्ध के इस निष्ठुर वात्सल्य ने मेरी आँखों को नम कर दिया। मैंने देखा, चन्द्रा की बीमार माँ पथरीली आँखों से मेरी ओर ताक रही है। मैं भाग आने को छटपटाने लगा। ऐसा लगा मानो किसी हत्या के अपराध में मैं जड़ित हो चला हूँ। क्या जवाब दूँ मैं?

मैंने पूछा, "क्या यह बात चन्द्रा जानती है?"

वृद्ध ने कहा, "हाँ, प्रकारान्तर से मैं ही उसे आत्महत्या के लिए तैयार कर रहा हूँ। तड़पते हुए प्राण त्यागने से तो बेहतर है, हमारी ही आँखों के सामने उसके भग्न-देह के बाकी बचे अंश से नन्ही-सी जान निकल जाए।"

"चन्द्रा इसके लिए सहमत है?" मैंने पूछा।

वृद्ध विद्रूपता भरी मुस्कान छोड़ते हुए बोले, "चन्द्रा की सहमति से यह दुनिया चलती होती तो भला चन्द्रा बारह साल तक एक ही जगह लेटी रहती? जानते हैं, बचपन में वह गजब का नाचती थी? पर आज अपने सामने दीवार पर पेट के बल रेंगती छिपकली से भी वह हीन हो पड़ी हुई है। उसी आक्रोश से मैं उसके कमरे की दीवार पर एक भी छिपकली दिखने नहीं देता। दुष्ट बालकों की तरह उन्हें पीट-पीटकर मार डालता हूँ। मुझे ऐसा करते देख काफी लोग सोचते हैं, मैं पागल हो गया हूँ।"

वास्तव में मैंने भी वृद्ध के छिपकली मारने का दृश्य आज देखा था और यही सोचा था।

उस दिन कोई जवाब दिये बिना में लौट आया।

उसके बाद जितनी भी बार चन्द्रा के घर गया, उसके पिता ने हमेशा यही पूछा, "आवेदन-पत्र लिखा? क्या वाकई मृत्यु चन्द्रा के लिए जीवन से बेहतर नहीं? क्या इसे आप जीवन कहते हैं? माँ-बाप होकर यह सब कितने दिनों तक देखें हम? मैं चन्द्रा को गौर से देखता हूँ, वह दिन-प्रतिदिन मेरी ही आँखों के

सामने धीरे-धीरे टूटती जा रही है। अब पक्षाघात उसके पेट तक पहुँच चुका है। लेकिन चन्द्रा के दिल, मस्तिष्क, विचार-भावना को पक्षाघात अपनी चपेट में नहीं ले पाया है। चन्द्रा खूब बुद्धिमान है और विभिन्न आवेगों से उसका हृदय डगमगा रहा है। किसी को न मालूम हो तो शायद वह यही समझेगा कि चन्द्रा काफी दिनों से फ्लू से ही पीड़ित है।''

मैं देखता, चन्द्रा के दोनों हाथ अक्सर कुछ-न-कुछ करते रहते हैं। घर-भर में चन्द्रा के हाथों की बनी कसीदाकारी और पेङ्ण्टिग टँगी हैं। चन्द्रा के हाथ से बुना स्वेटर केवल उसके पिता ने नहीं पहना, पास-पड़ोस के बच्चे, यहाँ तक कि आगामी जाड़े में मैं भी पहनने वाला हूँ। चन्द्रा का शरीर आधा मृत है। हालाँकि चन्द्रा मानो जीवन-स्पन्दन की एक स्फुलिंग है।

चन्द्रा के दोनों हाथ, चलशक्तिहीन दोनों पैरों की अक्षमता की अवहेलना कर अपनी सृजनशीलता को निरन्तर जारी रखे हुए थे।

अब चन्द्रा के पास जाना मेरे जीवन का रूटीन बन गया था। चन्द्रा को न देखने पर मन में उदासी भर जाती। चन्द्रा को देखते ही मेरा मन कर्म-प्रेरणा से स्पन्दित हो उठता। चन्द्रा के होठों की विशुद्ध मन्द मधुर मुस्कान-रेखा एक बार न देखने पर मेरे हाथ जड़ हो जाते। कहा जाए तो चन्द्रा ही बन गयी है मेरी परम प्रेरणास्रोत। उसकी निरन्तर कर्मरत उँगलियाँ मानो मेरी चेतना को कोंच-कोंच कर कहती हैं-जो कर्म-विमुख है वास्तव में वही पक्षाघात-रोगी है, मैं अचल होते हुए भी रोगी नहीं हूँ, निठल्ली नहीं हूँ।

चन्द्रा को देखकर मैं उसके वृद्ध पिता का अनुरोध जान-बूझकर टाल जाता हूँ। उनके सवालों का जवाब भी नहीं देता।

कभी-कभी चन्द्रा के आगे ही उसके पिता मुझसे पूछ बैठते हैं, ''चन्द्रा के लिए आपने आत्महत्या की दरख़्वास्त लिखी? क्या सोच रहे हैं? डर रहे हैं कि कहीं किसी झमेले में न पड़ जाएँ? आप निश्चिन्त रहिए, दरख़्वास्त पर चन्द्रा खुद दस्तखत करेगी। हमारे दिन खूब जल्दी खत्म होनेवाले हैं, क्या उस ओर ध्यान दिया है कभी आपने? हमारे बाद उसके मुँह में एक बूँद पानी डालने वाला तक नहीं है। प्यास से सूख-सूखकर उसके प्राण निकलें, क्या यही इच्छा है आपकी?''

प्रतीक्षा थकान-भरी और असह्य होती है। मौत की प्रतीक्षा करते पड़े रहना मौत से भी अधिक भयावह है। लेकिन चन्द्रा की जिन्दगी मौत की प्रतीक्षा कर रही है, यह चन्द्रा को देखकर विश्वास नहीं होता। मौत की प्रतीक्षा में जिन्दगी अमावस्या में चन्द्रोदय-सी इतनी उज्ज्वल और गरिमामय नहीं हो सकती।

उस दिन चन्द्रा क्रोसिया की मदद से सुनहरे-रुपहले चमकीले धागों से जगन्नाथ जी का चेहरा बुनती चली जा रही थी। गुनगुनाहट-भरी मधुर मूर्च्छना

झर रही थी उसके शरीर के आधे बचे हिस्से से। मुझे लगा, शायद चन्द्रा किसी न किसी को चाहने लगी है। यह चाह ही चन्द्रा को जिलाये हुए है, संगीत बरसा रही है उसके अन्दर, उसके हाथों से होकर वही प्रेम फूल बनकर खिल रहे हैं। बिना प्यार के चन्द्रा जीने-सी नहीं जी सकती।

मैंने साहस करके पूछा, "चन्द्रा, बुरा मत मानना। तुम्हारा शरीर पक्षाघात ग्रस्त जरूर है पर दिल रंगीन सपनों से भरपूर है। यह कैसे सम्भव हुआ? क्या तुम किसी को चाहने लगी हो?"

वह मेरी ओर न देखकर जगन्नाथ जी के बुन रहे चेहरे पर निगाह टिकाये रखकर कुछ मुस्कुरायी और बोली, "मेरे मन की बात आप कैसे जान गये?"

मैंने धीरे से कहा, "तुम्हारे जीने की शैली यही बता रही है। शरीर स्वस्थ होने पर भी बहुत-से लोग तुम्हारी तरह जी भरकर जी नहीं पाते। उनमें से मैं भी एक हूँ। यह सच है कि जी रहा हूँ, पर जीने की मिठास धीरे-धीरे चुकती जा रही है जीवन-जंजाल में..."

चन्द्रा ने सिर हिलाकर कहा, "हाँ, मैं उन्हें चाहती हूँ। उन्हें चाहने के बाद मैं सोचती हूँ मैं अपूर्ण नहीं, अपाहिज नहीं हूँ, उन्हें चाहने के बाद ही मैंने अपने जीवन को चाहा है, यह अहसास किया है कि जीने में सुख है।"

"कौन है वह?" मैंने सहमते हुए पूछा।

चन्द्रा मेरा चेहरा देखती रही और मीठी-सी मुस्कान छोड़ते हुए बोली, "आप उन्हें जानते हैं।"

"कौन है वह?" मैंने पूछा और रोमांचित हो सोचने लगा, 'सम्भवत: चन्द्रा कहेगी–वे आप हैं, मेरे अति प्रिय लेखक, मैं आपको चाहती हूँ प्रभात बाबू...' अपनी भावना से मैं स्वयं स्पन्दित हो रहा था। शरीर के भग्न स्तम्भ के भीतर नक्षत्र की तरह चमकती चन्द्रा की जाग्रत सुन्दर आत्मा से मैं प्यार करने लगा था।

चन्द्रा ने मुझ पर निगाह उँड़ेलते हुए देखा। उसके बाद उसने सामने दीवार पर टँगी दो वृत्ताकार विशाल आँखों को, फिर सुनहरे जरी के धागे की नक्काशी में अपनी उँगलियों की चातुरी से खिलते जगन्नाथ जी के चेहरे को देखा। उसने नम्र मधुर स्वर में कहा, "मैं चाहती हूँ उसी खण्डित शरीर वाले विकलांग प्रभु जगन्नाथ को। मेरे प्रभु यदि खण्डित होकर भी स्वयं सम्पूर्ण हैं, अथर्व होकर भी सर्वव्यापी हैं, तो फिर मैं क्यों शरीर की अपूर्णता के लिए अपनी आत्मा को कष्ट दूँ? क्या शरीर सुख-दु:ख का अनुभव कर सकता है? अनुभव करने की शक्ति तो मस्तिष्क की है। भगवान ने यदि उसे जड़ नहीं किया है तो मैं दु:खी क्यों होऊँ? मेरा हृदय यदि अभी भी निस्पन्द नहीं है तो मैं जी भरकर क्यों न जीऊँ?" चन्द्रा के उस सुन्दर मुरझाये चेहरे पर एक अपूर्व ज्योति झिलमिला रही थी।

जिसका हृदय भरा हुआ है, उसका शरीर खण्डित समझकर इतने दिनों तक मैंने स्वयं को दुःख दिया है, यह सोचकर मुझे खुद पर दया आयी। मैंने सोचा, चन्द्रा संकीर्ण सुख से बहुत ऊपर है।

क्षय होती चन्द्रभागा की शाश्वत आत्मा को प्रणाम कर मैं बाहर जा रहा था। दरवाजे पर खड़े हो हमारी बातचीत सुन रहे थे चन्द्रा के पिता। पहले दिन की तरह उन्होंने धीरे-धीरे कहा, ''कृपया अब मत लिखिएगा दरख़्वास्त, क्योंकि मेरी चन्द्रा शरीर से नहीं, आत्मा से जी रही है। क्या कभी आत्मा की हत्या सम्भव है? मैं यह बात नहीं जानता था, इसीलिए मुझे तकलीफ हो रही थी। अब मैं यन्त्रणा-मुक्त हूँ।''

मेरे हृदय के स्पन्दन में घुल-मिल गया एक शान्त स्वर मेरी चेतना का स्पर्श कर कह रहा था, ''कौरव सभा में द्रौपदी के चीर की तरह संसार में दुःख भी अथाह है, लेकिन दोनों हाथ उठाकर वह दुःख किसी को समर्पित कर देने पर द्रौपदी की लाज बचने-सा दुःख भी दूर चला जाता है...दूर चला जाता है...'' मेरे हृदय में मानो यह चन्द्रा का ही स्वर था।

पीछे लौट पड़ा और सवाल किया, ''तुमने मुझसे कुछ कहा चन्द्रा?''

चन्द्रकला की तरह क्षय होती चन्द्रभागा पूर्णता भरी मृदु मुस्कान बिखेर रही थी।

अछूत देवता

वह आदिम समय कितना शालीन और स्वच्छन्द था, जब मनुष्य निर्विकार नंगा घूमा करता था, स्त्री, पुरुष सभी! कितना सुरक्षित, उदार, भय-रहित था वह समय, जब सभ्यताहीन, समाजरहित, आवासविहीन मनुष्य था निरा प्रकृति का एक निपट जीव-पूरा जंगली!

यह सभ्यता, यह समाज यदि पल-भर में ध्वंस हो जाता और फिर एक बार पूरी पृथ्वी के लोग दुबारा बन जाते आदिम, जंगली, तो उसे अपना नंगा बदन ढकने के लिए किसी के आगे हाथ पसारना नहीं पड़ता। पेट की भूख के लिए, तन की नग्नता के लिए फिर उसे प्रतिदिन मरना नहीं पड़ता-लज्जा से, कुण्ठा से, अपमान से। रास्ता-घाट में सभी चलते उसी तरह नंगे। कोई किसी को भूखी नजरों से, घृणा भरी नजरों से, उपहास भरे अन्दाज से, अश्लील कटाक्ष से नहीं देखता।

सबके तन पर कपड़े, पोशाक, साड़ी, साया, ब्लाउज है, सिर्फ वही है नंगी! जो एक साड़ी थी वह भी पुरानी होकर तार-तार हो गयी है। उसका धागा बिल्कुल पुर-पुर हो गया है! कब किस दाता ने दी थी, उसे ध्यान नहीं, न जाने कितने साल हो गये। उसके बाद से बदन की चमड़ी की तरह वह पुरानी साड़ी उसके बदन से अलग नहीं हुई। सबके सामने नहाते समय भी वह उस साड़ी को उतारकर रख नहीं पाती थी। उसी तरह डुबकी लगा लेती साड़ी पहने-पहने। बदन सूख जाता, साड़ी भी सूख जाती खुद-ब-खुद। साड़ी का रंग कैसा था, याद नहीं आ रहा। कौन-से फूल-पत्ते, बेल-बूटे, तारे, कलियाँ छपी थीं उस पर, उसे याद रखने की फुर्सत नहीं थी, जीने की चिन्ता में! उसके बाद बदन का रंग, साड़ी का रंग एक हो गया था-समय और संघर्ष की धुनाई से गन्दा, मटमैला, चिकटा गन्दा। फिर भी उस पुर-पुर फटी, गन्दी चिकटी साड़ी तन पर रहने तक कितनी अकड़ थी उसमें, कितना दम्भ था सबके आगे हाथ फैलाने में। उस वक्त वह नहीं जानती थी कि सिर्फ खाना ही नहीं,

कपड़ा भी इंसान के हाथ-पैरों में तेजी भरता है, नसों में खून दौड़ाता है।

जिस दिन वह फटी-पुरानी तार-तार हुई साड़ी भी सूखे घाव की पपड़ी की तरह बदन से गिर पड़ी और वह पूरी तरह नंगी हो गयी अपने ही आगे, उसने सोचा-अब वह जाएगी कैसे? खुली देह लिये वह रास्ते में कौन-सा मुँह लेकर जाएगी? उसके हाथ-पैरों से जान निकल गयी-सा लगा। कनपटी की नसें तड़कने लगीं चिन्ता से। छाती की पसलियों में ठक्-ठक् की आवाज हुई कुण्ठा से। गला चिपकने-सा लगा लाज और अपमान से। उसने सोचा, काश! काश, उसके बदन के मांस के ऊपर की चमड़ी निकलकर गिर पड़ी होती, साड़ी के बदले! जो चमड़ी धूप, बारिश, ठण्ड, लाज, अपमान से मनुष्य को नहीं बचाती, उसकी जरूरत ही क्या है! उस दिन उसे लगा कि चमड़ी से तो वह तार-तार साड़ी ही मनुष्य के जीने के लिए अधिक जरूरी है। काश! कोई दयालु महाजन-साहूकार मिल जाता तो उसके बदन की चमड़ी उतारकर हमेशा के लिए गिरवी रख बदले में एक पुरानी साड़ी दे देता! तो क्या वह आत्महत्या कर ले?

लेकिन उसके मांस से, नहीं-नहीं, उसके कलेजे से एक टुकड़ा निकालकर उसकी गोद में बिठा दिया है कभी किसी दुष्ट ने, दुनिया के अच्छे-बुरे की समझ होने से पहले। कौन है उसके बेटे का बाप, वह नहीं जानती। मुट्ठी-भर भात का लालच देकर न जाने कौन उसे लिवा ले गया किसी सुनसान में। उसके पेट की भूख मिटाने से पहले उस दुष्ट ने अपने जिस्म की भूख मिटायी थी इसके कमजोर शरीर को वश में करके। सच है कि उस दिन उसके एक पेट की भूख मिट गयी थी एक पहर के लिए, परन्तु दो-दो पेट की भूख ने मुँह बा दिया था उसी दिन से। वह नहीं जानती उस अँधेरी सुनसान जगह के कुछ अमावसी क्षणों ने उस दुष्ट को कौन-सा सुख दिया था, लेकिन उसे तो मिली थी एक विकट रुँधी हुई यन्त्रणा। जब उसके शरीर के भीतर उसके जिगर का टुकड़ा दुनिया-भर की भूख के लिए मुँह बाये इन्तजार कर रहा था, तब जाकर उसने समझा कि उसके अन्दर एक रोग किलबिला रहा है। उसकी अबूझ उम्र का वह अनजान रोग जिस दिन उसके शरीर को तोड़-मरोड़, मल-मसोसकर बाहर निकला, उस दिन उसे पता चला कि वह माँ बन गयी है। उसके अन्दर का रोग उसके जीवन की महौषधि बन आज उसे जिलाये हुए है। आज वह मरे कैसे अपने जिगर के टुकड़े को भूख की आग में झोंककर! पर नंगी जीएगी भी कैसे बीच बाजार में!

दो दिन तक वह शहर से मुँह छिपाये, भीड़-भाड़ से बचते हुए जंगल में जाकर छिप गयी। मैली सड़क पर पैबन्द लगे तारकोल-सी सूखी छाती से चिपका

हुआ है वह जिगर का टुकड़ा, चूस रहा है उसका खून। है ही कितना खून उसकी छाती में। वह जिगर का टुकड़ा कटे केंचुए-सा तड़प रहा है भूख से उसकी छाती से लटककर। उसके भी पेट में दाँय-दाँय जल रही है आग। उस आग में रोशनी नहीं झलक रही! चहुँओर से अँधेरा घिर रहा है।

वह जान नहीं पायी कि कब मुट्ठी-भर भात के लिए वह उसी तरह नंगी बीच-बाजार में आकर खड़ी हो गयी। उसे देखकर कोई खीसें दिखाता है, कोई घृणा से मुँह फेर लेता है, कोई आँख मारता है। उस ओर उसकी नजर नहीं है, यह सब उसकी समझ से परे है। अब वह कोई साड़ी नहीं माँग रही। माँग रही है भात...भात...भात-पेट की आग बुझाने के लिए कुछ भी।

लोग उसका नंगा बदन देखकर बोले, "बदमाश औरत है। बुढ़िया-उढ़िया नहीं है, ठीक-ठाक उम्र है अभी। नाहक नंगी घूम रही है। माँगने पर लोग भात दे रहे हैं, पर एक फटी-पुरानी साड़ी नहीं दे रहे! यह भी एक दिखावा है। पेट पालने का एक गन्दा, घिनौना बहाना है।" लोगों ने दुतकारा, पर किसी ने कपड़ा नहीं दिया। घृणा से पत्थर तो फेंका, एक टुकड़ा कपड़ा उस पर किसी ने नहीं फेंका! वह जानती है, जो लोग लाज से मुँह फेरकर उसे दुतकार रहे थे, वे ही लोग अपनी जिद्दी आँखों की ओट से उसकी नग्नता को एक बार उपभोग किये बिना नहीं छोड़ते थे। मानो उसका शरीर अन्य सबके शरीर से अलग हो, उसके बदन में जो कुछ है मानो कपड़ा पहने बदन में वह नहीं है। कभी न देखी चीजें देखने-सा आँखें फाड़े छोटे-से लेकर बड़े तक सभी उसे घूर रहे थे। सभ्य समाज के मुख्य मार्ग पर अश्लीलता के कीटाणु फैलाती वह घूम रही है, कहकर लोग उसे अश्लील भाषा में गाली-गलौज दे रहे थे। उसे ऐसा लग रहा था कि उसके बदन की नग्नता से उनकी नंगी भाषा अधिक अश्लील है। पर विरोध करने का उसे चारा नहीं। वह समाज के आगे हाथ पसारे सम्मान नहीं माँग रही, भात माँग रही है। कपड़े से भात की जरूरत ज्यादा है, यह बात उससे अधिक और कौन जानता है!

हालाँकि शुरू-शुरू में उसे बड़ा संकोच होता था। ऐसा लगता था बिल्ली-कुत्ते से लेकर पेड़-पत्ते तक मानो सभी उसके खुले बदन में समा रहे हैं डायनी दृष्टि से। हाथ पसारकर घूमते रहने पर भी भात माँगने के लिए गले से आवाज नहीं निकलती थी। सोचती थी, किसने बनाया यह समाज, जहाँ कोई कपड़े पहनता है, तो कोई नंगा रहता है, कोई खाता रहता है, कोई भूखा रहता है। किससे माँगे कैफियत! कौन है उसका? जब से होश सँभाला है खुद को सड़क पर पाया है। कौन हैं उसके माँ-बाप, वह नहीं जानती। उसकी तरह कई लोग सड़क पर जन्म लेते हैं, सड़क पर ही मर जाते हैं। गाय, बैल, कुत्ते, बिल्ली का समाज में कुछ

तो आदर है, लोगों को इनकी जरूरत है। लेकिन सड़क किनारे पड़ा अपनी ही तरह का दो टाँगों वाला मनुष्य नामक जीव समाज में किसी को नहीं चाहिए, वे लोग अनाथ, अवांछित, बेघर हैं। क्या उनका समाज मानव समाज से भिन्न है, अलग है? उनके इधर-उधर माँगते फिरते समाज में कोई भूखा रह जाए तो कोई कुछ नहीं कहता, किसी में उसके प्रति कोई प्रतिक्रिया नहीं होती, पर नंगा रहने पर इतना सिर-दर्द क्यों? टीका-टिप्पणी, कटाक्ष क्यों?

अपने सूखे, फुरफुर बालों को दो भागों में बाँटकर वह सामने खुली छाती पर बिखेर लेती है। इतने से कुछ शर्म कम हो, यही उसका उद्देश्य है। ईश्वर की सृष्टि में भात के बिना भी भूख होती है, कपड़े के बिना भी शरीर बढ़ सकता है, तेल के बिना भी जूड़े में बालों का ज्वार उमड़ सकता है। वाकई ईश्वर कितना तटस्थ है! अब वह आधी निश्चिन्त हुई, क्योंकि अपने आधे शरीर की लाज उसने ढक ली है। अब तो दाता देगा मुट्ठी-भर भात! पर यह क्या? उसके खुले बालों को देख लोगों ने कहा, पगली है। बच्चे उस पर पत्थर फेंकने लगे। चारों ओर से घेरकर सबने उसे चिढ़ाया, खिझाया, गुस्सा दिलाया। इंसान का मन आखिर कितना सहता? वह भी खीझ उठी। पत्थर की मार का विरोध करने के लिए अपनी मुट्ठियाँ बाँधकर उन्हें काटने पीछे-पीछे दौड़ी। सोचती थी सभी डर जाएँगे। आतिशबाजी के रॉकेट में आग लगाने-सा उसके पीछे नहीं भागेंगे। किन्तु नतीजा हुआ उल्टा। अब वह कटही पगली में गिनी जाने लगी। उसे देखकर लोग रास्ते से हटकर किनारे से निकल जाते। कहीं पगली कुछ करने न लगे। उसका दिमाग ठीक नहीं है। कौन जाने किस वक्त सिर पर क्या सवार हो जाए? अब वह पूरी तरह निश्चिन्त थी। पगली को कैसी लाज-शर्म? उसके तो होश ही ठिकाने नहीं। अब वह निर्विकार, निर्भय, सहज हो नंगे बदन घूमने लगी। उसने मन-ही-मन सोचा, शायद वह वाकई पगली हो गयी है।

आहार, निद्रा की तरह लज्जा मनुष्य की जन्मजात प्रवृत्ति नहीं है। ईश्वर को अशेष धन्यवाद! लज्जा होती है आदतन। बुरी आदत भी हो सकती है। पर आदत छोड़ी जा सकती है। इसलिए नंगे बदन के लिए उसकी लज्जा बहते बादल की तरह क्रमशः कम होकर अन्त में पूरी तरह अदृश्य हो गयी। अब वह सड़क पर बेधड़क चलने लगी। सोचा, अच्छा हुआ एक बला टली। अब कपड़ा नहीं माँगूँगी-माँगूँगी सिर्फ भात। वही मिल जाए तो जीवन अपनी राह पर गुजर जाएगा! फिर किस बात की चिन्ता? उसने सोचा, सभी भिखमंगे कपड़े फेंककर नंगे होकर घूमते तो अच्छा होता। दाता पर कम दबाव पड़ता। अब दाता भी कितना दें। बल्कि उसमें से एकाध कुछ घट जाए तो दोनों के हित में होगा।

खुला बदन धूप, बारिश की परवाह नहीं करता। गरीब का अपने सिर की

खोपड़ी ही धूप में छाता है, बदन पर चमड़े का आवरण बरसाती है। पर ठण्ड के नुकीले नाखून दाँत-खोपड़ी और चमड़ी भेद मगज और मज्जा को नोच डालते हैं। छप्पर से पुआल उधेलने-सा कंकाल से मांस उधेल लेते हैं ठण्ड के सुन्न कठोर हाथ। लज्जा दूर करने के लिए नहीं, मृत्यु दूर करने के लिए। माघ माह के जाड़े में कोई फटा-पुराना कपड़ा नहीं मिला तो माँ-बेटा मर जाएँगे। जंगली लोगों के पास कपड़े नहीं थे, पेड़ के छिलके तो थे! घर नहीं थे, पहाड़ की गुफाएँ तो थीं! उसके सिर पर छप्पर नहीं है, शरीर ढकने के लिए कपड़ा नहीं है। इतनी लम्बी ठण्ड सहेगी कैसे?

पर पगली को कोई क्यों दे कपड़े? वह क्या कोई देवी-देवता है जो उसे सूत का टुकड़ा देने पर दाता के लिए थान-भर कपड़ा बनकर वापस मिलेगा? उसके मुँह का आशीर्वचन क्या वरदान बनकर फलेगा दाता के जीवन में, जो उसे कपड़ा-कम्बल देंगे? मन्दिर के अहाते के बाहर दीवार से टिककर पगली ठण्ड सहने की नाहक कोशिश करती और देवी-देवता से मन-ही-मन काफी ईर्ष्या करती, कोसती, अभिशाप देती। क्यों दिया देवता ने उसे मानव-शरीर! अपनी तरह काठ-पत्थर की काया देते तो वह कपड़ा नहीं माँगती, भात नहीं माँगती, बल्कि अमर हो बैठी रहती एक जगह। कितनी-कितनी साड़ियाँ चढ़ाते हैं देवताओं को दाता लोग। हजार-हजार रुपये होती है उन साड़ियों की कीमत। सूती, रेशमी, बनारसी, भाँति-भाँति के हैं कपड़े। पगली की आँखें चौंधिया जाती हैं देवता के आगे दाताओं को साड़ियाँ चढ़ाते देखकर। जबकि उन्हीं दाताओं से कितनी मिन्नतें करने पर भी उसे एक फटी-पुरानी साड़ी तक के लिए निराश होना पड़ा है। करमजली पगली को साड़ी देने से बदले में फायदा क्या है! देवी-देवता के बदन में वही साड़ी लपेटने के बाद पुजारी ले जाते हैं। बस उतना ही, सिर्फ एक ही बार दाता की मुराद पूरी होने का मूलधन वह साड़ी देवी-देवता लपेटते हैं। उसके बाद वह जूठी साड़ी देवी-देवता नहीं पहनते। क्या होता है प्रतिदिन दाता द्वारा देवता पर चढ़ायी गयी इतनी साड़ियों, थान, कपड़ों का? कौन जाने? पण्डा-पुजारियों से इस बारे में नहीं पूछा है पगली ने। कहीं कोप न करें, शाप न दे दें! कहेंगे, तू जूठे पत्ते उठाने वाली औरत, तू कौन होती है बाग का मोल करने वाली?

मन्दिर के सिंहद्वार (मुख्य द्वार) की सीध पर पगली पड़ी रहती है अपने बच्चे को लिये। धार्मिक लोग मन्दिर आते हैं। कहीं कोई कपड़े का टुकड़ा, मुट्ठी-भर प्रसाद देगा, इसी भरोसे। देवता को कई तरह के प्रसाद का भोग लगता है, कटोरा नहीं, ना ही थाली-भर, बल्कि हण्डे भर-भरकर। देवता को हाथ बढ़ाकर

प्रसाद खाते उसने कभी नहीं देखा। कहते हैं, प्रसाद की स्वादिष्ट महक से ही देवता का पेट भर जाता है। पर तरह-तरह के प्रसाद की महक से पगली के पेट की भूख बढ़ जाती है, पेट में हुत्-हुत् आग भड़क उठती है। जी करता, हाथ बढ़ाकर कम-से-कम मुट्ठी-भर प्रसाद-अन्न ले आए, झोंक दे पेट में। पर पगली का हाथ इतनी दूर नहीं पहुँचता। पगली का भाग्य छोटा है, हाथ भी छोटे हैं। किन्तु देवता हाथ बढ़ाकर प्रसाद क्यों नहीं खाते? वे तो महाबाहु हैं! यदि उनके पेट में भूख नहीं है तो लोग उन्हें रोज इतना प्रसाद परोसते क्यों हैं? रोज इतना प्रसाद जाता कहाँ है! जिसके पेट में इतनी भूख है, उसे प्रसाद न देकर न खाने वाले देवता को इतना प्रसाद देने में भला क्या लाभ है? क्या पण्डा-पुजारियों से पूछे इस बात का रहस्य? पर नहीं, वह तो जूठे पत्ते उठाने वाली है...हर रोज इतना-इतना खाद्य वह देखती है, महक लेती है, यही बड़ी बात है। यदि यही बन्द हो जाए तो फिर जीएगी किसके सहारे?

प्रसाद की महक से जी उठता है मरता बच्चा। चिंचोड़ने लग जाता है माँ की सूखी छाती। प्रसाद की महक से बच्चे में स्फूर्ति भर जाती है, यही बड़ी बात है।

मन्दिर के बाहर बैठी मन्दिर के भीतर देवता की दिन-प्रतिदिन की लीला देखती रहती है वह पगली। सोचती है, देवता की लीला है या मनुष्य की लीला? देवता कुछ नहीं करता, मनुष्य ही करता है सब कुछ। लकड़ी-पत्थर के देवता को खाना, कपड़ा, फूल-चन्दन, धूप, अगरु कुछ नहीं चाहिए। फूल-चन्दन से पूजा करने पर लकड़ी-चन्दन यदि देवता बन जाए, तो रोजाना मंचों पर, मण्डपों पर, नेता, वक्ता, प्रवक्ता फूल की माला पहन देवता बन जाते। जो सबके पालनहार देव-विधाता हैं उनके पास क्या नहीं है जो मनुष्य के दिये फूलों की माला, कपड़े, प्रसाद की बाट जोहेंगे! सुन्दरता के लिए आभूषण की क्या आवश्यकता? निर्लेप के लिए महक क्यों? निर्लिप्त के लिए नैवेद्य क्यों?

शीत-लहर और भूख की आग तीव्र होने पर पगली सिर्फ इतना गुहार करती, 'प्रभु मुझे अपनी तरह काठ-पत्थर का बना दो। फिर न भात माँगूँगी, न कपड़ा। सिर्फ तुम्हारी तरह संसार की माया देख मन्द-मन्द मुस्कुराती रहूँगी। लकड़ी बन एक ही जगह बैठी रहूँगी।'

उस दिन उसी की आँखों के सामने हण्डे का हण्डा प्रसाद मिट्टी कोड़कर गाड़ दिया गया। न जाने क्यों प्रसाद सूतक हो गया। देवता को चढ़ाने लायक नहीं रहा। इसीलिए इतनी सारी मनुष्य के खाने की चीजें गाड़ दीं पण्डों ने।

हण्डे भर-भर प्रसाद, जैसा रंग वैसी ही महक। उतने खाने से तो हम माँ-बेटे दोनों की आयु-रेखा आखिरी छोर तक पहुँच गयी होती।

प्रसाद सूतक क्यों हो जाता है? यदि सूतक हो गया और देवता ने नहीं खाया तो न सही, पगली और उसका बेटा तो खूब चाव से खा सकते थे। मन्दिर के नीति-नियम के बारे में पगली कौन होती है मुँह खोलने वाली? नीच औरत...तिस पर जाति-पाँति का अता-पता नहीं...

पगली की जाति क्या है? ब्राह्मण या डोम? क्या है उसका धर्म? हिन्दू या मुसलमान या और कुछ...यह बात मालूम होगी तो होगी देवता को-पर पगली इस बारे में नहीं जानती। वह केवल इतना ही जानती है, जाति, गोत्र, धर्म का पक्षपात, भूख-दुःख नहीं करते। ठण्ड, धूप, जरा, मृत्यु आदि जाति-गोत्र देखकर पक्षपात नहीं करते।

मनुष्य के बीच किसने जाति-गोत्र-धर्म की दीवार खड़ी की? खुद मनुष्य ने या देवता ने? कितना अच्छा था वह समय जब मनुष्य की जाति-गोत्र जैसी कोई चीज नहीं थी! पगली का जाति-गोत्र मालूम न होने के कारण वह देवता के पास नहीं जा सकती। वरना वह देवता के सिंहासन के पिछवाड़े अँधेरी गुफा में अपना नंगा शरीर छिपा सकती थी। मन्दिर के अहाते में कहीं भी सिर छिपाकर ओस-बारिश से बच जाती! कुछ नहीं तो देवता को पकड़कर काफी देर तक रो तो सकती थी।

पगली की छाती में जोंक-सा चिपका खून चूसने वाला बच्चा उस दिन न जाने कब ठुकुर-ठुकुर डग बढ़ाता हुआ मन्दिर के अहाते में जाकर हाजिर हो गया! पगली का थका-हारा शरीर कुछ देर तक निढाल पड़ा था अहाते के बाहर। इतनी-सी देर में इतना बड़ा काण्ड-महाप्रलय हो गया!

हण्डा भर-भर प्रसाद देवता के भोग चढ़ाने को ढोया जा रहा था। वह बच्चा हाथ पसारकर, मुँह से थप-थप लार बहाता, रुक-रुककर तुतली बोली में विनती कर रहा था, "दे-दे-बात दे, भूख-भूख-दे-खाऊँ-खाऊँ-खाऊँ..." पण्डे-पुजारी भौचक! देवता भी बिल्कुल कठिया गये! गया-गया-सब सूतक हो गया, नीच जाति-जाति-गोत्र से बेखबर उस हरामजादी पगली का बेटा मन्दिर के अहाते में घुस आया। प्रसाद सूतक हो गया, मन्दिर अपवित्र, देवता अछूत। अनर्थ, घोर अनर्थ हो गया!

पण्डों-पुजारियों ने चारों ओर से घेर लिया बच्चे को। उनके चौड़े सीने, विकराल आँखें, विकृत कोपानल से घबराकर बच्चे ने आँसू और लार बहाने के साथ-साथ पेशाब भी कर दिया। अब छुटकारा नहीं। देवता की सारी नीतियाँ भ्रष्ट हो गयीं। गनीमत समझो, अछूत बच्चा होने की वजह से पण्डा-पुजारियों ने उसे छुआ नहीं, उसकी हड्डी-पसली एक नहीं की। देवता के लिए पानी ढोने वाले ग्वाले ने नाक में कपड़ा लगाकर मल उठाने-सा बच्चे का एक हाथ बायें हाथ से पकड़कर नाक सिकोड़े हुए उसे बाहर लाकर पटक दिया।

चट्ट से निढाल बदन का आलस टूट गया पगली माँ का। बच्चा बस एक ही राग अलापता जा रहा है, 'दे-दे-बात दे...' उसकी आँखों के आगे हण्डा भर-भर प्रसाद जमीन में गाड़ दिया गया। पगली मूक-सी देख रही है, देवता भी जड़ बने हक्के-बक्के-से देख रहे हैं! नादान बच्चे के मन्दिर के अहाते में प्रवेश कर उसे अपवित्र करने पर जब देवता सूतक हो जाते हैं तो क्या मन्दिर सिर्फ बाँझों के लिए है?

मन्दिर पवित्र किया गया, देवता को असमय स्नान करवाकर पवित्र किया गया। कितना झंझट, कितना खर्च! गनीमत है कि पगली के घर-द्वार नहीं है वरना, उससे क्षतिपूर्ति का पैसा वसूले बिना नहीं छोड़ते।

पगली दूर-दूर तक सोचने लगी। देवता कैसे अपवित्र, अछूत हो गये! क्या वे सचमुच के देवता नहीं हैं? लकड़ी, खिलौना, पीतल की मूर्ति मात्र हैं! जो सारी दुनिया की अपवित्रता को पवित्र करते हैं, अपवित्र को पवित्र करते हैं, पाप को पुण्य में बदल देते हैं, भला उन्हें कैसे या कौन अपवित्र, अछूत कर सकता है? पवित्र को छूने से अपवित्र खुद पवित्र होता है, या पवित्र को अपवित्र, अशौच कर देता है?

पगली सोच रही है कितनी गहरी बातें। लोग सोचते हैं जिसके पेट में दाना नहीं, बदन पर कपड़ा नहीं उसके दिमाग में चिन्तन भी नहीं होता। काश! ऐसा ही होता तो अच्छा होता।

रोटी-कपड़े से वंचित इंसान के चिन्तन न होता तो दुःख भी नहीं होता। पगली को दुःख बस इतना ही है कि उसे जितना नहीं सोचना चाहिए, वह उतना सोचती है। वह वर्षों से मन्दिर के पास पड़ी है। उसने अनेक पण्डित, बाबा, संन्यासी, नेता, वक्ताओं के प्रवचन, शास्त्र-पुराणों की व्याख्या, भजन-कीर्तन सुने हैं। उनमें से कुछ ठीक से समझे हैं, याद रखा है। लेकिन वह सोचती है कि शास्त्र-पुराण की सारी बातें सच नहीं हैं। प्रवचन में वह जो कुछ भी सुनती है, सब कुछ उसका उल्टा देखती आ रही है।

आज मन्दिर, प्रसाद, देवता सबके अछूत हो जाने की घटना से उसे याद आ रही हैं विश्वाबसु शिकारी के घर नील माधव (जगन्नाथ), चण्डालनी के घर लक्ष्मी, शबरी के घर श्रीराम, दासिया बावेरी (अछूत), सालवेग की कहानियाँ। जिस नाम के उच्चारण मात्र से पापी का पाप मिट जाता है, जिनका पैर छूने से अहल्या, कुब्जा के शाप दूर हो जाते हैं, भला उन्हें अशौच, पाप लगेगा कैसे? वे अछूत कैसे हो जाएँगे? जो स्वयं निर्मल हैं, उनके लिए आचमन, स्नान आदि का क्या प्रयोजन?

जिसका कोई धर्म नहीं, जाति-गोत्र नहीं, क्या वह पापी है? जो देवता

को सिर्फ एक ही नाम से पुकारता है, क्या वह विधर्मी है? पगली का चिन्तन गड्डमड्ड हो जाता है। अपनी बातें वह किससे कहे, कहे भी तो कौन सुनेगा उसकी बातें? कौन देगा उसके सवालों का जवाब? जिसके विचारों का कोई मूल्य नहीं, उसके मस्तिष्क में भगवान ने चिन्तन का जाल क्यों बिछाया? दुःख बढ़ाने के लिए ही न?

बच्चे को छाती से चिपकाकर पगली फिर चुपचाप बैठ जाती है। देखती है भक्त, धर्मात्मा, पुण्य करने वालों की भीड़। उन लोगों को उसने देखा है उनके घरों में, बाजारों में, दुकानों में, दफ्तरों में, धरती की अन्य जगहों पर, और अब देखती है मन्दिर में। मन्दिर में उनका चेहरा, आँखें अलग दिखती हैं। वेश-भूषा भी दूसरी तरह की। देवता को इतना प्रसाद, सोने का मुकुट, रेशमी साड़ी, दान-पात्र में हजारों रुपये बेझिझक दान कर देते हैं। देवता के न माँगने पर भी दाताओं की भीड़ मन्दिर में बढ़ती ही जा रही है। पर उसे एक पैसा, मुट्ठी-भर भात, फटी साड़ी तक नहीं दी उन्होंने। जिसने भी उस पर निगाह डाली है-कुण्ठा से, खीझ से, भर्त्सना से। मन्दिर में घुसते ही आदमी और तरह का हो जाता है, ठीक मुँह में रंग पोतकर रामलीला में पार्ट करने जैसे दिखते हैं सभी। वह तो कभी नहीं घुसी मन्दिर में, कैसे जाने मन्दिर की महिमा! यदि वह मन्दिर में घुसने का एक बार भी मौका पा जाए तो शायद दानी कर्ण की तरह अपना बच्चा भी दान-पात्र में डाल दे। बच्चे को छोड़ उसके पास और कुछ सम्पत्ति है भी तो नहीं। एक चिन्ता मिट जाती। फिर देवता उसे बचाना चाहते तो बचाते, मारना चाहते तो मारते।

देवता को आदमी से इस तरह अछूत बनाकर किसने रखा? आदमी अछूत है या देवता, पगली कुछ समझ नहीं पाती। पगली कभी खुद को अछूत नहीं मानती। तो फिर होंगे तो देवता ही अछूत होंगे। आदमी ने तो कभी देवता को छूने के लिए मना नहीं किया। आदमी को छूने के लिए देवता ने मना किया है-पण्डा, पुरोहित, महन्त, महाराज के मुँह से तो देवता ही बोलते हैं, खाते हैं, पीते हैं, आशीर्वाद देते हैं, शाप देते हैं।

देवता से सीधे बतियाने की पगली की बहुत इच्छा होती है, पर उपाय कहाँ?

आज नागफनी के काँटे-से हैं जाड़े के नुकीले दाँत। खुले बदन में इस ओर से घुसकर उस ओर निकल रही है अस्तूरे-सी पैनी ठण्ड। पगली मन्दिर के बाहर बच्चे को चिपकाये पड़ी है। उस पर भले ही बरस जाएँ ठण्ड के ओले-बस, उसके बदन की ऊष्मा भर जाए बच्चे के शरीर में। जाड़े के दिनों की वजह से भक्तगण गर्म कपड़े पहनकर मोटे लग रहे हैं। दुनिया में इतने सारे कपड़े, इतनी पोशाकें हैं! पगली भौचक रह जाती है। इतने सारे कपड़े आदमी एक के ऊपर

एक पहनकर ठीक से साँसें कैसे खींचता है? उनमें से एक भी कपड़ा पगली को दान कर दें तो उन्हें जाड़ा नहीं धर दबोचेगा, बल्कि पगली ही जाड़े को उल्लू बनाकर छोड़ती। पर यह बात समझता कौन है?

बाढ़ के पानी की तरह ठण्ड चारों ओर से दबोच रही है। उसकी छाती से चिपके हुए, बाँहों में भींचे होने पर भी बच्चा ठण्ड से अकड़ रहा था। ठण्ड दुनिया के सारे गली-गलियारे जानती है। पगली सोचती है यदि उसकी सारी उम्र उसके बदन से उतरकर बच्चे पर कम्बल बन जाती तो उसका माँ बनना सार्थक हो जाता। पर गरीब का सबसे बड़ा शत्रु तो उसकी आयु है। गरीब को जिलाये रखकर उससे बदला लेना ही उसकी नीति है।

देवता का बृहत्-शृंगार रूप देख रही है पगली। सिंह-द्वार की सीध पर पड़ी है वह। रात्रि की पोशाक पर चार-चाँद लगाने-सा सफेद-फूलों का गजरा पैरों तक पहुँचा हुआ है। देवता के कितने भेष, कितनी पोशाक, कितनी साज-सजावट पगली की आँखों ने देखे हैं। प्रहर-प्रति-प्रहर पोशाक बदलना। भोग लगाने के लिए देवता की सेवा में कई लोग दिन-रात दौड़-धूप में लगे रहते हैं। पर उनका शरीर थका हुआ, कमजोर, रोगिला तो नहीं दिखता! देवता से और भी चिकना और भी चौड़ा है उनका चेहरा। शायद देवता की सेवा के पुण्य के बल से उनका चेहरा इतना स्वस्थ, ताजगी भरा है। मटकेनुमा तोंद के दिल को संकुचित कर देने पर भी उन्हें जीने में कोई परेशानी नहीं होती। सम्भवतः जीने के लिए दिल की आवश्यकता नहीं। जीवन में शायद पेट ही सबकुछ है। जिसका पेट जितना बड़ा है, उसका दिल उतना ही तंग होने को बाध्य है। दिल बढ़ जाने से उम्र कम हो जाती है।

पगली का पेट पीठ से सट गया है। भरपूर दुःख से उसका दिल कितना फैल गया है। यदि वह अच्छी जाति की हुई होती तो मन्दिर का अहाता बुहारकर, देवता के बर्तन माँजकर अपना पेट, अपने बच्चे का पेट वह कितना फैला सकती थी।

देवता के लिए छोटे-छोटे सिंहासन पर जाड़े के दिनों में गद्दे बिछे हैं, मखमली चादर, तकिया और रेशमी रजाई भी तह करके सजायी जा चुकी है। रात्रि-पोशाक में देवता उसी पलंग पर सोएँगे। क्या देवता सचमुच सोते हैं? जब देवता सोते हैं, दुनिया की गुहार कौन सुनता है–उतनी देर तक इस विश्व-ब्रह्माण्ड को कौन चलाता है, कौन सँभालता है! झूठ है...यह सब झूठ है। पगली को विश्वास नहीं होता। देवता सोते नहीं हैं–वे हमेशा जागते रहते हैं। सुबह तक पलंग, सेज, रजाई उसी तरह साफ तह किये रखे होते हैं। ऐसा नहीं लगता कि उस पर कोई सोया था। देवता की आँखें भी नींद से अलसायी हुई नहीं लगतीं।

हमेशा वही ब्रह्माण्ड-भेदी दृष्टि। तो क्या देवता इतने भोर से उठकर अपना बिस्तर सजाकर फिर से जाकर बैठ जाते हैं अपने सिंहासन पर?

मन्दिर के पट बन्द हो गये। सिंह-द्वार के किवाड़ भी बन्द हो गये। मन्दिर के बाहर सन्नाटा छा गया जाड़े के भय से। इस संसार में चिड़िया के लिए भी सिर छिपाने को घोंसला है, बैठने को डालें हैं, उड़ने को आकाश है, जबकि पगली इंसान होते हुए भी बेघर है। वह चिड़िया से भी तुच्छ है। पगली अपने बच्चे को छाती तले चिपकाये ठिठुरते-ठिठुरते सिंह-द्वार की देहरी तक खिसक गयी। देहरी के ऊपर थोड़ी-सी छत मन्दिर के पेट से बाहर निकल आयी है। उसके नीचे कुछ ऊष्मता जो मिलेगी! मनुष्य, देवता, चिड़िया सभी घर के अन्दर ऊष्मता खींच रहे हैं। बाहर पड़ी है पगली और कई बाजारू कुत्ते। बाजारू कुत्ते ठण्ड से नहीं मरते, उनके बदन पर जन्म से ही ठण्ड की पोशाक की तरह रोएँ दिये हैं देवता ने। मनुष्य को कुत्ते से भी लाचार क्यों गढ़ा देवता ने? क्या पगली वाकई मनुष्य है, उसे कुत्ते का जन्म क्यों नहीं दिया देवता ने?

पगली ने ठण्ड से ठिठुरते बच्चे को अपनी दोनों रुग्ण बाँहों में भरकर, हड़ीली छाती से चिपका लिया। काश, पसलियाँ फट पड़तीं और बच्चा पगली के कलेजे में समा जाता, तो शायद इस जाड़े से बच जाता। लेकिन पसलियों के अन्दर बल्कि कलेजा ही फट रहा है, पसलियाँ फटती ही नहीं हैं, बल्कि और भी सख्त हो गयी हैं। मनुष्य की पसलियाँ इतनी आसानी से दूसरों के लिए नहीं फटतीं। भले ही वह पेट का बच्चा ही क्यों न हो!

ठण्ड का ठिठुरन-भरा हाथ रोगहे बच्चे को धीरे-धीरे और भी शिथिल करता जा रहा है। पगली ने केवल एक ही बार पुकारा, "प्रभु, सिर्फ मेरे बच्चे को जिलाये रखो...।" इतना कहकर उसने भी बच्चे पर अपनी शिथिल देह छोड़ दी।

मनुष्य का दिल ही न मनुष्य के लिए बन्द है, आकाश का दिल तो सबके लिए खुला है। आकाश ने पर्त-दर-पर्त कोहरे का कम्बल ओढ़ा दिया माँ-बेटे दोनों के नंगे बदन पर। उसके बाद वे लोग नींद में सो गये चट्ट से-फिर तो न ठण्ड थी, न कष्ट था।

दूसरे दिन सुबह धूप निकलते ही मन्दिर के सिंह-द्वार पर मुर्दे पड़े थे। देहरी पर सिर रखे मानो अनन्तकाल के लिए साष्टांग प्रणाम कर रही है वह औरत। देवता के पट खुलने पर देवता हमेशा की तरह पलंग से उठकर सिंहासन पर विराजमान थे। सेज-साज उसी तरह तह किये पड़े थे। चार तह किये रखी हुई थी मखमली रजाई।

क्या देवता सचमुच नहीं सोते? क्या देवता पर जाड़ा, पाला, धूप, बारिश

का असर नहीं होता? पगली को भी अब जाड़ा-पाला नहीं लग रहा। देवता जाड़ा-पाला-धूप-बारिश से परे हैं, पगली भी है। तो क्या पगली और देवता में कोई अन्तर नहीं! क्या देवता मनुष्य है, क्या मनुष्य देवता है! इन तत्त्वों से क्या मिलेगा? सिंह-द्वार की देहरी पर मुर्दा पड़े होने का मतलब है देवता सूतक हो गये, मन्दिर अछूत हो गया, सब कुछ अशौच, अपवित्र हो गया!

देवता को पवित्र करने के लिए मन्दिर के भीतर तेजी से कामकाज चल रहा है। देवता के 'महास्नान' की तैयारियाँ चल रही हैं। जाड़े में देवता को यह दण्ड!

यह बात जानते हुए भी सिंहासन पर मूर्तियाँ अनजान-सी मुस्कुरा रही हैं। कौन है अनजान-मनुष्य या देवता!

पगली भी मुस्कान छोड़ रही है देवता को देख। उसकी मुस्कान सिर्फ देवता को दिख रही है, मनुष्य को नहीं दिख रही। मनुष्य को दिख रहा है सिर्फ पगली का बासी मुरदा-बीभत्स...विकृत...भयंकर।

मन का पुरुष

पत्थर की दीवार-सा दोनों में प्यार था, ठोस-अभेद्य। प्यार-वह भी दाम्पत्य प्यार-दीर्घ, व्यापक। जिधर से भी देखो, बड़ा मजबूत, बड़ा दुरुस्त!

पति-पत्नी को जिसने भी देखा है, यही कहा है, "रेंड़ी का तेल, भेड़ का बाल।"

पैंतालीस साल का मधुर दाम्पत्य जीवन है। पति-पत्नी में कभी भी मुँह सूखा-सूखी नहीं। जब भी देखो, हँसी-खुशी, मौज-मस्ती, कुतूहल। पति निर्मल की ऊँची आवाज कभी किसी ने नहीं सुनी, जब भी सुना है खुशी, उल्लास रहस्य और हर्षोल्लास भरा स्वर ही सुना है। गुस्सा, खीझ, गर्जन-तर्जन, हो-हल्ला उनके संसार रूपी आसमान में अमावस का चाँद था। जब कभी भी ऊँची आवाज में पत्नी से कुछ कहते वह बनावटी, प्रेम-भरा अभिनय होता।

कमला का पत्नी रूप जिसने देखा है, उसने सोचा है पत्नी नहीं, साक्षात् सीता, सावित्री, दमयन्ती, लक्ष्मी, सरस्वती, पार्वती है। रूप, गुण, सहनशीलता, नम्रता, अतिथि-सत्कार, पति-भक्ति, प्यार, स्नेह-भला किसमें उन जैसी नारी दिखाई देती है! तकदीर है-तकदीर के सिवा और क्या हो सकता है? कभी-कभी पति निर्मल भी पत्नी के एकाग्र प्रेम से गले तक छककर मुँह खोलकर कह डालते, "औरत का जीवन मिला है, तुममें गुस्सा, अहंकार, अभिमान, ईर्ष्या, द्वेष कुछ भी तो नहीं! कभी-कभी मुझे सन्देह होता है, वाकई तुम 'औरत' हो या नहीं, जी!"

गोधूलि आसमान-सा चेहरे पर आँखों में प्रेम का रंग बिखेरकर, होठों पर हँसी का अमृत लगा कमला कहती, "किस पर गुस्सा करूँ? किससे ईर्ष्या करूँ? किससे वाद-विवाद करूँ? तुमसे? तुम क्या पराये हो! यदि तुमसे ही वाद-विवाद करूँगी तो फिर...आखिर जीना तो तुम्हारे ही साथ है, मरूँगी तो तुम्हारी ही गोद में सिर रखकर...!"

इस मरने के प्रसंग को लेकर पति-पत्नी में सचमुच ही खींचा-तानी शुरू

हो जाती। कौन पहले मरेगा, कौन बाद में मरेगा, इस बात का समाधान नहीं हो पाता। निर्मल कहते, "तुम्हारी मौत मैं सह नहीं सकता, मैं पहले मरूँगा, हाँ...मैं ही पहले मरूँगा..."

"और मैं सह लूँगी वह दुःख! वाह! पति होकर कितना भला चाह रहे हो मेरा? जान गयी तुममें कितना प्यार है। सब स्वार्थ है, निजी स्वार्थ..." कमला का गला रुँध जाता।

माँ के झूठमूठ का 'उँ उँ' करके रोने पर चंचल लड़का जिस तरह अपनी जिद छोड़कर कहता है, 'नहीं-नहीं, अब ऐसा नहीं करूँगा' ठीक उसी तरह निर्मल सहम जाते कमला का करुण दर्द भरा थम्-थम् चेहरा और दुर्-दुर् बरसने का इन्तजार करती दोनों आँखों को देख। वे सुधरे हुए बच्चे-सा कहते, "नहीं-नहीं, तुम पहले मरोगी। भले ही मुझे जितना दुःख होगा हो, तुम्हें विदा करके ही मैं जाऊँगा। मेरे बाद तुम्हारे दिल की बात कौन समझेगा? तुमने जीते-जी मुझे कोई दुःख नहीं दिया, पहले मरकर मैं तुम्हें विधवा का दुःख नहीं दे सकता कमला, यह बात तय है। पर तुम्हारे बाद मेरी गाड़ी ज्यादा दिन नहीं खिंचेगी-जब तक जिन्दा रहूँगा, नरक ही भोगता रहूँगा। तुम्हारे सिवा इस दुनिया में मेरा मन समझने वाला इंसान और कोई नहीं जन्मा, न ही जन्मेगा...!"

अब सधवा होकर मरने के सुख के गर्व से उल्लसित होने की बजाय पलकों पर रोके हुए दो बूँद आँसुओं को गालों पर छोड़ते हुए कमला कहतीं, "वाकई मेरे बाद तुम कैसे रहोगे...कौन सँभालेगा तुम्हें...हे भगवान्! इनके बगैर जीने में जितना दुःख है, इन्हें छोड़कर मरने में उससे कम दुःख नहीं! मैं क्या करूँ...!"

कमला को दिलासा देते हुए निर्मल कहते, "हम एक साथ मरेंगे कमला, एक ही चिता में लेटेंगे। मेरा मन कहता है कि इससे भिन्न नहीं होगा। तुम घबराओ मत...तुम्हारी याद मुझे नहीं करनी पड़ेगी, ना ही मेरी याद तुम्हें।"

कुछ क्षण दोनों एक-दूसरे को देखते रहते-फाँय से हँस देते एक साथ। अपनी बचकानी हरकत के लिए दोनों खुद ही शरमा जाते। मानो यमराज ने उनकी जागीर खायी हो, जो दोनों को एक साथ बाँध ले जाएँगे!

उम्र बढ़ने के साथ-साथ अब मरने की बात कोई नहीं उठाता। पर अन्दर ही अन्दर मन में खटका बढ़ता रहता-किसे किसका दुःख सहने के लिए विधाता दिमाग दौड़ा रहा है, कौन जाने!

बच्चे बड़े-बड़े हो जाने पर भी पति-पत्नी ने अन्तरंगता, प्यार में कोई आड़ नहीं की। अपनी उम्र के कई अन्य दम्पतियों की तरह लोगों को दिखाने के लिए सांसारिक वैराग्य नहीं अपनाया। जवानी और बुढ़ापे के बीच दाम्पत्य-प्रेम का

कम-ज्यादा होना उन्होंने महसूस नहीं किया। बल्कि दोनों ने महसूस किया है कि गरमी के दिनों का कुआँ ऊपर से खुद-ब-खुद गहरा दिखने-सा उम्र बढ़ने के साथ-साथ प्यार और गहरा हुआ है, आपस की समझ गाढ़े औंटे दूध की तरह खाँटी हुई है। किसी एक की भूल के लिए दूसरे के दिल में कितना तर्क-प्रमाण जुट जाता है। बच्चे माँ या बाप की गलती भूले-भटके पकड़ लें, तो एक-दूसरे को बचाने के लिए दोनों एक साथ झपट पड़ते बच्चों पर। सान्ध्य-आकाश में अँधेरा गहरा जाने पर टिमटिम धुँधला तारा बड़ा दिखने की तरह, एक के जीवन-भर का त्याग, समर्पण, दायित्व, कर्तव्य और निष्ठा, दूसरे को बड़ा होकर दिखाई दिया है।

पोते-पोती ठुकुर-ठुकुर चलने लगे हैं, फिर भी पति-पत्नी का बिस्तर अलग नहीं हुआ है। कभी-कभी निर्मल चुटकी लेते हुए कहते, "हमारी उम्र के बूढ़े-बुढ़िया अलग-अलग कमरे में सोने लगे हैं। बाहर कमरे में बूढ़े का बिस्तर और पोते-पोती को लेकर अन्दर कमरे में बुढ़िया का बिस्तर लगने लगा है। एक तरह से अच्छा ही है। बिछड़ने से पहले आदत पड़ चुकी होगी, फिर ज्यादा कष्ट नहीं होगा। क्यों है न? इसके अलावा बहुएँ सोचती होंगी, बुढ़िया इस उम्र में ससुर जी को पल-भर नहीं छोड़ती, जब उम्र रही होगी तब ससुर के साथ दफ्तर भी जाती होगी...!" निर्मल हँसने लगते।

कमला गम्भीर हो कहतीं, "अपनी बचकानी बुद्धि से वे लोग जो कुछ कहते हैं, कहें। उम्र होने पर खुद ही समझेंगे पति-पत्नी के प्यार में, उठने-बैठने में जवानी-बुढ़ापे का सवाल नहीं है। शारीरिक सम्बन्ध ही पति-पत्नी का असली सम्बन्ध नहीं है। इस चमड़े से ढकी हड्डियों में भला अब कितनी चंचलता है। लेकिन हड्डियों के साँचे में अनुभव नामक जो एक अदृश्य दर्द है, वह तो जैसा था वैसा ही है। तुम अकेले क्यों सोओगे, आधी रात को प्यास लगेगी, शरीर में दर्द होगा, सिर-पैर में फटकन मचेगी, अकेला-अकेला लगेगा, कौन पूछेगा यह सब? तुम तो आज तक गोद के बच्चे की तरह आधी रात को बड़बड़ाते हो-बदन में हाथ लगाकर हिलाने पर करवट बदलकर सो जाते हो। जीने को जो भी चन्द दिन बचे हैं, इसी तरह तुम्हारी देखभाल करती रहूँगी। आँखें मुँद जाने पर क्या होगा, कौन आएगा देखने! मुझे तो रह-रहकर तुम्हारी ही चिन्ता सताती है...।"

वाकई मृत्युशय्या पर पड़ी कमला बेटी-बेटा, पोते-पोती की चिन्ता से परेशान नहीं हुईं। उनके बाद निर्मल जितने दिनों तक जीएँगे, उनके दिन कैसे अच्छी तरह कटेंगे, बस इसी चिन्ता से दुबली हो गयी हैं। कमला के अनुभवी हृदय ने समझा है-उनके वियोग के शोक से पुत्र, कन्या को कष्ट होगा यह सच

है, लेकिन असमय बादल की तरह एक-दो बार बरसकर थम जाएगा। आसमान में भिन्न-भिन्न ऋतुओं के प्रकाश, अन्धकार, मौसमी प्रवाह के खेलों के बीच शोक के प्रवहमान बादल स्वाभाविक रूप से छँट जाएँगे। किन्तु निर्मल के आकाश में बुढ़ापे और कमला की मृत्यु-शोक की ऋतुओं के सिवा अन्य ऋतु-प्रवाह की हवा, ठण्ड, ओस, मलय नहीं आएगी। इसलिए वे शोक भूलकर सहज मनुष्य की तरह जी लेंगे, कमला को विश्वास नहीं होता।

मौत से जूझते हुए भी कमला पति को गोद के बच्चे की तरह सँभालती थीं। उन्हें अपने मरने का दुःख नहीं था, अपनी अनुपस्थिति में पति की हालत क्या होगी, उस दुःख को वे मृत्यु की पीड़ा के साथ मिलाकर अविरत छटपटाती थीं। हर वक्त बेटे, बहू, बेटी, पोते, पोती को समझाती थीं, ''पिताजी का हालचाल पूछते रहना, उन्हें दुःख मत देना। जिन्दगी-भर वे नहीं जान पाये कि दुःख, लापरवाही क्या है। इस उम्र में सहसा जरा-सी भी लापरवाही का अहसास होने पर उन्हें बहुत दुःख होगा। कष्ट और पीड़ा से बहुत डरते हैं तुम्हारे पिताजी। मैंने तुम लोगों की जितनी देखभाल की है, तुम्हारे पिता की उससे अधिक देखभाल की है जीवन-भर। मेरे बाद कहीं उन्हें मेरा अभाव न खटके...।''

जिन्दगी की अन्तिम घड़ी भी कमला अपने बड़े बेटे का हाथ अपनी हथेली में लेकर अति करुण रूप से रुकते-रुकते स्वर में विनती कर रही थीं, ''बेटे...पिताजी का खयाल रखना...।''

कमला की मृत्यु स्वाभाविक थी-प्राप्त आयु में भरा-पूरा संसार फैलाकर वे चली गयीं। दुनिया का यह निष्ठुर नियम एक न एक दिन सबको मान लेना होता है, सगे-सम्बन्धियों को यह धक्का सहना पड़ता है, सँभालना पड़ता है। लेकिन निर्मल बिल्कुल नासमझ बच्चे की तरह पागल-से हो गये पत्नी-शोक में। जीवन-भर पान से लेकर चश्मा ढूँढ़ने तक, दवा से लेकर शुश्रूषा तक सबके लिए वे 'कमला', 'कमला' नाम जपते थे। कमला के मरने के बाद वे 'कमला' नाम का जाप और अधिक करने लगे। कमला ऐसे खाना पकाती थी, ऐसे परोसती थी, ऐसे बिस्तर लगाती थी, ऐसे पैर दबाती थी, ऐसे हँसती थी, बैठती थी, बातें किया करती थी, इत्यादि जपने लगे। सबके हर काम में वे कमला का प्रसंग छेड़कर तुलना करने लग जाते। बेटा, बहू, पोता-पोती, कमला के काम करने के तरीके का अनुकरण करके पिताजी के मन से माँ का शोक कम करने की जितनी भी कोशिश करते, निर्मल शोक का बोझ उतना ही सीने से चिपका लेते थे। बहुएँ हर काम खूब सँभालकर सावधानीपूर्वक करतीं, फिर भी निर्मल उनके काम की तुलना कमला से करते तो बहुएँ हार जाती थीं। ''तुम्हारी सास के हाथ जैसा नहीं बन पाया खाना, उनका पैर दबाना बिल्कुल न्यारा था, तुम लोगों का हाथ वैसा नहीं

है'' इत्यादि-इत्यादि बकर-बकर करते रहते दिन-भर। खाना-पीना, सोना-उठना सब बिगड़ गया था! कमला के बिस्तर लगा देने पर उन्हें जैसी नींद आती थी, वैसी नींद भी अब कहाँ!

कमला की चूड़ियाँ, चश्मा, साड़ी, ब्लाउज, पेन, कंघी, सिन्दूर-काम में आने वाली तमाम चीजों को रोजाना हाथ लगा-लगाकर छुआ करते थे निर्मल। पोंछ-पाँछकर करीने से रखते थे। मानो वे कमला को छू रहे हों, उनके होने का अहसास कर रहे हों हर चीज में।

बुढ़ऊ दिन-प्रतिदिन कमजोर होने लगे। जिस दिन से कमला मरी है, उनके चेहरे पर किसी ने मुस्कुराहट नहीं देखी-कमला-प्रसंग के सिवा अन्य कोई बात किसी ने उनसे नहीं सुनी। पत्नी-शोक से जर्जर निर्मल खुद तो मृत्यु-यन्त्रणा भोग ही रहे थे-बेटे-बहू अन्य सभी को अशेष यन्त्रणा में डाल रहे थे। सुबह से शाम तक कमला के गुणों का बखान कर-करके बेटे-बहू सगे-सम्बन्धियों को खिझा देते थे। कोई मित्र आकर यदि निर्मल का पत्नी-शोक कम करने के लिए कमला के अलावा कोई दूसरा प्रसंग छेड़कर उनका मनोरंजन करने का प्रयास करता तो निर्मल किसी-न-किसी बात की लीक पकड़कर कमला तक पहुँच जाते थे। अन्त में कमला के बारे में सुनते-सुनते वे मित्र उकताकर लौट जाने को बाध्य होते।

निर्मल का अगाध पत्नी-प्रेम सबको मालूम था, परन्तु वह प्रेम उनके अन्तिम जीवन को इतना यन्त्रणामय कर देगा, यह बात किसी ने सोची तक नहीं थी। मानो निर्मल के सारे जीवन का सुख आज अभिशाप में बदल चुका है।

कमला को मरे तीन महीने हो चुके हैं। अब निर्मल कमला का बक्सा झाड़-झूड़कर उनके कपड़े, सोना-गहना सब सजा-सँभालकर रखते हैं। मानो कमला मायके गयी हैं, लौट आएँगी। कमला के पूरे जीवन के दौरान निर्मल ने कभी भी कमला की निजी चीजों पर कोई अधिकार नहीं जताया। सब कुछ छोड़ दिया था कमला पर। कमला के शौक, आनन्द, रुचि पर निर्मल की कोई बन्दिश नहीं थी। कमला की जमा-पूँजी से भी निर्मल का कोई सरोकार नहीं था। वे जानते थे कि कमला कभी फिजूलखर्च नहीं थीं, न ही कंजूस थीं। 'रुपया-रुपया' की रट लगाकर किसी भी दिन निर्मल के जीवन को असह्य नहीं किया था। यदि कभी निर्मल मजाक में कहते, "तुम तो दूसरी औरतों की तरह कुछ बचा-बचाकर जमा तो कर नहीं रही हो...मेरे मरने के बाद क्या करोगी?" कमला महज दर्द भरी निगाह से पति की ओर सिर्फ ताकती रहतीं, जिसका अर्थ होता-"तुम्हारे बाद मेरा जीवन भी कोई जीवन होगा, जो पैसे जमा करके रखूँगी!"

एक दिन कमला की बकसिया (छोटा बक्सा) खोलकर यों ही सजाते-सजाते निर्मल एकाएक फफक-फफककर रोने लगे। बहू-बेटे घबराकर दौड़े।

रुपयों की एक थैली पकड़े वृद्ध निर्मल हृदयविदारक आँसू बहा रहे थे। बेटे के हाथ में वह थैली पकड़ाते हुए बोले, "देख, तेरी माँ का काम-इसके सहारे भला मैं उसके बगैर जी सकूँगा!"

बेटे ने थैली खोलकर देखा-रुपयों के साथ एक कागज भी था। उस पर कमला के हाथ से लिखे अक्षर-"तुम्हारा स्वभाव मैं जानती हूँ। मेरे बाद तुम बेटे-बहू से पाँच रुपये तक नहीं माँगोगे। इसीलिए सारा जीवन अपने ही खर्च से बचाकर इतने छोड़े जा रही हूँ।" रुपया देखकर बेटे-बहू अवाक् थे। इतने रुपये इकट्ठे करने के लिए माँ ने जीवन-भर कितना त्याग नहीं किया होगा!

उसके बाद निर्मल को दिन काटने की चीज मिल गयी थी। कमला के हाथ से लिखी एक कॉपी। इधर-उधर की तमाम बातें कमला ने उसमें लिखी थीं। नियत रूप से तारीख, माह, वर्ष के अनुसार लिखी न होने पर भी वह कमला की डायरी कही जा सकती है। विवाह के बाद से लेकर मरने तक जीवन की खास-खास घटनाएँ बना-सनाकर कमला निस्संकोच, निर्भीक रूप से लिख गयी हैं। बच्चों का जन्म, उनका लालन-पालन, शिक्षा, विवाह, पोते-पोतियों का जन्म इत्यादि कुछ भी नहीं छोड़ा था। कहा जाए तो निर्मल के वंश का इतिहास लिख गयी हैं कमला। उनके दाम्पत्य जीवन की अनेक बातें, अनेक कष्ट, अनेक घटनाएँ, दुर्घटनाएँ, सुख-दुःख का विश्लेषण कर गयी हैं। ऐसी अनेक घटनाएँ कमला लिख गयी हैं जिसके बारे में निर्मल को कभी पता तक नहीं चल सका, पता चलने ही नहीं दिया कमला ने। अनेक जटिल पारिवारिक समस्याएँ पति को बताये बगैर स्वयं ही उनका समाधान कर गयी हैं। चार-चार बच्चे पैदा करने से लेकर उन सबके विवाह तक न जाने कितनी समस्याओं का सामना करना पड़ा है कमला को। उनमें से अनेक घटनाएँ निर्मल तक नहीं पहुँची हैं। ऐसी अनेक घटनाएँ हैं जिनसे निर्मल के पितृ-हृदय को ठेस पहुँचती, रक्तचाप बढ़ जाता, हृदय-यन्त्र को बिगाड़ जातीं, परन्तु कमला ने सारी बातें अपने आँचल में छुपाकर भले ही खुद उस आग से झुलसी हैं, पति को उस आग की आँच तक लगने नहीं दी।

एक जगह कमला ने लिखा है-"पुरुष दुनिया का सारा बोझ सँभालते हैं, आर्थिक संकट से लेकर गम्भीर पारिवारिक समस्या के समाधान की दिशा में दिमागी बोझ के कारण अकाल ही रक्तचाप, हृदय-रोग, मधुमेह जैसी बीमारियों का शिकार होते हैं। हमारे देश की पत्नियाँ आश्रित-बेल की तरह पति के सहारे महज जिन्दा ही नहीं रहतीं, तमाम पारिवारिक समस्याओं को और बढ़ाकर पतियों का खून चूसती हैं, सिर्फ बच्चे पैदा करना और खाना बनाने के सिवा अन्य कोई महत्त्वपूर्ण काम उनकी जिम्मेवारी के दायरे में नहीं है, यही उनका सोचना है। पति के आर्थिक संकट में तो सहायक होतीं नहीं, मानसिक तनाव में भी भागीदार नहीं

होतीं। हमारे देश के सांसारिक पुरुष तरह-तरह से पिस रहे हैं, पीड़ित हो रहे हैं-सबकुछ होते हुए भी दिवालिया हैं, सगे-सम्बन्धियों के बावजूद अकेले हैं...। मैं अपने पति को ऐसे दुःख में नहीं डालना चाहती...।''

डायरी पढ़ते हुए वृद्ध की कोटरगत आँखों से झर-झर आँसू झर रहे थे। डायरी नहीं, पति को समर्पित एक आदर्श नारी का जीवन-ग्रन्थ है। निर्मल एक-एक करके बार-बार पढ़ते पन्नों को। उनकी जिन्दगी में घटी अनेक अदृश्य घटनाएँ उन्हें नये रूप में दिख रही थीं, कमला धीरे-धीरे 'देवी' बनती जातीं और वृद्ध निर्मल का पत्नी-शोक दिन-प्रतिदिन नियन्त्रण से बाहर होता जाता। निर्मल शोक भरे स्वर में सबसे कहते, ''कमला इंसान नहीं थी, देवी थी। शाप पाकर मर्त्यलोक में जन्मी थी। वह स्वर्ग चली गयी। मैं उसके लिए आँसू बहाऊँ, क्या मैं वाकई उसके योग्य था!'' निर्मल रात-दिन डायरी लिये हुए इधर-उधर पन्ना पलटकर मन लगाकर पढ़ते थे। अब किसी पर नाराज नहीं होते थे। रात बीतने पर अब कमला-कथा नहीं सुनाते। गीता भागवत की तरह कमला की डायरी उन्हें पूरी तरह सराबोर करके रखती थी। बेटे-बहू, सगे-सम्बन्धी कहते, ''अच्छा हुआ, खूब अच्छा हुआ। कमला को इंसान से 'देवी' के आसन पर बिठाकर सही, निर्मल एक तरह से अभिभूत हालत में रहते हैं। बाकी के दिन भी इसी तरह बीत जाएँ तो अच्छा है। काश, इस डायरी के पन्ने कभी खत्म न होते!''

लेकिन एक दिन सहसा कमला की डायरी का अन्तिम पृष्ठ आ गया, कमला के मरने के कुछ ही दिन पहले लिखा गया था। अन्तिम पृष्ठ पढ़ने के बाद निर्मल के भाव, भंगिमा, भाषा, व्यवहार, शोक का हाव-भाव, कहा जाए तो सम्पूर्ण व्यक्तित्व ही बदल गया। उन्होंने वह डायरी दूर फेंक दी, कमला की रोजमर्रा के प्रयोग में आने वाली चीजें, जो उन्होंने यादों का सहारा समझ सजा-सँवारकर रखी थीं, तोड़-फोड़कर इधर-उधर बिखेर दीं, कमला की तस्वीर फाड़कर टुकड़े-टुकड़े कर दी! चिल्लाते हुए बोलने लगे, ''सब झूठ है, सब माया है-पत्नी, बच्चे, परिवार, स्नेह, प्रेम, सारे रिश्ते दिखावा है, नाटक है, मनुष्य क्यों उस झूठी माया में उलझकर इतना कष्ट भोगता है...दिखावे को सच समझकर इस तरह रटता रहता है?...वाकई मैं कितना नासमझ और मूर्ख हूँ! नाहक ही जिन्दगी के बाकी दिनों की हत्या करनेवाला था। मैं किसी का पति नहीं, मेरी कोई पत्नी नहीं, मैं अकेला हूँ, अकेला आया हूँ, अकेला जाऊँगा, छिः कमला! मैं तुमसे घृणा करता हूँ, सारी जिन्दगी मुझे एक भेड़ बनाये रखकर अभिनय करके चली गयीं! आज से तुम मेरी कुछ नहीं हो, अब से मैं हँसूँगा, खुशियाँ मनाऊँगा, बाकी की जिन्दगी स्वतन्त्र आदमी बनकर जीऊँगा...।''

निर्मल हँसे, प्रफुल्लित हुए-पोते-पोतियों, बहू-बेटियों के साथ आनन्द,

खुशी मनाकर घर को सिर पर उठा लिया। कमला की बात छिड़ते ही खीझ उठते। कहते, ''जो मर गया सो गया–भला उसे याद कर–करके सब क्यों मरें?'' निर्मल की इस तरह की चपल प्रगल्भता एक और खतरा बन गयी थी!

बेटे–बहू ने सहमते हुए डायरी उठाकर उसका अन्तिम पृष्ठ पढ़ा। कमला ने लिखा था, ''मेरे पति जैसा सरल, निर्मोही, अच्छा इंसान आजकल पाना मुश्किल है। उन्होंने मुझ पर दुनिया–भर की सुख–सुविधाएँ उँड़ेल दीं। अपनी क्षमता के मुताबिक उन्होंने मुझे क्या कुछ नहीं दिया। फिर भी अगले जन्म में मैं उन्हें पति के रूप में नहीं पाना चाहती, बेटे के रूप में पाना चाहती हूँ। जिन्दगी–भर मैं उन्हें सन्तान का स्नेह ही देती आयी हूँ और उसी से वे पूरी तरह सन्तुष्ट हैं। उनमें कोई कमी नहीं है। पर सब कुछ पाने के बावजूद कुछ भी न पाये होने की व्यथा अन्दर से बार–बार मेरे मन को कचोटती है...क्योंकि मेरे पति सब कुछ थे...पर वे मेरे कल्पना के आदमी, मेरे मन के पुरुष नहीं थे...।''

शायद निर्मल के कोई मित्र आये हुए हैं। उस कमरे से निर्मल की उत्ताल हँसी–मजाक का स्वर बहू–बेटों के कानों में हृदय–विदारक पीड़ा के आर्तनाद की तरह सुनाई दे रहा था।

कमला के जीवन के अन्तिम पृष्ठ ने निर्मल के बाकी जीवन को सुख में डुबोया था या उनके सारे जीवन के सुख को शोक में बदल दिया था–यह बात दुनियादारी से बेखबर बहू–बेटों के दिमाग में घुस नहीं पा रही थी।

यंग

मौत यहाँ सभ्यता बुला लाती है। एक का खून हो जाय तो दूसरा जाता है जेल-जेल से चौदह साल बाद लौटने पर वह शहरी तौर-तरीके सीख गया होता है, दुनिया-जहान की बातें जान जाता है, शहर देखकर लौटता है। गाँव में जेल से लौटने वाले का मान बढ़ता है। सोमा किर्सानी जेल जा रहा है आदमी मारकर-लौटेगा शिक्षित होकर, बहुत बड़ा जानकार बनकर। गाँव में सीना तानकर चलेगा। बात-बात पर कहेगा, "मैं सब कुछ जानता हूँ, सब कुछ।" पर उसने आदमी मारा किसलिए?

चाँद कभी नशे में नहीं होता-वह तो नशा चढ़ाता है, सुध-बुध भुलाता है, मतवाला बनाता है।

गायकोंडा (एक पहाड़) की सन्धि में छुपे-छुपे, सलप-कन्दा की फाँक में लटककर आज खूब सापुंग (सलप की दारू) पी ली है चाँद ने। चाँद का चेहरा आज लग रहा है सेलांग (लाल)। आखिर किसे बींधा है तीर सापुंग के नशे में? आकाश का एक हिस्सा दिख रहा है रक्त उँड़ेला-सा सेलांग-सेलांग (लाल-लाल)।

नहीं-नहीं, चाँद सापुंग के नशे में कभी भी आदमी नहीं मारता। वह आदमी को मरवाता है, आदमी के सीने से खून बहवाता है। वह देखो, चाँद की आँखों से कितनी सुरि-सुरि (जल्दी-जल्दी) सापुंग का नशा उतरता जा रहा है! चाँद चेहरा पोंछ-पाँछकर पहाड़ की सन्धि से, सलप (खजूर-जाति का पेड़) की शाखा के बीच चढ़ गया है। पहाड़ की नुकीली चोटी पर चेहरा और आँखें सांग-सांग (पीले-पीले) लग रहे हैं। कितना शान्त, कितना स्थिर, कितना कोमल लग रहा है चाँद का चेहरा, ठीक सेलानि (बण्डा युवती) के चेहरे-सा।

पर देखो, चाँद किस तरह मदमस्त कर रहा है, गर्माहट भर रहा है बण्डा इंगरबँय (युवक) में। गाढ़ी चाँदनी रात बढ़ रही है, इंगरबँय का नशा चढ़ रहा है। चाँद जितना-जितना स्थिर होता जा रहा है, इंगरबँय उतना-उतना अस्थिर। रात

बीतने पर सुसुगिगे (माघ परब) है। मुदुलिपाड़ा के बूढ़े बरगद के कोटर से सिंगि (सूर्य) महाप्रू (देवता) का पाटखण्डा (पुराने बरगद के कोटर में बारह हाथ की तलवार) महाप्रू को नीचे उतार लाएगा दिसारी। पाँडा या बकरे की बलि चढ़ेगी पाटखण्डा महाप्रू के आगे। खून से सने चावल सभी लगाएँगे माथे पर। दिसारी फिर महाप्रू को उठाकर पेड़ के कोटर में रख देगा।

उसके बाद सभी दल बनाकर मदमस्त हो बाजा बजाते हुए मुदुलिपड़ा के नाइक के घर के अहाते में इकट्ठे होंगे। सभी गाँव के नाइक अपने-अपने गाँव के बीज लाकर मुदुलिपड़ा के नाइक के आगे धर देंगे। वही मिला-जुला धान नाइक के घर से बीज बनकर निकलेगा। दाँतिपड़ा का मान्द्रा (जो बीज तौलता है) सबको धान तौलकर देगा। बाकी का धान सभी छीन-झपटकर बाँट लेंगे। बलि चढ़े पशु का मांस नोच-नोचकर जो जितना ले जा सका, ले जाएगा। छीना-झपटी, नोचा-खसोटी और हो-हल्ला के बीच परब का काम बढ़ता जाएगा। नशा चढ़े बिना भला यह सब होता है? बगैर सापुंग, पेण्डम (सावाँ की दारू), सागुर (कोई भी दारू) के बिना परब मनाना कहाँ सम्भव है बण्डा-पहाड़ में?

परब मनाएँगे एक दिन। परब आ रहा है, परब बीता है, के बहाने बण्डा आठ-दस दिनों तक मदहोश रहेगा। डंगर (पहाड़ की ढलानी जमीन) में काम करने नहीं जाएगा, खेती-बाड़ी में नहीं खटेगा। कहीं इधर-उधर नहीं जाएगा, लकड़ी लाने नहीं जाएगा। सिर्फ पीता रहेगा, मदमस्त होता रहेगा, नाचता रहेगा, मार डालता होगा और मरता होगा, आदमी पर नशा उतारता होगा आदमी।

बण्डा पहाड़ पर बिना खून के परब (त्यौहार) आगे नहीं बढ़ता। पशु की बलि से महाप्रू का कोप शान्त होता है। आदमी के खून से आदमी का नशा उतरता है। महाप्रू के आगे पशु की बलि चढ़ती है। नशे के आगे आदमी की बलि। बिना परब के भी नशे में लड़खड़ाना बण्डा को अच्छा लगता है-परब के दिन की बात छोड़ो, बिना परब के भी बात-बात पर बण्डों में मार-काट होती है। आदमी मरे बिना परब आगे बढ़ा है, यह बात बण्डा के पहाड़ी इलाके में आज तक सुनने में नहीं आयी।

सापुंग के नशे में रात थिरक रही थी। सोंबादिन (सोमवार) को परब है। बण्डा पीता है तो मदमस्त होता है, मदमस्त होने पर नाचता है। सारी रात बीत जाती है मिमे-मिमे (नाच-नाच) में। किर्सानी पड़ा का सिन्दबोर (गाँव के बीच बरगद के नीचे पत्थर पर पत्थर रखकर बनाया गया चबूतरा-सबके मिलने की जगह, न्याय-निर्णय का मंच)। मंच पर पेड़ से टिककर नशे से ढुलमुल हो घुटनों के बीच मुँह रखे बैठे हैं गाँव के डोकरा (बूढ़े)। सिन्दबोर से कुछ दूरी पर नशे

से निढाल होने-सी बैठी हैं डोकरियाँ (बूढ़ी महिलाएँ)। धाँगड़ा-धाँगड़ी नाचेंगे, गाएँगे, रात बिताएँगे। डोकरियों ने खूब नाचा है जीवन-भर। अब सिर्फ धुँधली आँखों से बीती उम्र को धाँगड़ी-नाच (मिमे) में देखेंगी। खुश होंगी।

धाँगड़ा-धाँगड़ी के झुण्ड सिन्दबोर के पास इकट्ठे होने लगे। धाँगड़ों ने झबरे बालों में खोंस रखी हैं कंघियाँ, फूल, मोरपंख। कमर में टुनटुनाती घण्टियाँ। धाँगड़ियों ने मुड़े हुए चिकने सिर पर लगा रखी हैं रेओर (तालपत्र की पट्टियाँ) और उस पर छोटे-छोटे रंग-बिरंगे लुबाया (माला)।

किसी-किसी ने खोंस रखा है जंगली फूलों का गुच्छा बड़ी लापरवाही से। सबने काबू में रहकर सापुंग चढ़ा रखी है। लेकिन सापुंग ने सबको बेकाबू कर दिया है। धाँगड़ियों को घेरकर उनके चारों ओर किन्दिरि-किन्दिरि (गोलाकार घूम-घूमकर) धाँगड़े नाच रहे हैं। धाँगड़ी हमेशा की तरह स्थिर हैं। छोटे-छोटे डग भरते हुए वे एक ही जगह डोल रही हैं, नाच रही हैं।

सोमा किर्सानी नाच रहा था खूब जमकर। जो जितना दम लगाकर पीता है, वह उतना ही जमकर नाचता है। लाख कोशिश करने पर भी बीच में झुण्ड बना-बनाकर चाँद जैसी, सुनहरे फूलों जैसी, सलप कन्दा जैसी सुन्दरी सेलानियों के बदन से धाँगड़ों का बदन जरा भी नहीं छुलता था। बण्डा बहुत चालाक, बहुत होशियार होता है। और किसी की आँखों के आगे न करने जैसी बात वह नहीं करेगा। और फिर अठारह साल के धाँगड़ा सोमा किर्सानी की कुनुइँ (पत्नी) उससे बारह-चौदह साल बड़ी है। उसकी पत्नी अधबूढ़ी लछमा बनबिलाव की तरह उस पर एकटक नजर टिकाये हुए है। नाचते समय भी धाँगड़ा के पास लोहा-काट्रा (अस्त्र) रहता है। चाकू, कुल्हाड़ी, धनुष-तीर, गड़ासा। ये न हों तो बण्डा मर्द नहीं होता। उस पर नशा सवार है। पत्नी देख रही थी उसका एक-एक डग। कहीं नाचते-नाचते गुस्से में किसी को भोंक न दे? बींध न दे? कोई तो मरेगा-उस पर म्पर (पति) कोरापुट जेल में रहेगा बारह साल-चौदह साल। जेल से म्पर लौटने तक पत्नी हो जाएगी डोकरी-बूढ़ी। पत्नी के साथ रहेगा जरूर, पर सवाँ के फूल की तरह मन उड़ाता फिरेगा इस छप्पर से उस छप्पर पर-भाई की पत्नी, बहू...

लछमा की नजर और किसी पर भी है। वह है उसकी देवरानी बीस साल की धाँगड़ी बुदेइ। पिछले सु सु आरके (फागुन माह) में दस साल के देवर मंगला किर्सानी ने डिअ बिठाया है (शादी की है)। गुलाइनि (बालक) मंगला अपनी पत्नी धाँगड़ी बुदेइ से डरता है। कभी-कभी रात को उठकर चला जाता है पत्नी के पास से। यंग (माँ) की छाती में मुँह छिपाकर सुँ-सुँ करता है। माँ थपकी दे-देकर विवाहित गुलाइनि (बालक) मंगला को सुला लेती है। आधी रात को नींद के उचटने पर लछमा अँधेरे में टटोलकर देखती, उसके पास उसका म्पर (पति)

सोमा किर्सानी नहीं है। दरवाजा बाहर से बन्द है। कान लगाकर सुनती है, देवर के नये बनवाये सुंगुराए (हाथ के कड़े) देवरानी बुदेइ की कलाई में जं-जं बजते हैं। कोहरे में धुआँ बिला जाने-सा, अँधेरे में लछमा के सीने से उसाँस निकल पड़ती फँह करके, बिला जाती अँधेरे में। कोई नहीं देखता, सब जानते हैं सारी बातें। कोई कुछ नहीं कहता। बण्डा का अच्छा गुण यही है कि वह सुनी-सुनाई बातों पर बखेड़ा खड़ा नहीं करता। जब तक अपनी आँखों से देख न ले, यदि बात सच हो तो भी उसके लिए झूठी है। एक पहर रात बाकी होती है, सोमा दरवाजा खोलकर चुपके से अन्दर आता है। कुकुसा (बाघ) की तरह पति पर झपट पड़ती है लछमा। गाली देती है–"नरक्सा, निसतटा, सुन्था, डँइण्डा (गूखौना, लुच्चा, बेशरम, बेहया) डः डः (जा-जा) जिस औरत के पास गया था उसी के पास जा–डः डः...।"

सोमा पलटकर झट जवाब देता–"देखा है क्या तूने अपनी आँखों से! किसी और ने देखा है आँखों से! रात को पेट में मरोड़ उठा, इक्साम् (पाखाना) जाऊँगा या नहीं?"

लछमा चुप हो जाती। वह जानती है रात को ससुर, जेठ क्यों उठ जाते हैं अधबूढ़ी पत्नियों के बिस्तर से–पर आँखों देखा सबूत कहाँ? लछमा की सास और जिठानी को भी आज तक आँखों देखा सबूत नहीं मिला है। गवाह, सबूत सामने रखकर अन्य स्त्री-पुरुष में भावों का आदान-प्रदान नहीं होता, न जाने कब से। संसार चलता रहता है, अपने आप...सच झूठ...सच झूठ के पाँगण (टोटकों) के बीच। लछमा की जब धाँगड़ी उम्र (बीस-बाईस साल) थी, उसके म्पर (पति) सोमा किर्सानी की उम्र तब आठ-नौ साल की थी। लछमा भी कभी ससुर की चहेती बहू थी, जेठ की प्यारी देवरानी थी। आज धाँगड़ी बुदेइ अधबूढ़ी लछमा के म्पर धाँगड़ा सोमा किर्सानी की चहेती देवरानी है। धाँगड़ी के शरीर के यौवन की तरह धूप, वर्षा, ठण्ड, ओस, पहाड़ के सीने पर आती-जाती है...। लछमा ने सबकुछ झेला है। इसीलिए उसकी निगाह पति पर है, देवरानी पर है।

बुदेइ चाँदनी में सोमा पर पाँगण (टोटका) करती है। बुदेइ के कानों के जुनंलु (कनपासा) हिल रहे हैं। गले की उँसुंग (हँसुली) थिरक रही है, लिम्बलु (कनफूल) चमक रहे हैं।

छाती का लुबाया (माला) हिल रहा है इधर-उधर उसके नाच के साथ। उसके साथ थिरक रही है बुदेइ की नशीली धाँगड़ी छाती, देह, मन।

बाजा बजाने वाले फिने (तुरही), किडिं, टामक् बजा रहे हैं मतवाले स्वर में। लोहे का गुनुंग बज रहा है डुं-डुं-डुं, किडिं सुनाई दे रहा है डिडिं-डिडिं, पिने बज रहा है पें-पें-पें–मुँह से कोई झिझकारी मार रहा है झिं झिं झिं झिं। धाँगड़ियाँ

एक हाथ के कड़े (सुंगुराए) से दूसरे हाथ के कड़े को घिसती हैं नाच से ताल मिलाकर जं जं जं जं...। सोमा किर्सानी नशे में झूल रहा है। बुदेइ की ओर झुक-झुककर, उछल-उछलकर नाच रहा है। उसकी कमर के पीछे डेरंग (बैल की घण्टी) टिं टिं बज रही है। सोमा के पैर का आरसुंग (पनसुल), उइया (घुंघरू) बज रहे हैं छम-छम-धाँगड़ी का सीना चिहुँक-चिहुँक उठता है।

लछमा बीच में घुसकर सोमा का हाथ पकड़कर उसे नाच से बाहर ले आयी। सोमा अपने वश में नहीं था। लछमा भले ही अधबूढ़ी हो, क्या सोमा उसकी आँखों के आगे देवरानी बुदेइ की उफनती जवानी पर मटक-मटककर नाचेगा! वह बोली, "कल परब है-घर में पैसे नहीं हैं। क्या रात-भर नाचता रहेगा? घर की फिक्र नहीं करेगा डोकरा होने तक। धाँगड़ा हो चुका है। कोई गुलाइन (बालक) है क्या?"

ठाँय से सोमा का होश लौट आया। उसे याद आ गया कि पड़ेइगुड़ा के डोम डँमरू बारिक ने कहा था, बाकी पैसे आज रात लौटा देगा। दीवाली परब पर डँमरू ने सोमा से बकरी ली थी यह कहकर कि हाट में बेचकर पैसे दे देगा। आज तक नहीं दिया। कल सोमा के माँगने पर कहा था, "आज की रात आना, पैसे दे दूँगा।" लछमा याद न दिलाती तो कल डँमरू बहाना बना लेता। बण्डा को बुद्धू बनाने में डोम से कौन पार पा सकता है? उधर कहेंगे बण्डा आदमी मारते हैं। हमें डरा-धमकाकर रखा है। इधर बण्डा को ठगते हैं, बदनाम करते हैं सबके आगे।

किर्सानीपड़ा से पड़ेइगुड़ा गाँव की ओर जंगल-ही-जंगल, सुरि-सुरि दौड़ने लगा सोमा। देर होने से डँमरू दरवाजा, खिड़की बन्द करके सो जाएगा। सुबह कहेगा, 'कल आने को कहा था, आया क्यों नहीं? क्या कल का पैसा आज धरा है?' सच है। बण्डा कल की बात नहीं सोचता। आज जी जाए तो बण्डा के लिए काफी है। कल कौन जीएगा, कौन मरेगा, किसे पता है?

डँमरू खाने बैठा था। ढिबरी की रोशनी में उसका चेहरा और तरह का दिखा सोमा को। सोमा ने धमकी देने-सा कहा, "दे बे मेरी बकरी का पैसा।"

डँमरू ने मुँह में भात का कौर डालकर हकलाते हुए कहा, "अइके (इस वक्त) कहाँ से लाऊँ? मिंडिका (शाम) को कहाँ गया था?"

सोमा धप्प-धप्प खौल उठा। बोला, "तुगला (कल) तूने कहा था तुमुंग बेला (रात को) आना। इसी तरह रोज ठगता है!"

"चढ़ा रखी है क्या रे? डः डः (जा-जा), कल परब है। भार्तगा (परसों) आना।"

सोमा चीख उठा, "ठग रहा है, निंग आन् तुइतिंग!" (तुझे बींध डालूँगा।) सोमा के मुँह से बात खत्म नहीं हुई, हाथ से अफेरा ओअम् (तीर) चल गया,

भेद गया डँमरू की पसलियों को जोड़ से होकर। कलेजा बींधता हुआ पीठ में छेद करके निकल गया। भात का कौर डँमरू के मुँह में उसी तरह रह गया–प्राण निकल गये मुँह की ओर से। डँमरू जीभ दबाये लुढ़क गया। उसकी पत्नी-बच्चे दहाड़ें मार-मारकर रोने लगे। सोमा तीर की गति से भागा मुदुलिपड़ा प्रोजेक्ट ऑफिस के पास गुलंबाबू (पुलिस) के थाने की ओर। धुँधली-धुँधली चाँदनी में वह एक काले रुँगरुँगा (बादल)-सा लग रहा था। बण्डा पहाड़ पर इकतीस गाँव झूम रहे थे नाच से, गीत से, परब के नशे में। कौन मरा, किसने मारा, इतने से परब रुक नहीं जाता।

सोमा उठता-पड़ता भागता जा रहा है गुलंबाबू के पास शरण लेने। बाघ, भालू, साँप से बण्डा को जितना भय नहीं, शत्रु का उसे उतना डर है। उसने पड़ेइगुड़ा गाँव का एक आदमी मारा है। उसे भी पड़ेइगुड़ा गाँव का कोई-न-कोई मारेगा। बण्डा बदला लेने से नहीं कतराता। बाप, दादा, परदादा के शत्रु को वह जंगलों में ढूँढ़ता फिरता है। चौदह साल तक गुलंबाबू की जेल में सुरक्षित जीने के लिए सोमा दौड़ता चला जा रहा है। आदमी मारने का अपराध किया है, इसलिए नहीं दौड़ रहा है, बण्डा के कानून में आदमी मारना जुर्म नहीं, ठगना जुर्म है, रिसा करना (गुस्सा दिलाना) जुर्म है। सारे जुर्म की सजा मौत है–बींधकर मारना है।

गुलंबाबू के सामने खड़े होकर अठारह-बीस साल के सोमा ने हाँफते-हाँफते कहा, ''गुलं आनि तुल रंग तुबेन'' (पुलिस बाबू, मुझे बाँध)।

''कासाबे?'' (क्यों बे) नींद भरी आवाज में गुलंबाबू ने खीझते हुए पूछा।

''निंग रेमो तुग्तिन्।'' (मैंने आदमी मारा है)।

''पी ली थी क्या बे?''

''ओइ सर्!'' (जी साहब)।

''कि मिरिसिरिबांग?'' (किस मुसीबत में फँस गया?) पुलिस बाबू ने उससे पूछा।

सोमा ने साफ-साफ कहा, ''उसने मुझे ठगा। गुस्सा दिलाया। मैंने बींध दिया, दण्ड दिया। दोष उसका था। मैंने दोष नहीं किया, ना ही कोई पाप किया।''

पुलिस बाबू जाड़े की रात नींद से जगकर चिढ़ी हुई आवाज में बोले, ''दोष नहीं किया या पाप नहीं किया तो घर ड: ड:। कल आना।''

''आण्ड्रा, आण्ड्रा गुलं आनि, आनि जेल रुँगता।'' (नहीं-नहीं, पुलिस बाबू, मुझे जेल ले चलो) सोमा ने व्याकुल हो कहा।

आधी रात। कितनी रुँगन (ठण्ड) है! पुलिस बाबू का सिर्फ एक कमरा है। आदमी मारने वाले को रात-भर कहाँ रोककर रखेगा? बण्डा का क्या भरोसा? तिसपर चढ़ा भी रखी है, अइके आदमी मारा है, मुँह में खून लगे बाघ-सा! पुलिस

बाबू जानता है कि बण्डा आदमी मारकर छुप नहीं सकेगा। जेल गया तो आदमी मारकर चौदह साल तक भात-दाल खाकर जी लेगा। गाँव में रहने से कल नहीं तो परसों, जब भी हो, शत्रु के हाथों मारा जाएगा। बण्डा के कानून में ''शत्रु को दण्ड देना और राजा को मनाना है।'' गुलंबाबू को सोमा पर तरस आ गया। अंकुरित सलप् पेड़ की तरह गठा हुआ धाँगड़ा है सोमा किर्सानी। उम्र बीस के आसपास होगी। खरगोश के छौने-सा मासूम चेहरा है। साँझ के तारों जैसी निरीह टिमटिमाती आँखें। बण्डा कितना हिंसक-और साथ ही कितना मासूम, निरीह होता है!

गुलंबाबू ने विश्वास भरी आवाज में कहा, ''जारे सोमा जा, घर जा, कल परब मनाना ठीक से। और नशा मत करना, अब कितने बरस तक परब नहीं मना सकेगा, जानता है ना। ड: ड:-परसों भोर-भोर आ जाना मेरे पास। हम गुलं लोग कल हाथ में नाली (बन्दूक) लेकर परब देखने आएँगे। मैं देखता रहूँगा कहीं कोई तुझे बींधा-बूँधी न करे। उनके गाँव में अभी जाकर कह आऊँगा। तेरे गाँव भी आकर तेरा नाम-गाँव बाप का नाम गुलं खाते में (सरकारी खाता) लिख लाऊँगा।'' सोमा के मन में डर है, कहीं कोई उसे मार न डाले? लेकिन मन खुश है। कल-भर का दिन है, परब मनाऊँगा, खूब सापुंग पीऊँगा, धाँगड़ियों के डेरे पर जाऊँगा। जेल में दोनों बखत भात-दाल मिलेगा। किन्तु परब का मौज, धाँगड़ी-डेरे का सुख, सापुंग का मजा कभी नहीं मिलेगा।

परब के दूसरे दिन मंगलवार को उजिरिया-उजिरिया (भोर-भोर) किर्सानीपड़ा गाँव के स्त्री-पुरुष दल बनाकर गुलं-थाने आ पहुँचे। साथ था सोमा किर्सानी। उनमें थे गाँव के नायक के साथ कई मुखिया जन। दो-चार जेल से लौटे अधेड़ उम्र के खूनी, सोमा के दोस्त, धरम भाई, मीत, सोमा के पिता, चाचा, ताऊ, माँ, ताई, चाची, बुआ, बड़ी बहनें। वे लोग सोमा को गुलंबाबू से छुड़ाने नहीं आये थे, पकड़वाने आये थे। सोमा को गुलं के हाथों में सौंप दें तो सिन्ता (चिन्ता) खत्म हो। बण्डा पहाड़ से थाना जाकर आज तक जमानत पर कोई नहीं लौटा। इस बारे में बण्डा को कुछ नहीं मालूम। मालूम हो भी तो बण्डा के पास इतना पैसा नहीं, मन नहीं। आदमी मारने वालों के लिए जेलखाना ही सुरक्षित जगह है।

सोमा गुलंबाबू के सामने पालथी मारे थककर बैठा है। इस समय नशे में नहीं है। कहता है, ''मैंने आदमी मारा है। पर मेरा कोई दोष नहीं, दोष उसका है, उसने धोखा दिया है। मैंने मार दिया। अब जो करना है करो।'' सोमा का उत्साह ठण्डा पड़ गया है। चेहरा दिख रहा है रस निचुड़े उलि (आम) की तरह चिपका हुआ, निचुड़ा हुआ। कल परब खत्म हुआ है। गाँव पर परब का नशा अभी भी सवार है।-यह नशा, यह मौज, नाच-गाना और चलेगा चार-छह दिनों तक।

अब उसमें सोमा का हिस्सा नहीं है। कौन जाने और कितने सालों तक परब से, गाँव से, डंगर, झरने, लाटा (जंगल) पहाड़ से वह अलग होकर रहेगा?

बण्डा गाँव में खून होने से आतंक नहीं फैलता, आह नहीं भरी जाती। बिजली की तरह तुरन्त चमक दिखाकर पल-भर में बुझ जाती है खबर। फिर पानी-सा बरस जाता है बण्डा के दिन-प्रतिदिन के जीवन में। परब फीका नहीं पड़ता, सापुंग हल्का नहीं होता, नाच-गाने किंडिं, टाभक्, गुनुंग की गूँज थम नहीं जाती। मुर्दा पड़ा रहता है अपनी जगह। उसके घर वालों की सिन्ता (चिन्ता) है क्या करेंगे, किस तरह डॉक्टर बाबू से सरकारी कागज (पोस्टमार्टम रिपोर्ट) लाएँगे, गुलंबाबू से लाश छुड़ाएँगे, दाह-संस्कार करेंगे। इस घर में मुर्दा है, उस घर में सापुंग, सागुर (दारू), नाच-गीत।

सोमा आज गाँव छोड़कर जेल जा रहा है। इससे नाच, गीत, मौज-मस्ती नहीं थमेगी। दिन-रात सिन्दबोर में, गली-गलियारों में नाच-गीत, रस-रंग चल रहा है। सोमा के कानों में पड़ रही है सेलानियों (धाँगड़ियों) के कंगनों की जं जं आवाज। पनीली दिख रही हैं सोमा की आँखों की काली-काली पुतलियाँ।

गुलंबाबू के घर के सामने गाल पर हाथ रखे थकी-सी बैठी हैं सोमा की माँ, मौसी, बुआ, बहन। सोमा की पत्नी नहीं आयी। उसका पेट भारी है। सिन्दबोर के पास खड़ी थी गालों से खून बहाती। बण्डा के सीने में तीर लगने पर बण्डाइन की आँखों से आँसू बहते हैं कम, गालों से खून बहता है अधिक। दुःख में, कष्ट में, बण्डाइन दोनों गालों को नोच-खरोंचकर खून निकाल लेती है। आँखों के आँसू तो पल-भर में सूख जाते हैं। दुःख का निशान नहीं रह जाता आँखों में अधिक देर तक। खून का निशान काफी समय तक रहता है, दुनिया उसे देखती है, बण्डाइन के दुःख का प्रमाण-पत्र है उसके खून निचुड़े चिपके हुए बीभत्स दोनों गाल!

बण्डा के मरने या जेल जाने पर उसकी पत्नी रोती है कम दिन, बहन उससे अधिक दिन, माँ रोती है जीवन-भर, श्मशान में सोने तक। पति मरने पर बण्डाइन को यह दुःख होता है कि उसे किसी और के यहाँ जाना पड़ेगा, फिर से नया घर बसाना पड़ेगा, नयी झंझटें...! यदि पति जेल गया, तो उसकी राह देखते-देखते डोकरी हो जाएगी। किसी और के घर जाने की मनाही नहीं, पर यदि पति कसम दे गया होगा, तो पत्नी बैठी रहेगी पति के वापस आने तक चौदह साल! बण्डा सौगन्ध नहीं तोड़ता। सोमा की पत्नी लछमा भी ज्यादा नहीं रोयी उसकी यंग (माँ) की तरह। उसकी 'यंग' के गालों पर लाल खून काला पड़ चुका है दुःख से गाढ़ा होकर। बड़ी-बड़ी आँखों से वह एकटक देख रही है सोमा को।

गाँव से सभी लोग सोमा के लिए लाये हैं पेज (माँड़ मिला भात)। सोमा को खिलाकर विदा करेंगे। गाँव का पेज जेल में नहीं मिलेगा। गुलंबाबू ने सरकारी

खाते में सारा बयान टीप लिया है। अब विदा-विदी। सोमा अब ऊपर पहाड़ से नीचे समतल में जाएगा, जेल भोगेगा।

सबने सोमा को ले जाकर पासवाले पेड़ के नीचे बिठाया। सबके घर के पेज (माँड़) से जरा-जरा-सा खिलाया। सोमा ने पेज का स्वाद ले-लेकर छककर खाया। अपने गाँव के भाइयों के घर के पेज की महक सूँघ-सूँघकर खून में समा लिया। वही पेज खून बनकर उसके बदन में बह रहा है, जेल में भला यह स्वाद, यह महक कहाँ!

पहाड़ी बण्डा-थाने में जीप नहीं है। प्रोजेक्ट की जीप नीचे जा रही है। गुलंबाबू जल्दी में है। सोमा को जीप में लेकर चले जाएँ तो चौदह किलोमीटर पहाड़ी रास्ता पैदल चलने से बच जाएँगे। रास्ते में बाघ घात लगाये हुए हैं, कल भालू ने तीन-चार लोगों का मांस नोच लिया है। शरीर को कष्ट, जान को खतरा है। जीप घुँघुँआने लगी। गुलंबाबू ने आवाज लगायी, "सुरि सुरि आबे सोमा।" सोमा पेज चाटकर उठा। सोमा की यंग (माँ) ने सोमा का चेहरा दोनों हाथों से कसकर पकड़ लिया। सोमा के मुँह पे, गालों पर, चूमती जा रही है दुःख के झोंके से बेकाबू हो। आखिर कितने चुम्मे! यंग (माँ) की छाती की सिन्ता (चिन्ता), दुःख, प्यार उँड़ेलने, बहाने के लिए इतने चुम्मे भला कहाँ! खून बहे अपने सेलाँ (लाल) गाल को सोमा के गाल पर रख कुछ देर दबाये रही व्याकुल हो। सोमा के चिपके-निचुड़े गाल के गड्ढे में 'यंग' के खून से सने गाल की थोड़ी-सी लाली छप गयी। 'यंग' का प्यार, 'यंग' की व्याकुलता उसके खून के सिवा और कौन समझा सकता है?

सोमा ने किसी तरह छुड़ाया खुद को 'यंग' से। गुलंबाबू की ओर भागा। कहीं जीप चली न जाए। गुलंबाबू सोमा को जेल न ले जाकर छोड़ तो नहीं जाएँगे? मानो सोमा जेल नहीं जा रहा, जेल से भाग रहा है। गुलंबाबू खूनी के पीछे नहीं भाग रहे, खूनी गुलंबाबू के पीछे भाग रहा है। वर-कन्या की उम्र की तरह बण्डा की हर बात उल्टी है। बण्डा पहाड़ में यही तो दुःख है...

पुलिस को दुःख है कि बण्डा सच बोलता है। वकील को दुःख है कि बण्डा सच बोलता है। वकील उसे छुड़वाना चाहते पर बण्डा कहता है, "क्या मैं धरम देवता के आगे झूठ कहूँगा? मैंने आदमी मारा है, सच-सच।" बण्डा से फायदा छदाम-भर का नहीं। सोमा के पीछे-पीछे दौड़ रही हैं माँ, बहन, बुआ।

सोमा लपककर जीप में बैठ गया। फाँय से साँस छोड़ते हुए रुँधे हुए सीने को हल्का किया। अब सिन्ता नहीं। अब वह जरूर चला जाएगा जेल। सोमा को विदा करने खइरीपुट ब्लॉक ऑफिस तक जा रहे हैं जेल से लौटे गाँव के नायक, और एक बिरादरी भाई मंगला किर्सानी। वे लोग जेल की सजा काटकर देश-दुनिया

देख आये हैं। गाँव में उनका मान बढ़ा है। खातिरदारी बढ़ी ही है, कम्र नहीं हुई। वे लोग सोमा को जेल का हालचाल, शहरी खूनी, दागी के साथ निभाने का तरीका, अदब-कायदे समझाएँगे रास्ते में।

गाँव के धाँगड़ा-धाँगड़ी खड़े हैं खुली जीप के पीछे। बातचीत नहीं, आँखें दिख रही हैं रंगीन, दुःख से। जाता है साथी, ठीक से जाना, ठीक से रहना, लौटने पर मिलेंगे, बचे रहे तब ना! या फिर कौन जाने जेल ही में मिलें? आदमी मारना, न मारना क्या बण्डा के वश में है कि कोई दिल पर हाथ रखकर जोर देकर कह सके कि वह कभी आदमी नहीं मारेगा!

जीप चलने के लिए धुकधुकायी। सोमा के सीने में धक्-सी आवाज हुई। वह उदास हो उठा। गाँव पीछे रह गया। जीप धीरे-धीरे लुढ़कने लगी। संगी-साथी दौड़ रहे हैं पीछे। कोई उसकी ओर एक रुपया बढ़ा रहा है, कोई बीड़ी, कोई कंघी, अँगोछा, तो कोई बदन से जल्दी-जल्दी उतारकर अपनी मैली-फटी बनियान। चीजें कम, श्रद्धा अधिक। सोमा हाथ बढ़ाता जाता है, सब एक थैले में भरता जाता है। अलमुनियम की डोल में लबालब भरकर पेज लायी है 'यंग'-सोमा के रास्ते के लिए। घर की हाँड़ी खाली कर आयी है। पेज की डोल हिल-डुल होने पर बूँद-बूँद टपकने लगा है पेज। 'यंग' की आँखों से आँसू टपक रहे हैं बूँद-बूँद पेज के साथ, डोल के ऊपर से निकलकर। सोमा ने हाथ बढ़ाकर ले लिया पेज 'यंग' के हाथ से, उनके घर का दिन-भर का खाद्य। यह चीज अब नहीं मिलेगी, चौदह वर्ष, चौदह सुसुगिगे (माघ परब) खत्म होने तक।

जीप के रफ्तार पकड़ने तक 'यंग' जीप के अन्दर सिर करके सोमा को कुछ कहती जा रही है, समझाती है, "सिन्ता मत करना रे सोमा, दुःखी मत होना, जेल में ठीक से भात-दाल खाकर रहना। तेरी लाँडा (महुवा की दारू) मैं सँभालकर रखूँगी। तेरे सलप पेड़ों की रखवाली मैं करूँगी। तेरे बाल-बच्चों को ठीक से सँभालूँगी। तेरी किमिअ (पत्नी) कहीं और जाएगी तो जाए, मैं तो हूँ। कौन जाने-इतने बरस मैं जीऊँगी भी! मैं न भी रही तो पाटखण्डा महाप्रू हैं सिंगि आरके (सूर्य देवता) हैं, डालखाइ रास्ते की देवी मैया हैं। यदि मैं मर भी गयी सोमा, मेरी डूमा (रूह) होगी तेरे घर के बीच खम्भे में। तेरे बाल-बच्चों को संकटों से बचाती रहूँगी! तेरी राह तकती रहेगी मेरी जिओ (आत्मा) रूह बनकर। तेरा सारा कुछ जैसा है वैसा ही रहेगा। तू सिन्ता मत करना।"

सोमा का बप्पा कहाँ? आया था सबके साथ, पीछे दूर छूट गया है। दुःख में या नशे में, सोमा नहीं जानता। 'बा' (बप्पा) के लिए सोमा को कोई सिन्ता नहीं। बाप को भी सोमा की इतनी सिन्ता नहीं। सोमा का 'बा' उसकी यंग से बारह साल छोटा है। सोमा के बप्पा की उम्र ग्यारह साल थी जब सोमा यंग के पेट से

पैदा हुआ था। सोमा से उसका बप्पा ग्यारह साल बड़ा है। बप्पा असली है या नकली...असली है या नकली! सोमा की माँ सबसे बड़ी है–बप्पा से भी, बेटे से भी।...बप्पा असली है या नकली!

सोमा के बेटा-बेटी कहाँ रह गये? जब सोमा की उम्र चौदह साल की थी, उसके बेटा-बेटी रेंगने, चलने, बोलने लगे थे। अपने दोनों बेटा-बेटी से सोमा ग्यारह या बारह वर्ष बड़ा है, सोमा से काफी बड़ी है उसकी पत्नी। सोमा के बेटा-बेटी असली हैं या नकली–असली हैं या नकली! सोमा को बच्चों की इतनी सिन्ता नहीं, बच्चों को सोमा के लिए इतना दुःख नहीं। तीर-धनुष लिये चिरई के पीछे-पीछे भाग रहे हैं साथी बच्चों के साथ। सोमा की पत्नी नहीं दिख रही–वह नहीं आयी। सोमा को जेल से लौटने में ज्यादा देर होने पर वह होगी या कहीं और जा चुकी होगी, सोमा नहीं जानता। सोमा की पत्नी सच्ची है या झूठी, सच्ची है या झूठी! सोमा को किसी की सिन्ता नहीं। वह सोच रहा है अपने बारे में। अपने पेट की भूख, अपने शरीर के खून की तरह अपना दुःख भी अपना ही होता है। उसमें और किसी का हिस्सा नहीं होता। सोमा सोच रहा है अपने डंगर के बारे में, याद कर रहा है अपने सलप के पेड़, झरना, सेलानी डिंगो (धाँगड़ियों का डेरा) और सेलानियों को। अपने सुख के दिन सोमा याद कर रहा है, याद कर रहा है दोस्त-रिश्तेदारों को, परब के दिनों को, चाँदनी रात के नाच-गीतों को। बस इतना ही सोमा का दुःख है। सोमा की आँखों में डाक् (पानी) उमड़ रहा है, बण्डा पहाड़ के लिए, पहाड़ी जीवन के लिए। और किसी चीज से लगाव नहीं उसे–'यंग' के लिए भी नहीं। बण्डा इंगरबँय शादी के बाद अलग घर में रहता है। माँ-बाप को नहीं पालता, उनके बुढ़ापे का सहारा नहीं बनता। यंग के लिए सोमा का गाँव या जेल में रहना एक जैसा है। फिर भी यंग जीप के पीछे-पीछे दौड़ी चली जा रही है।

जीप ने तेज रफ्तार पकड़ ली। सोमा की 'यंग' रोने लगी। तेजी से दौड़ने लगी जीप के पीछे। पीठ में बँधे फटे कपड़े को झटककर खोल दिया व्याकुल हो। दौड़ते-दौड़ते पतले हाथ से बढ़ा दिया जीप के अन्दर, सोमा के हाथ में। फागुन माह में भी बण्डा पहाड़ में बहुत रुँगन (ठण्ड) पड़ती है। क्या जेल में इससे भी ज्यादा रुँगन नहीं होगी?

सोमा ने अजनाने ही 'यंग' के हाथ से फटा, पहना हुआ कपड़े का लत्ता ले लिया। जीप भाग चली। लत्ता सोमा के हाथ में है, 'यंग' छूट गयी पीछे। 'यंग' डबडबायी आँखों से एकटक देख रही है जीप को अपनी नजरों से ओझल होने तक। गाल खुरचने से खून और आँसू एकाकार हैं। छाती के अन्दर क्या भालू नोच

रहा है!

सोमा को अचानक कँपकँपी महसूस हुई। जीप चलने की हवा में बण्डा पहाड़ की सारी ठण्ड मानो एक साथ सोमा पर आ पड़ी। सोमा ने 'यंग' की पीठ का लत्ता ओढ़ लिया। मैले, चिकटे फटे कपड़े के रेशे-रेशे में 'यंग' की छाती की गन्ध समायी हुई है। सोमा की खुली पीठ गरमाने लगी आग तापने की तरह। 'यंग' की छाती की गन्ध के साथ 'यंग' का दुःख, प्यार, आत्मा ऊष्म-ऊष्म समाता जा रहा है सोमा के सुन्न कलेजे में...

सोमा ने सोचा–बण्डा पहाड़ में जीवन, प्यार, बाप, बेटा-बेटी, पत्नी, भाई लोग, यहाँ तक कि अपना जीवन, मिजाज भी झूठे हो सकते हैं। आकाश भी झूठा हो सकता है, आकाश को किसने पकड़ा या छुआ है? पर 'यंग' झूठी नहीं हो सकती, बाप आकाश की तरह बाहर से सच्चा हो तो भी झूठा हो सकता है, पर 'यंग' माटी-सी सच्ची है–यंग झूठी नहीं हो सकती। कहीं भी जाने पर जिस तरह माटी पैर के नीचे-नीचे चलती रहती है, उसी तरह 'यंग' भी परछाईं-सी साथ रहती है, मरने के बाद भी डूमा बनकर इर्द-गिर्द डोलती रहती है, शिकार के लिए जाने पर, महुआ के लिए जाने पर, जेल जाने पर–

यंग कभी झूठी नहीं हो सकती।

सोमा 'यंग' के पेट से जन्मा है, दुनिया जानती है। सोमा को 'यंग' के खून-मांस से आत्मा मिली है, वह जानता है।

जीप बाघ-डंगर की मोड़ घूमते ही सोमा ने देखा, डूमा की तरह दूर एक परछाईं खड़ी है, उसकी ओर ताकती। वह उसकी दुखियारी 'यंग' माँ हैं–

यंग की पीठ के मैले लत्ते पर सोमा की आँखों से आँसुओं की कुछ बूँदें टप्-टप् समा गयीं। वे आँसू किसी और के लिए नहीं, यंग के लिए थे।

आँखें

आँखें!

आँखें नहीं–बातें करने वाले दो होठ। आश्चर्य है। क्या आँखें भी बातें करती हैं?

मेरे दोनों पैर ठिठक गये। रेलिंग के बाहर दो आँखें दो होठ बनकर मानो मुझसे कुछ कह रही हैं। मैंने सुनने की कोशिश की। पर सारी सुनी हुई बातें समझ में नहीं आतीं। सारी समझी हुई बातों का जवाब भी नहीं दिया जा सकता।

उन करुण आँखों में अनेक उलाहने हैं, उन उलाहनों का जवाब कौन देगा? तैयारी न होने की वजह से शिक्षक के सरल सवाल का जवाब न दे पाकर अन्य-मनस्कता का बहाना करके, शिक्षक की नजर बचाकर बच निकलने की कोशिश करने वाली पढ़ाईचोर छात्रा-सी मैं उन कैफियत माँगने वाली आँखों को न देखने का बहाना करके उस विशाल दीवार-घिरे दो-मंजिले भवन के गेट की ओर बढ़ गयी। वे दोनों आँखें रह गयीं उस विशाल भवन की अकेली कोठरी की खिड़की की रेलिंग के उस पार।

गेट खोलकर अन्दर जाने से पहले मैं रुक गयी। गेट के सामने कल की तरह वह अबोध अपरिचित बालक हाथ में गिट्टी लिये जमीन पर लकीरें खींच रहा था। बैठे-बैठे अपने चारों ओर एक सुन्दर वृत्त बनाया है उसने। वह वृत्त मानो गेट के अन्दर उसके प्रवेश-निषेध की चेतावनी हो।

दरबान ने गेट थोड़ा खोलकर पकड़ा। लड़के के दोनों होठों पर मुस्कान बिखर गयी। होठ कुछ खुले। मैं अन्दर चली गयी। गेट फिर बन्द हो गया। लड़के के होठ भी बन्द हो गये। सिर झुकाकर वह जमीन पर लकीरें खींचने लगा।

मेरा काम खत्म होने तक दिन का एक बज चुका था। वह लड़का उसी तरह सिर गड़ाये चिलचिलाती धूप में बैठा एकाग्रचित्त जमीन पर लकीरें खींच रहा था। बेचारा, न जाने किसका लावारिस बच्चा होगा! अभी उसकी स्कूल जाने की उम्र है। इतनी एकाग्रता से यदि पढ़ता होता, तो कौन कह सकता है कि एक दिन

वह इस देश का एक उज्ज्वल सितारा बनकर न चमक उठे?

किसे समय है इस लड़के का परिचय पूछने का? समय तो भाग रहा है। उसके साथ-साथ हम भी भाग रहे हैं जी-जान से। किन्तु यह बात सच है कि समय के साथ कितनी ही प्रतियोगिता करके दौड़ने पर भी हम सभी निर्दिष्ट पथ के यात्री हैं। फिर भी इस दौड़-प्रतियोगिता का अन्त कहाँ?

कलाई घड़ी की ओर देखकर दौड़ना शुरू करने से पहले अचानक मेरा ध्यान उस लड़के की ओर आकर्षित हुआ। लड़के ने एक लकड़ी की डण्डी से जमीन पर बड़े-बड़े अक्षरों में लिखा है, ''मेरी माँ पागल नहीं है-मेरी माँ पागल नहीं है।'' मेरे पैर ठिठक गये। इस महिला पागलखाने के हर रोगी की केस-हिस्ट्री मेरी फाइल में दर्ज है। पर इस अबोध बालक ने पागलखाने के गेट के सामने यह क्या लिखा है? मैंने उसके निकट जाकर सवाल किया, ''ए लड़के! तू यहाँ बैठा क्या कर रहा है? अपने घर क्यों नहीं जाता?''

''मैं अपनी माँ को साथ लेकर जाऊँगा। माँ को वे लोग छोड़ नहीं रहे। मैं घर जाकर क्या करूँगा?'' लड़के ने जवाब दिया।

''क्या तेरी माँ यहाँ है?'' मैंने सवाल किया। लड़के ने सिर हिलाया। मैंने पूछा, ''कौन है तेरी माँ? क्या नाम है उसका?''

''माँ तो माँ है। उसका और क्या नाम होगा?'' लड़के ने झट जवाब दिया। मैंने प्यार से सवाल किया, ''तेरे बप्पा तेरी माँ को क्या कहकर बुलाते हैं?''

''बप्पा!'' लड़के ने चौंककर देखा। मानो मैंने बप्पा के बदले बाघ कह दिया हो। दूसरे ही क्षण वह आश्वस्त हुआ कि उसका बप्पा यहाँ नहीं है। उसने झिझकते हुए कहा, ''बप्पा माँ को किसी एक नाम से नहीं बुलाता, दिन में बुलाता है-अबे सुन जा...''

''और रात में?'' मैंने मजाक में सवाल किया।

''रात में? रात में बुलाता है-हरामजादी, कुलक्षणी...।'' वह लड़का कहते-कहते रोने लगा।

बात ऐसी होगी, मैं सोच नहीं सकती थी। मैं पसोपेश में पड़ गयी। लड़के की पीठ थपथपाते हुए पूछा, ''अच्छा, अच्छा! कुछ खाया है?''

''बप्पा की जेब से जितने रुपये निकालकर गाँव से भागा था, गाड़ी का खर्चा देने के बाद दो दिन खा-पी लिया। आज एक भी पैसा नहीं है।'' लड़के ने झेंपते हुए कहा।

एक अदम्य कुतूहल से मैं लड़के को अपने साथ घर लिवा लायी। अपने साथ लिवा लाने से पहले लड़के को वचन देना पड़ा कि उसकी माँ को जल्दी

ही छुड़वाने की क़ोशिश करूँगी। खा-पी लेने के बाद लड़के का मन स्थिर होने पर मैंने सवाल किया, "अच्छा राजू, तेरे बप्पा का नाम क्या है?"

राजू पुनः चौंक उठा। सन्देह भरी निगाह से मेरा चेहरा देखता रहा। उसके बाद डरते हुए मुझसे सवाल किया, "मैं यहाँ हूँ, क्या आप यह खबर बप्पा को भेज देंगी?"

मैंने राजू की पीठ पर थपकी देकर आश्वासन दिया, "अरे नहीं-नहीं। तेरे बप्पा का नाम मालूम हो तो तेरी माँ को पहचानने में मुझे आसानी होगी।" राजू का चेहरा खिल उठा। मुझे लगा उसने मेरी बात पर विश्वास कर लिया। दूसरे ही क्षण उसने अपने बप्पा का नाम बताया। उसके कहने के लहजे ने मुझे चकित किया। मानो वह अपने बप्पा का नाम लेने तक को तैयार नहीं।

मैंने प्यार से पूछा, "राजू! क्या तेरे बप्पा तुझे प्यार नहीं करते?"

राजू का सुन्दर, कोमल, अबोध चेहरा घृणा, गुस्से, यन्त्रणा और भय-मिश्रित आवेग से विकृत हो उठा। उसने बेखातिर-सा कहा, "बप्पा किसी से प्यार नहीं करते...मुझसे नहीं...मेरी दीदी से नहीं...मेरी दोनों छोटी बहनों से नहीं और माँ से भी नहीं। इसीलिए वह मेरी माँ को लाकर पागलखाने में छोड़ गया है। उसे लिवाने नहीं आता। परन्तु मैं जानता हूँ, मेरी माँ पागल नहीं है।" राजू की आँखों में आँसू भर आये माँ की बात कहते-कहते।

मैंने धीरे से कहा, "पागलखाने में सभी पागल होते हैं। इसकी जाँच डॉक्टर खुद करते हैं। तुझे कैसे मालूम कि तेरी माँ पागल नहीं है?"

निकट अतीत में देखी फिल्म की कहानी याद करने-सा साँझ के आसमान के एकाकी नक्षत्र को देखते हुए राजू धीमी आवाज में स्वगतोक्ति कर रहा था, "नहीं, मेरी माँ पागल नहीं हो सकती। रोज की तरह वह मुझे अपनी गोद में बिठाकर खाना खिलाती। रात में ढिबरी जलाकर मुझे पढ़ाती। बप्पा को सुनाई न देने-सा धीरे-धीरे कहती-'राजू, मेरे बेटे, मन लगाकर पढ़। एक दिन तू बड़ा आदमी बनेगा। अपने बप्पा की तरह नशाखोर शराबी मत बनना। भले-बुरे, न्याय-अन्याय की पहचान ठीक से करना। बड़ा होकर तू ही मेरा दुःख दूर करना।' रात को अँधेरे में मुझे भींचकर माँ सिसक-सिसककर रोती। मेरी नींद खुल जाने पर माँ आँसू पोंछकर कहती, 'सपना देखकर रो रही थी, सो जा मेरा राजा बेटा!' और कभी-कभी आधी रात को...", राजू रुक गया। कोई भयावह बीभत्स दृश्य देख लेने-सा विवर्ण हो गया उसका चेहरा।

मैंने उसे अपने करीब बिठा लिया। उसका डर दूर करने-सी बोली-"मैं तेरे पास बैठी जो हूँ। बोल, क्या होता है कभी-कभी आधी रात को?"

राजू ने मेरा एक हाथ जकड़कर पकड़े हुए बहुत धीमे-धीमे कहा, "कभी-

कभी आधी रात को माँ की बिलख भरी रुलाई और बप्पा की गर्जन से हम सबकी नींद खुल जाती। माँ को पीटते-पीटते लहूलुहान कर देता बप्पा! हम सभी बच्चे एक साथ रोने लगते तो बप्पा हमें भी बिछौने से घसीटकर पीटता। उस वक्त बप्पा आदमी नहीं होता, जानवर बन जाता है। बप्पा की मार से बचाने के लिए माँ रणचण्डी की तरह बप्पा के सामने आकर खड़ी हो जाती। चीखती-चिल्लाती, बप्पा को नोचने लगती। एक दिन बप्पा का हाथ दाँतों से काटकर खून निकाल दिया था माँ ने। उसके बाद का बप्पा का भयानक चेहरा और माँ पर जो निर्दयता-भरी मार पड़ी...'' राजू के हाथ बर्फ की तरह ठण्डे पड़ने लगे थे। चेहरा सादे कागज-सा रक्तहीन। राजू काँपता हुआ घुटनों में मुँह छुपाकर शिथिल पड़ गया। मानो उसके किशोर मन की कोमल शाखा-प्रशाखाएँ बाप के निष्ठुर रौद्र ताप से जल-भुनकर राख बन रही हों!

मैं राजू को दिलासा देकर, उसे वहीं घर में छोड़कर पागलखाने की ओर चल पड़ी।

सिस्टर की मदद से राजू की माँ का पता लगाया। प्रतिदिन पागलखाना आते वक्त निचली मंजिल की उसी एकान्त कोठरी की खिड़की की रेलिंग से जिसकी आँखें बाहरी जगत् को ताकती रहतीं, जलती, धधकती हुई कठोरता से, वही है राजू की माँ। उसके साथ इण्टरव्यू करने की इजाजत माँगते ही सिस्टर ने बेहिचक मना कर दिया। विमला इतने तीव्र मानसिक रोग से पीड़ित है कि पागलखाने की तमाम सुरक्षा-व्यवस्थाओं के नियन्त्रण से बाहर जा चुकी है। इसीलिए उसे बिल्कुल अलग कोठरी में कैदी के रूप में रखा गया है।

अन्त में बड़ी मुश्किल से अधिकारियों की अनुमति मुझे मिल गयी। दरवाजा खुलते ही विमला ने खिड़की की ओर से मुँह फेरा। उसकी दोनों धधकती आँखें मुझ पर टिक गयीं। एक अज्ञात भय से मैं अन्दर-ही-अन्दर सिहर उठी। उसके चेहरे के हाव-भाव बीभत्स होने लगे। मानो वह पल-भर में मुझ पर झपट पड़ेगी। मैंने खुद को सँभालते हुए कहा, ''मैं इस अस्पताल की कोई कर्मचारी नहीं हूँ। मैं तो समाजशास्त्र की अध्यापिका हूँ। शोध-कार्य के लिए यहाँ आयी हूँ।'' अचानक जोरों से हँसने लगी विमला। मानो उस हँसी का कोई अन्त न हो, उसके बाल अस्त-व्यस्त हो गये थे। पर इस ओर उसका ध्यान नहीं था। मैं किंकर्त्तव्यविमूढ़ होने ही वाली थी कि मेरे मन में एक खयाल आया। मैंने शान्त स्वर में कहा, ''राजू गाँव से भाग आया है। वह मेरे पास है।''

आग की लपटें पानी की धार के स्पर्श से कुछ ही देर में बुझ गयीं। राजू की माँ सहसा ठीक हो गयी। मुझे स्थिर निगाह से देखते हुए बोली, ''उसे आपने क्यों रोक लिया? क्या उसे भी पागलखाने में भर्ती करवाएँगी?''

मैं साहस बटोरकर अन्दर गयी। शान्त स्वर में बोली, ''राजू ने कसम खायी है कि तुम्हें साथ लिये बगैर गाँव वापस नहीं जाएगा। बाप की जेब से रुपये चुराकर भाग आया है।''

राजू की माँ ने असहाय स्वर में कहा, ''उसका बाप उसे वापस लेने आ पहुँचेगा। पर वह उस नरक में आसानी से लौट जानेवाला लड़का नहीं। अपने बाप को देखकर न जाने वह क्या कर बैठे, मैं कल्पना तक नहीं कर पा रही। अन्त में उसे भी मेरी तरह पागलखाने में भर्ती करा जाएगा वह शैतान।''

मैंने अपनत्व भरी आवाज में कहा, ''लगता है तुम पूरी तरह स्वस्थ हो। तुममें किसी तरह की मानसिक विकृति का लक्षण नहीं है।''

वह अचानक गर्म हो उठी, ''मेरा मजाक उड़ा रही हैं?''

''नहीं, मेरा विश्वास करो।'' मैंने थूक निगलते हुए कहा। वह मेरा चेहरा देखती रही कुछ देर।

मेरी आँखों में अपनत्व का स्पर्श पा वह पुनः शान्त हो गयी। अवसाद भरे स्वर में बोली, ''गलती से हो या ठीक से, जो इस पागलखाने में एक बार भर्ती करा दिया जाता है वह फिर जिन्दगी-भर हँस नहीं सकता, रो नहीं सकता, मान-अभिमान व्यक्त नहीं कर सकता। जब भी कुछ करता है, सभी सोचते हैं, उसका पागलपन शुरू हो गया। उसके बाद मेरी जैसी हालत। और इस पागलखाने की एकान्त कोठरी। ठीक होकर घर लौट जाने पर फिर उन्हीं पुरानी बातों की पुनरावृत्ति, अनसुलझे गणित की तरह फिर सारा कुछ गड़बड़-सड़बड़। कितना ही सजाया जाय, सब बिगड़ जाता है। माँ एक बार पागलखाने चली जाए तो बच्चों की भी कम दुर्गति नहीं होती। मेरे राजू की भी वही हालत है। बात-बात पर उसके दोस्त-यार, भाई बन्धु, स्कूली लड़के और शिक्षक उसकी जरा-सी गलती पर कटाक्ष करते हैं, माँ तो पगली है। लड़का कहाँ से ठीक होगा? कौन कह सकता है लड़का भी पागल नहीं? कभी-कभी राजू ऐसी बातों से इस कदर तिलमिला उठता कि मेरे मन में भी सन्देह होने लगता कि कहीं वह सचमुच पागल तो नहीं हो जाएगा। और अब तो वह घर छोड़कर भाग आया है। अब उसे कोई नहीं बचा सकता।'' वह विवश होकर खाट पर बैठ गयी।

मुझ पर उसने विश्वास कर लिया है, सोचकर मैं भी कुर्सी पर बैठ गयी, उसके सामने। मैंने नरम गले से कहा, ''तुम्हारी बातें अक्षरशः सही हैं। लगता है तुम काफी पढ़ी-लिखी भी हो। तुम जरा भी पागल नहीं हो। राजू ठीक ही कहता था, उसकी माँ पागल नहीं है।''

''ऐसा राजू कहता था?'' विमला की आँखों से खुशी के आँसू बह चले।

मैंने कहा, ''तुम यहाँ क्यों रुकी हुई हो, मेरी समझ में नहीं आता। अब तो तुम पूरी तरह ठीक हो चुकी हो।''

उसने चिहुँकते हुए कहा, ''तो क्या आप सोचती हैं कि पहले मैं पागल थी? इस पागलखाने में कोई भी पागल नहीं है। जो लोग पागलखाने से बाहर हैं, वे ही लोग पागल, विकारग्रस्त, अस्वस्थ हैं। हमारा जब मन करता है, हम हँसते हैं, हँसते-हँसते दम निकल जाता है। और जब मन करता है, रोने लगते हैं, रोते-रोते बेहाल हो जाते हैं। किसी को चाहने लगते हैं तो उसके लिए जान तक दे देते हैं, घृणा करते हैं तो उसकी जान लेने में पीछे नहीं हटते। जबकि आप लोग ठीक इसका उल्टा करते हैं। अन्दर-ही-अन्दर जलते वक्त आप लोगों के ऊपरी चेहरे पर मीठी मुस्कान बिखरी होती है। दूसरों के दुःख से खुश होने पर मगरमच्छी (घड़ियाली) आँसू बहाते हैं। आप लोगों का स्नेह, प्रेम, हँसी, रुलाई, बातचीत, वादा सब झूठे हैं। आप लोगों के मुँह की बात और मन की बात एक नहीं है। तो फिर बताइए, कौन है अस्वस्थ? कौन है पागल?''

मैं हतप्रभ-सी देखती रही राजू की माँ को। इसे कौन पागलखाने में भर्ती करा गया? विमला आपबीती सुनाने लगी–

''हाई स्कूल करते समय मेरी शादी हो गयी। कम उम्र में अनेक सपने सँजोये मैं पति के घर गयी। मैंने नहीं सोचा था कि तरुण उम्र के सपने इतने झूठे होते हैं। जोरों की ठेस पहुँची मन को। सहसा मुझे लगा, औरत एक पालतू जानवर है। मुँह बन्द करके काम करते रहना, जीने के लिए जितना खाने की जरूरत है, उतना मिल जाना ही पर्याप्त है। लेकिन मैं किसी भी सूरत में खुद को मनुष्य की जगह पालतू जानवर नहीं बना पायी। मुँह बन्द किये काम करते रहने पर भी मेरे अन्दर एक भीषण प्रतिक्रिया का अन्तःप्रवाह चलता रहता।

''पति के बुरे स्वभाव और बुरी आदतें जानने में मुझे अधिक समय नहीं लगा। रात को वे नशे में धुत् होकर लौटते, उसके बाद मुझसे अनचाहा दुर्व्यवहार करते। मैं देखा करती थी एक सुखी छोटे परिवार का सपना। पर पति की अदूरदर्शिता के कारण मुझे एक के बाद एक चार बच्चों को जन्म देना पड़ा। राजू एकमात्र पुत्र है। तीन कन्याओं को जन्म देने के कारण मेरी दुर्दशा और बढ़ गयी। मानो कन्याएँ पैदा करने का कसूर सचमुच मेरा ही था। उसके बाद अभाव, दारिद्र्य, अनाहार और बच्चों के दुःख-कष्ट के बीच मैं पिसती चली गयी। पति ने सोचा कि बच्चा पैदा होते ही पिता बनने का कर्तव्य पूरा हो गया। किन्तु मैं माँ होकर ऐसा नहीं सोच सकी, बच्चों के मुँह में मुट्ठी-भर खाना डालने के लिए

मैं रात-दिन यन्त्र-सी खटने लगी। फिर भी मेरे मन में कई सपने थे। राजू पढ़ेगा और अपने पैरों पर खड़ा होगा, मेरा दुःख दूर होगा...। कष्ट से अर्जित पैसों से कुछ-कुछ बचाकर जमा करने की धुन मुझ पर सवार होने लगी। इस बात का पता मेरे पति को लगा तो मेरी दुर्दशा अन्तिम सीमा तक पहुँच गयी। उन्होंने घर में पैसा देना बन्द कर दिया। बल्कि मुझसे रुपये वसूलने की कोशिश करने लगे।...देखेंगी उसका प्रमाण?'' उन्होंने अपनी नंगी पीठ मुझे दिखायी। मैं देख नहीं सकी। पूरी पीठ उस निर्मम व्यक्ति के अत्याचार से क्षत-विक्षत थी।

मैं चुपचाप बैठी रही। कुछ देर रुककर उसने कहा, ''आखिर कब तक सहती? रक्त-मांस का ही तो शरीर है। कभी-कभी इच्छा होती कुछ दिनों तक आराम करने की। मैं बहुत कमजोर होने लगी थी दिन-प्रतिदिन। पर यदि मैंने आराम किया तो घर कैसे चलेगा? एक दिन रात को रोटी सेंकते समय सोचा कि यदि मेरे ये दोनों हाथ बेकार हो जाएँ तो मुझे आराम करने को मिल जाएगा। पति अपने बच्चों को खाना न देकर क्या करेगा? सहसा एक आवेग की झोंक में कोयले की आँच की लकलक करती आग में अपनी हथेलियाँ झोंककर मैं बेहोश हो गयी।

''वही थी मेरे पागलपन की शुरुआत। सबने कहा, मैं पागल हो गयी हूँ। जिस दिन अपने अन्दर अवांछित पाँचवीं सन्तान का अहसास हुआ, उस दिन मेरे मन की गहराई में अपने पति के प्रति तब भी बचा मोह घृणा और असहिष्णुता में बदल गया। मुझे लगा, मैंने किसी खूनी मुजरिम का हाथ थामा है। वह तिल-तिल करके मार रहा है मुझे, मेरे बच्चों को। अपने दिल में दबे आक्रोश, घृणा को मैं प्रकट कहाँ करूँ? पति के पशुत्व के आगे तो बिल्कुल असहाय थी। अपनी उत्तेजना का सारा आवेग मैंने उतार दिया खुद पर, घर की निर्जीव चीजों पर।

''उस दिन रात को जब पति नशे में धुत् होकर लड़खड़ाते हुए घर लौटे, सारी चीजें टूट-फूट चुकी थीं। बच्चे दरवाजा बन्द करके फूट-फूटकर रो रहे थे, मेरा प्रचण्ड रूप देखकर। इससे पहले कि पति मुझसे कुछ कहे, मैंने पहले ही उस पर धावा बोल दिया और उसका मुँह नोच लिया। उसके बाद यह पागलखाना। पहली बार कुछ दिनों के बाद छूटकर घर चली गयी थी। किन्तु फिर उसी कहानी की पुनरावृत्ति होने लगी। बड़ी लड़की विवाह योग्य हो गयी। बस्ती के लड़कों की आँखें उस पर टिकी रहतीं। राजू दिन-प्रतिदिन कुछ बदलने-सा लगा। पिता को देखकर मुट्ठियाँ बाँध लेता, दाँत किटकिटाता, घर से बाहर जाकर अपना गुस्सा और आवेश उतार आता किसी निर्दोष बच्चे पर। राजू के चलते बस्ती में रोजाना मार-धाड़, फौजदारी मची रहती। सबके मुँह में वही बात होती, माँ तो है ही पगली, बेटा भी पगला जाएगा। राजू के पिता की नामर्दानगी मैंने तो सहन कर ली थी, पर राजू को वैसा कुछ होगा, यह बात मेरी सहनशक्ति से परे थी।

एक दिन मैंने अचानक सोचा–यदि मैं वाकई पागल हो जाऊँ तो इतना सारा दु:ख मुझे सहना नहीं पड़ेगा। सारे दु:खों से मुक्ति मिल जाएगी।

''उसके बाद वही काण्ड और बारम्बार पागलखाने में बन्दी जीवन। पर मैं पागल नहीं हुई, मुझे सबकुछ याद है। इस पागलखाने में मैं अपने मासूम बच्चों को याद करती रहती हूँ। राजू के बप्पा मुझे लेने नहीं आते। डॉक्टर कहते हैं कि मेरा पागलपन ठीक नहीं हुआ है। इसलिए अब मेरा सारा गुस्सा डॉक्टरों पर है। ये लोग मुझे अधिक कष्ट देते हैं, मेरे कष्ट को कम नहीं कर पाते।''

राजू की माँ की बातें खत्म हो गयी थीं। मुझे और कुछ नहीं कहना था। यह समस्या राजू की माँ की व्यक्तिगत समस्या नहीं है। यह एक गम्भीर सामाजिक समस्या का रूप धारण कर चुकी है। मैं सम्भवत: राजू की माँ को आजाद करके ले जा सकती हूँ, पर उसके घर के उस दूषित परिवेश को नहीं बदल सकती। उसे फिर यहीं लौट आना पड़ेगा। मैं असहाय-सी बैठी रही। उसने कहा, ''मैं जानती हूँ, आप मेरे बारे में लम्बा लेख लिखेंगी, कहानी लिखेंगी, भाषण देंगी, वाहवाही लूटेंगी। किन्तु मेरी समस्या का समाधान नहीं कर पाएँगी। मेरी तो बस इतनी ही विनती है कि राजू को बचा लीजिएगा, ताकि अन्त में उसे भी पागल न बना दिया जाए।''

मैं उससे कोई वादा नहीं कर सकी। मेरी मुलाकात का समय खत्म हो चुका था। डॉक्टर, नर्स, और दो परिचर आ पहुँचे। विमला को इंजेक्शन देने का समय हो चुका था। मानो सहसा उसके अन्दर एक विराट विस्फोट हो गया। वह परिचरों पर झपट पड़ी, चीखने लगी, गन्दी गाली-गलौज करने लगी। उसकी वे सुन्दर आँखें भयावह हो उठीं। उसे जोर-जबर्दस्ती से इंजेक्शन लगाया गया। दूसरे ही क्षण वह शान्त पड़ गयी। बिस्तर पर लेटकर सिसक-सिसककर रोने लगी। उस असह्य दृश्य से पीठ फेरकर बाहर जाने लगी तो पीछे से सिस्टर ने कहा, ''रुकिए, थोड़ी देर बाद फिर से हँसी का फुहारा छूटेगा। हम सब मूर्ख, बुद्धू, जानवर हैं, कहकर इस तरह हँसेगी कि आप खुद भी पागल हो जाएँगी।''

मैंने धीरे से पूछा, ''वह यहाँ और कितने दिनों तक रहेंगी?''

''शायद जीवन-भर। पति वापस ले जाने को तैयार नहीं है। उसका पति कहता है कि पगली को घर में रखकर क्या करूँगा? पर यदि वह आदमी हमारे साथ जरा भी सहयोग करे तो यह पूरी तरह ठीक हो सकती है। खैर छोड़िए, बहुत-से हैं ऐसे केस हमारे पास।''

लम्बी साँस छोड़ती हुई मैं बाहर चली आयी। रात में राजू की माँ की

केस हिस्ट्री के साथ उसकी आपबीती को मिलाकर देखा तो हताशा हुई। राजू के पिता ने जो केस हिस्ट्री दी है, वह सही नहीं है। ऐसे में भला डॉक्टर बीमारी ठीक कर पाएँगे?

अगले दिन सुबह राजू फिर जा पहुँचा पागलखाने के गेट के सामने। उसी तरह बैठा लकीरें खींचता रहा जमीन पर। मैंने उसके बाप के पते पर पत्र डाल दिया था। बेटे को ढूँढ़-ढूँढ़कर वह बेचारा परेशान होगा। वह आया तो राजू को समझा-बुझाकर साथ भेज दूँगी। उस आदमी को भी आदतें बदलने के लिए कहूँगी, ऐसा निश्चय किया।

दोपहर एक बजे अस्पताल से लौटते समय राजू उसी तरह लकीरें खींच रहा था जमीन पर। तीन दिनों से वह मेरे घर पर थोड़ा-सा खाना खाकर पागलखाने के सामने आकर बैठ जाता है। आज शायद उसका बाप आ पहुँचे। दोपहर को जब मैं आराम कर रही थी तब हठात् एक दारुण कोलाहल सुनाई दिया। मैं बाहर आयी। पागलखाने के सामने भीड़ इकट्ठी थी। मैंने जल्दी-जल्दी भीड़ हटाकर अन्दर जाते हुए पूछा, ''क्या हुआ?''

किसी ने कहा, ''एक लड़का पागल हो गया है। पढ़ाई छोड़कर घर से पैसे चुराकर करीब आठ दिन पहले अपने गाँव से भाग आया था। आज अचानक गुस्से में 'बाघ, बाघ' चिल्लाकर उसने पत्थर से मार-मारकर कई लोगों को घायल कर दिया। एक आदमी का सिर फट गया है, दाँत काटकर खून निकाल दिया उसका। न जाने उस लड़के के शरीर में इतनी ताकत आयी कहाँ से?''

जिस आदमी को सिर पर चोट लगी थी, वह अँगोछा सिर पर दबाये हुए तपाक् से बोला, ''पगली का बेटा भला ठीक कैसे होगा? भर्ती कर दो पागलखाने में। एक काँटा निकला।''

''मैंने पूछा, तुम कौन हो?''

''मैं उसी कुलांगार बेटे का बाप हूँ। बदनसीबी से ऐसा बेटा जन्मा है।'' वह आदमी अपनी बात कहकर वहाँ से धप-धप करता चला गया बेपरवाह-सा। राजू को पागलखाने के शिशु वार्ड में भर्ती कराया गया था।

मैं अपराधिनी-सी सिर झुकाये लौट आयी। खिड़की के उस पार दो स्थिर निश्चल आँखें थीं, आँखें नहीं, मानो वाकई दो आरोपपत्र हों, जिनका कोई उत्तर नहीं था।

एक्सिडेण्ट

यह कहानी आज कह रहा हूँ, क्योंकि प्रवीर बाबू की मानसिक स्थिति इन दिनों ठीक नहीं है। कहीं कही हुई बात न जाने कहाँ तक पहुँच जाती है, उस तरह भी यदि यह कहानी उनके कानों तक पहुँच जाती, तो वह ठेस निश्चित ही उनके व्यथित हृदय को झकझोरकर उनके स्वस्थ मन को विकारग्रस्त कर देती, इसमें जरा भी सन्देह नहीं। यह घटना मेरे मन में लगातार दस्तक देती रहती, पर इसी डर से मैंने अब तक प्रकट नहीं की थी। पर आज वह डर नहीं है। बल्कि इस कहानी की ठेस से उनके विकारग्रस्त मन की फिर से स्वस्थ होने की सम्भावना हो सकती है, सोचकर यह कहानी कह रहा हूँ।

इस कहानी का नायक कुछ हद तक आज का आधुनिक आत्मकेन्द्रित कोई भी व्यक्ति हो सकता है। बस कुछ उन्नीस-बीस हो सकता है। इसलिए मैं शुरू में ही सभी पाठक मित्रों से क्षमा माँग लेता हूँ। क्योंकि इस कहानी में बिलावजह किसी पर आक्षेप करना मेरा उद्देश्य नहीं है। यह प्रवीर बाबू की आपबीती घटना है। बात यों है–

मेरी नयी फिएट आने के बाद मैं मन-ही-मन भावग्राही जैसा कोई विश्वासी और दक्ष ड्राइवर ढूँढ़ रहा था। मेरा विज्ञापन देखकर स्वयं भावग्राही को प्रार्थी के रूप में अपने सामने देख खुश होने की बजाय विस्मित हुआ। भावग्राही बहुत पुराना ड्राइवर है प्रवीर बाबू का। क्योंकि प्रवीर बाबू की गाड़ी की उम्र और भावग्राही का प्रवीर बाबू के यहाँ नौकरी करने की उम्र बराबर है। प्रवीर बाबू की मुनीम के रूप में जितनी ख्याति थी, भावग्राही की ड्राइवर तथा नौकर के रूप में कहीं अधिक ख्याति थी।

प्रवीर बाबू के मुँह से भावग्राही की ईमानदारी और ड्राइवर की दक्षता की कहानियाँ सुन-सुनकर उनके मित्रगण विस्मित, पुलकित और ईर्ष्यान्वित होते थे। प्रवीर बाबू की मुनीमी का यश भी किसी से छिपा नहीं था। इसलिए भावग्राही का प्रवीर बाबू की नौकरी छोड़कर चला जाना, किसी भी तरह मैं

आसानी से स्वीकार नहीं कर पा रहा था। इतने दयालु, खुले दिलवाले मालिक की बीस वर्ष की लम्बी नौकरी छोड़कर वह जिस भी अभाव के कारण क्यों न चला आया हो, मैं उसके अभाव की पूर्ति कर सकूँगा, उस बारे में खुद ही असमंजस में पड़ गया था, क्योंकि प्रवीर बाबू जैसा मालिक शायद मैं न हो सकूँ।

सूखे गले से मैंने सवाल किया, ''पर तुम प्रवीर बाबू की नौकरी छोड़कर आ सकते हो, यह भला कभी उम्मीद की जा सकती है?''

भावग्राही ऐसे सवाल का सामना करने के लिए पहले से पूरी तरह तैयार था। फिर भी कुछ रुँधे हुए गले से उसने जवाब दिया, ''साहब! सारी बातें खोलकर नहीं कही जा सकतीं। मेरे साहब की तरह के मालिक मुझे हर जन्म में मिलें...पर मैंने उनकी कुछ आदतों से घबराकर अपनी इच्छा से इतनी पुरानी नौकरी छोड़ दी। लेकिन मुझसे उस बारे में कुछ मत पूछिएगा।''

मैंने देखा कि भावग्राही की आकाशरूपी आँख में बरसाती बादल उमड़ उठे हैं। जल-धारा भू-स्पर्श करे कि इससे पहले भावग्राही सलाम करके मुँह फेरकर चला गया नौकरी के लिए अनुरोध करके।

सोचा कि आखिर किस गोपनीय दुःख से भावग्राही दुःखी है? किस वजह से वह प्रवीर बाबू की नौकरी ठुकराकर मेरी शरण में आया है? प्रवीर बाबू मेरे घनिष्ठ मित्र हैं, कहना अतिशयोक्ति नहीं होगी। क्योंकि मैं उनके व्यक्तित्व का एक प्रशंसक था। और वे थे मेरे एक शुभाकांक्षी। भावग्राही को नौकरी पर रखने से पहले प्रवीर बाबू से एक बार पूछ लेना उचित और भद्रोचित होगा, सोचकर मैंने उनसे पूछा। मानो भावग्राही की प्रशंसा से प्रवीर बाबू को चोट पहुँची। लेकिन परम आनन्द से उनका दर्द भरा चेहरा क्षण-भर के लिए बरसाती आकाश में बिजली की चमक की तरह उज्ज्वल दिखाई दिया। उन्होंने गद्‌गद होकर कहा, ''तो भावग्राही सही जगह पहुँच गया। मेरे घर से उसकी रोजी-रोटी खत्म हो जाने के बाद मुझे उसकी काफी चिन्ता थी। बेचारा गरीब आदमी, पाँच लोग हैं परिवार में। किसी भी कारण से वह मेरे यहाँ से क्यों न चला गया हो, ड्राइवर के तौर पर उससे अधिक योग्य आदमी आपको कहाँ मिलेगा। किसी व्यक्तिगत कारण से मेरे यहाँ से भले ही वह खुद ही चला गया हो, मेरे मन में उसके प्रति कोई द्वेष नहीं। यदि आप उसे अपने यहाँ रख लें तो मैं कृतज्ञ होऊँगा।''

प्रवीर बाबू की बातों में जरा भी अतिशयोक्ति नहीं थी। एक-एक शब्द में भरा था उनके हृदय का उच्छ्‌वास। पर किस वजह से भावग्राही उनके यहाँ से चला आया, यह न जान पाने के कारण मुझे मन-ही-मन कुछ अटपटा-

सा लग रहा था। सोचा कि यदि इस महँगाई में भावग्राही ने तनख्वाह बढ़ाने को कहा होगा और प्रवीर बाबू उससे सहमत न हुए हों, तो ऐसे में भावग्राही को नौकरी पर रखना क्या मेरे लिए कुछ अधिक महँगा नहीं पड़ेगा?

लेकिन जब भावग्राही ठीक उतने ही रुपये में नौकरी के लिए तैयार हो गया जितने उसे प्रवीर बाबू से मिलते थे, तब मेरी वह आशंका भी निराधार साबित हुई।

जो भी हो, भावग्राही को मेरे ड्राइवर के रूप में नियुक्ति मिल गयी। कोई भी कारण क्यों न रहा हो, भावग्राही प्रवीर बाबू की किसी बुरी आदत से परेशान होकर ही उन जैसे दयालु मालिक को छोड़ मेरी शरण में आया था। लेकिन भावग्राही के समस्त सद्गुण और कार्य-निपुणता के बावजूद कुछ दिनों के बाद मैं उसकी एक बुरी आदत से खीझ उठा। शुरू-शुरू में कुछ दिनों तक अपनी तमाम खीझ के बावजूद सोचा था, गुजारा कर लूँगा। पर अन्ततः मेरा धीरज भी टूट गया। ऐसे में किसी भी व्यक्ति का टूटना स्वाभाविक है।

उस दिन मैंने कुछ रूखे स्वर में पूछा, "आखिर बात क्या है भावग्राही?" उस वक्त भावग्राही सड़क के बीचोंबीच गाड़ी रोक चुका था। मेरी बात सुनकर लज्जित होने की मुद्रा में उसने फिर स्टार्ट कर दी गाड़ी। पर मेरी बात का कोई जवाब नहीं दिया।

बेवजह बार-बार सड़क के बीचोंबीच सहसा गाड़ी बन्द कर देना भावग्राही की एकमात्र असन्तोषजनक बुरी आदत थी। इसके अलावा मैं उसके किसी भी काम से असन्तुष्ट नहीं था। वह समय से पहले ड्यूटी पर आ जाता, ड्राइवर से ऐसी उम्मीद करना केवल विडम्बना है। गाड़ी की अच्छी तरह देखभाल करने के साथ ही वह अति सावधानी से गाड़ी चलाता था। पर उसके इस तरह बार-बार बीच सड़क में गाड़ी बन्द कर देने का कारण मैं नहीं समझ पा रहा था और न ही वह खुद इस बारे में कोई कैफियत देने को तैयार था। कुछ दिनों के बाद मुझे लगा कि कुछ दूरी से चार-छह लोगों को आते देख उसकी गाड़ी की रफ्तार खुद-ब-खुद धीमी होकर रुक जाती है और उन्हें कुछ कुतूहल भरी निगाह से देखने के बाद वह फिर गाड़ी स्टार्ट कर लेता है। मेरी सारी नाराजगी और खीझ के बावजूद वह अपनी इस बुरी आदत की न ही कोई कैफियत देता है और न ही इसे छोड़ पाता है। चुपचाप मेरी गालियाँ हजम करते समय उसके चेहरे पर जो असहायबोध झलकता, उससे मैं समझ जाता, इस बुरी आदत पर उसका जरा भी नियन्त्रण नहीं।

उस दिन एक जरूरी काम से मैं भुवनेश्वर के लिए निकला था। मेरा वहाँ समय पर पहुँचना अति आवश्यक था। यह बात भावग्राही को मैंने पहले

ही बता दी थी। विनम्र, लज्जित स्वर में उसने हाथ जोड़कर कहा, ''साहब, मुझे माफ कीजिएगा। आज जाते वक्त आप ही गाड़ी चलाएँ तो अच्छा रहे। लौटते समय मैं चलाऊँगा।''

ड्राइवर का दुस्साहस देखकर मुझे आश्चर्य हुआ। गाड़ी चलाने की वह तनख्वाह ले और गाड़ी चलाऊँ मैं? लेकिन उसकी बात का अर्थ समझ और अपने काम का खयाल कर मैं चुपचाप ड्राइवर की सीट पर बैठकर चल पड़ा। उस दिन उसे साथ नहीं ले गया और तय कर रखा था कि आज लौटने के बाद काम से उसकी छुट्टी कर दूँगा। ऐसे अनेक आवश्यक कामों से मुझे निकलना पड़ेगा, इसका मतलब मुझे ही गाड़ी चलानी पड़ेगी! तो फिर ऐसा ड्राइवर रखने से क्या लाभ? भुवनेश्वर से लौटने के बाद भावग्राही को बुलाकर कुछ कहने से पहले ही उसने मेरी ओर छुट्टी की दरख्वास्त बढ़ा दी। भावग्राही ने चार महीने की छुट्टी माँगी थी। मैंने गुस्से से खीझते हुए कहा, ''चार ही महीने क्यों, मैं तुम्हें हमेशा के लिए छुट्टी दिये देता हूँ।''

उसने बड़े सहज होकर विनम्रता भरे स्वर में कहा, ''आपके गुस्से का कारण मैं समझता हूँ, साहब! फिर भी पिछले दस वर्षों की यह बुरी आदत मैं छोड़ नहीं पा रहा हूँ। इसीलिए मैंने चार महीने की छुट्टी माँगी है। सोचा था कि चार महीने तक गाड़ी चलाना बन्द कर देने से यह बुरी आदत भी छूट जाएगी। पर देख रहा हूँ कि जिस वजह से खीझकर मैंने प्रवीर बाबू की नौकरी छोड़ी थी, उसी वजह से आप खीझकर मुझे नौकरी से निकाल रहे हैं। यही तो भाग्य की विडम्बना है...पहले मैं नहीं समझ सका था कि यह बुरी आदत प्रवीर बाबू के जरिए पूरी तरह मुझ पर हावी हो चुकी है।''

मैं उसकी ओर सवालिया निगाह से देखता रहा। समझ नहीं पा रहा था कि उसकी इस बुरी आदत से प्रवीर बाबू का क्या सम्बन्ध हो सकता है। मेरी निगाह का आशय समझ उसने धीमे-धीमे कहा, ''जो बात आपको कहने के लिए मैं इतना हिचक रहा था, लगता है अब खुलकर कहनी ही पड़ेगी। समझ लीजिए अपनी रोजी-रोटी के लिए मैं यह सब कह रहा हूँ। फिर आपकी कृपा पर अपना भविष्य छोड़ दूँगा, साहब!''

मैंने कुतूहलवश उसकी बातें सुनने की इच्छा प्रकट की। उसकी बात का निचोड़ यह था-

प्रवीर बाबू अति उदार होकर कभी-कभी दिक्कतों में फँस जाते हैं, यह बात उनकी पत्नी को बर्दाश्त नहीं होती। खासकर बीच सड़क में खड़े होकर कोई हाथ दिखाए तो गाड़ी न खड़ी करने के लिए उनका सख्त आदेश था। क्योंकि कोई किस मतलब से गाड़ी रुकवा रहा है, कौन जाने? आज के इस

आत्मकेन्द्रित युग में दूसरे की मदद करने का मतलब है खुद को मुसीबत में डालना। यहाँ तक कि किसी सड़क-दुर्घटना में आहत व्यक्ति को भी गाड़ी में लेकर निकट के किसी अस्पताल में पहुँचाना भी बेवकूफी है, क्योंकि इससे पुलिस केस में खुद फँस जाने के साथ ही काफी कुछ आर्थिक नुकसान भी उठाना पड़ता है। कौन जाने आजकल के बेकार युवक उस मददगार व्यक्ति पर ही धक्का मारने का इल्जाम लगाकर क्षतिपूर्ति वसूल लें? यह सब प्रवीर बाबू की पत्नी का सूक्ष्म चिन्तन था। ऐसी घटना पहले कहाँ घटी थी, उसका भी हवाला वे दे सकते हैं। पत्नी के इस स्वार्थीपन का दिल से समर्थन न कर पाने पर भी उनकी बात नजरअन्दाज नहीं कर पाते थे प्रवीर बाबू। क्योंकि पत्नी की बात न मानकर एकाध बार बीच सड़क में गाड़ी रुकवाने की विषम परिस्थिति का सामना कर चुके हैं प्रवीर बाबू। एकाध बार धोखा खाकर वे खुद भी आत्म-केन्द्रित हो गये थे।

उस दिन प्रवीर बाबू पत्नी के साथ कटक जा रहे थे। भावग्राही गाड़ी चला रहा था। थोड़ी दूर जाने के बाद कुछ दूरी पर सड़क किनारे काफी लोगों की भीड़ देख प्रवीर बाबू की आँखें चंचल हो उठीं। एक स्कूटर बीच रास्ते में गिरा पड़ा था। हम सबने समझ लिया कि कोई एक्सिडेण्ट हुआ है। हमारी गाड़ी देखकर लोगों ने भी दूर से हाथ दिखाया, प्रवीर बाबू गाड़ी रुकवाएँ या न रुकवाएँ इस दुविधा में पड़कर असहाय दृष्टि से पत्नी का समर्थन पाने से पहले ही पत्नी ने भावग्राही पर एक ऐसी कठोर कटाक्ष डाली जिससे कि गाड़ी की रफ्तार एकाएक बढ़ गयी। गाड़ी के उस भीड़ को पार करते समय प्रवीर बाबू तिरछी नजर से सड़क के किनारे देखकर सिहर उठे। कम उम्र का एक युवक खून से लथपथ बेहोश पड़ा था। प्रवीर बाबू के कुछ कहने से पहले पत्नी ने अपने मन की कमजोरी छुपाने के लिए कहा, “लापरवाही से गाड़ी चलाने का और क्या नतीजा होगा? आजकल इतने एक्सिडेण्ट हो रहे हैं कि उनके लिए गाड़ी रोकी जाए तो हर पाँच-दस मील पर गाड़ी रुकवानी पड़ेगी। हुँह, ये लड़के तो स्कूटर पर सवार होते ही इन्द्र-चन्द्र तक की परवाह नहीं करते। ये लोग मरेंगे नहीं तो और क्या?” प्रवीर बाबू ने लम्बी साँस छोड़ी, मन-ही-मन सोचा, क्या पता बेचारा किसका बेटा है। आज उनके साथ पत्नी न होती तो वे जरूर उस लड़के को उठाकर अस्पताल पहुँचा देते। हालाँकि उनके पीछे बहुत-सी गाड़ियाँ आ रही हैं। कोई भी लड़के को उठा लाएगा। यही कोई पाँच-दस मिनट का फर्क पड़ेगा। प्रवीर बाबू ने अपने मन को समझाया। तब तक उनकी गाड़ी काफी दूर आ चुकी थी।

कटक पहुँचकर कुछ खरीददारी वगैरह करके प्रदीप से मिलकर लौटने का

प्रोग्राम था। प्रदीप अपने कमरे में नहीं था, शॉपिंग करने गया था। प्रदीप के सिंगल कमरे में कुछ देर इन्तजार करना पड़ा। उसका एक मित्र उसे बुलाने गया था। प्रदीप के लिए साथ लाया नाश्ता उसके डिब्बे में रखते हुए मन-ही-मन उसकी माँ उस पर बिगड़ रही थी। इकलौता बेटा होने की वजह से प्रदीप पर नियन्त्रण रखने की ढीली नीति के कारण वह कुछ मनमौजी हो चला था। स्टडी आवर में पढ़ाई न करके कहीं तफरी कर रहा है, जबकि वही है इनका एकमात्र सहारा। रिजल्ट अच्छा न हुआ तो क्या होगा उसका फ्यूचर आज के इस कम्पिटीटिव युग में? फाइनल एम.बी.बी.एस. परीक्षा को और कुछ ही महीने रह गये हैं, यह पढ़ाई ऐसे ही नहीं हो जाएगी। आज बेटे को कुछ खरी-खोटी सुनाने का मन-ही-मन निश्चय करते समय सहसा प्रदीप के दो मित्र घबराये हुए-से कमरे में घुसे, कातर स्वर में बोले, ''जल्दी अस्पताल चलिए अंकल, प्रदीप का एक्सिडेण्ट हो गया है। अभी-अभी उसे अस्पताल लाया गया है।''

''कहाँ? कब?'' चीख उठीं मिसेज निश्रा। प्रवीर बाबू की आँखों के आगे उभर आया कुछ देर पहले देखे सड़क किनारे का वह दृश्य। दूसरे के बेटे को मरने के लिए असहाय न छोड़ आये होते तो शायद आज इनके इकलौते बेटे का एक्सिडेण्ट न हुआ होता।

प्रदीप के बेड के पास खड़े होकर उसका क्षत-विक्षत बीभत्स चेहरा देखते ही मिसेज मिश्रा तो बेहोश होकर निश्चिन्त हो गयीं। पर प्रवीर बाबू को सबकुछ सहना पड़ा। डॉक्टर ने कहा, ''एक घण्टा पहले अस्पताल पहुँच गया होता तो कोई चिन्ता की बात नहीं थी। सिर से काफी खून बहने के कारण अब उसकी जान हमारे वश में नहीं है। सिर्फ भगवान का भरोसा है।''

प्रदीप के एक मित्र ने घृणा भरे स्वर में कहा, ''मनुष्य कितना स्वार्थी होता जा रहा है दिन-प्रतिदिन। आँखों के आगे एक्सिडेण्ट देखकर भी एक सज्जन गाड़ी बगैर रोके स्पीड बढ़ाकर चले गये। एक्सिडेण्ट के तुरन्त बाद एक सफेद एम्बेसेडर कार आ रही थी। लोगों ने हाथ दिखाया पर वह नहीं रुकी, उसमें आ गया होता तो इतना नुकसान न हुआ होता। वहाँ और आधे घण्टे तक पड़ा रहा।''

प्रवीर बाबू की आँखों से आँसू नहीं, मानो दोनों पुतलियाँ निकली आ रही थीं...

प्रदीप अपने मित्र का स्कूटर लेकर किसी को बताये बिना माँ-बाप से मिलने जा रहा था। प्रवीर बाबू की गाड़ी उसे सड़क के किनारे असहाय रूप में छोड़कर स्पीड बढ़ाकर चली गयी थी। जब भावग्राही की बात खत्म हुई, उसके ललाट पर पसीने की बूँदें उभर आयी थीं। ''उसके बाद?'' मैंने उत्सुक हो पूछा।

भावग्राही ने लम्बी साँस छोड़ते हुए कहा, ''प्रदीप बच गया। पर बिल्कुल अपंग। अब तो अपंग होकर ही उसे पूरी जिन्दगी बितानी पड़ रही है। उसके ब्रेन ने फिर काम करना शुरू नहीं किया। एक पैर और एक हाथ भी काटना पड़ा।

''उसी दिन से मेम साहब मूक हो गयीं और प्रवीर बाबू का दिमाग भी कुछ बिगड़ जाने-सा लगा। रास्ते में किसी भी आदमी को देखने पर वे गाड़ी रोककर पूछते हैं-कोई मदद चाहिए या नहीं। चार-पाँच लोगों को इकट्ठा देखने पर गाड़ी रोककर उतर जाते हैं। कोई एक्सिडेण्ट तो नहीं हुआ है? बार-बार पूछते हैं। उनके निर्देशानुसार दस-बारह साल तक बीच सड़क में बार-बार गाड़ी रोकने से परेशान होकर मैं उनकी नौकरी छोड़कर चला आया। लेकिन मैं नहीं जानता था कि मुझमें यह बुरी आदत भी पड़ गयी है। अब समझ में आ रहा है। साहब का निर्देश पाने से पहले ही मैं गाड़ी रोक देता था, खुद-ब-खुद।''

भावग्राही की बुरी आदत छुड़वाने के लिए मैंने उसकी चार महीने की छुट्टी मंजूर कर दी।

कुछ दिन बाद सुना, भावग्राही के चले आने के बाद प्रवीर बाबू खुद ही गाड़ी चलाने लगे और सड़क के बीचोंबीच इस तरह गाड़ी रोकने लगे कि एक दिन उन्हें ट्रैफ़िक-नियम तोड़ने के अपराध में हाजत ले जाया गया और उसके बाद डॉक्टरी जाँच करके उन्हें पूरा पागल घोषित कर दिया गया तथा मेण्टल अस्पताल भेज दिया गया।

इस वक्त वे मेण्टल अस्पताल में हैं, इसलिए यह घटना कहते-कहते कह गया...।

ट्रॉलीवाली

सभी उसे 'ट्रॉलीवाली' के नाम से जानते थे, क्योंकि उस शहर में उसके अलावा और कोई भी औरत ट्रॉली नहीं चलाती थी।

वह खटारा ट्रॉली-रिक्शा ही था उसकी एकमात्र पैतृक सम्पत्ति, जिसके सहारे वह गुजर-बसर करती। शहर की तलहटी में जिस चाल, घर में वह रहती है; उसका बाप रहता था, वह भी उसका नहीं है, सरकार का है। जिस दिन बस्ती का सफाया करने की इच्छा होगी, उस दिन बिना नोटिस के जगह छोड़ने का सरकारी आदेश मिल जाएगा। सिर्फ उसे नहीं, उस जैसे सबों को। 'ट्रॉलीवाली' बचपन से बप्पा के साथ कथरी-गुदड़ी लिये कई जगह चाल-घर बनाकर रह चुकी है, वहाँ से खदेड़ी जा चुकी है। महज दो दिनों में जहाँ चाल-घर खड़ा किया जा सकता है, उसके लिए इतना सोचने की क्या जरूरत?

बचपन में उसका नाम क्या था, अब उसे याद नहीं। बप्पा के मरने के अगले ही दिन से मन में साहस बटोर जब मरदों की तरह वह ट्रॉली लेकर निकल पड़ी, उस दिन पड़ोस, बस्ती, रास्ता-घाट हर जगह सीटी बजा-बजाकर 'ट्रॉलीवाली, ट्रॉलीवाली' कहकर चिल्लाते हुए लड़कों ने उसे चिढ़ाया था। उसने बुरा नहीं माना था। जो घर की मालकिन है वह घरवाली, जो फूल बेचती है वह फूलवाली, जो ट्रॉली चलाती है वह ट्रॉलीवाली। ऐसा कौन-सा बुरा नाम लड़कों ने दिया जो उनसे झगड़े। बल्कि वह खुश हुई कि न जानने वाले लोग भी जान जाएँगे कि बाप के मरने के बाद उसने किसी के आगे हाथ नहीं फैलाया, किसी की शरण में नहीं गयी। वह एक 'ट्रॉली-रिक्शा' की मालकिन है। उसकी बस्ती के लोग मालिकों से किराये पर लाकर ट्रॉली-रिक्शा चलाते हैं। उसके जैसा ट्रॉली-रिक्शा कितने लोगों के पास है। बल्कि उसकी बस्ती में उसकी गिनती सम्पन्न लोगों में होती थी।

अपने ट्रॉली-रिक्शा के लिए उसके मन में काफी गर्व था। जब वह बेपरवाही से 'ट्रॉली-रिक्शा' चलाती हुई बीच बाजार में जा रही होती है, लोग

उसे तरह-तरह से घूरते। किसी की आँखों में विस्मय, किसी की आँखों में उपहास, किसी की आँखों में घृणा और व्यंग्य तो किसी की आँखों में शरारत होती। पर उसे सबकी निगाह एक जैसी लगती। ऐसा लगता मानो सब उसकी वाहवाही कर रहे हैं, उसे खूब शाबाशी कर रहे हैं। सड़क पर जाती मोटर-गाड़ी उसे दिखाई नहीं देती। उसे अपने ट्रॉली-रिक्शा के आगे दुनिया की सारी दौलत तुच्छ लगती।

गुनगुनाकर सिर हिलाते हुए, मदमस्त गाना गाते हुए, वह मस्ती से रिक्शा चलाती। घने बालों में तेल लगाकर कसकर जूड़ा बाँधती, जूड़े पर लाल-गुलाबी रंग के रिबन के फूल हवा में उड़ते रहते। गाढ़े रंग के ब्लाउज के साथ और भी गाढ़े रंग की बड़े-बड़े फूलोंवाली साड़ी का पल्लू कमर के चारों ओर लपेटकर खोंस लेती। साड़ी के घेर से रिक्शा चलाने में असुविधा नहीं होती थी, वह साड़ी पहनती ही थी काँछ लगाकर, दक्षिण की तरह। ललाट पर दहकती रहती कत्थई रंग की एक बड़ी-सी टिकली। पान के पीक से किंचित् मांसल होंठ लाल-लाल दिखते। कान, नाक, गले और हाथों में ढेर सारे नकली गहने चमकते रहते। रिक्शा चलाते समय उसके अंग-प्रत्यंगों की शोभा दिखाई देती थी। उसके फूले-फूले मजबूत चिकने पुट्ठे की मांसपेशियाँ पुचक जातीं, उसकी सुगठित बाँहों की ताकत खिल उठती। खाने की चीज को भूखा बच्चा देखते रहने की तरह, देखने वाले बड़ी-बड़ी आँखें किये निगल जाने जैसी नजरों से उसे देखते रहते। ट्रॉलीवाली का ध्यान उस ओर नहीं होता।

जब ट्रॉलीवाली के बप्पा मरे थे, उसकी उम्र पन्द्रह-सोलह साल की थी। तब वह अकेली ही ट्रॉली लेकर काम पर जाया करती थी। धीरे-धीरे एक के बाद एक बच्चा उसकी ट्रॉली में बैठकर जाते हुए देखा था लोगों ने। हर दो-तीन साल में बच्चों की संख्या बढ़ते-बढ़ते अब उसके ट्रॉली-रिक्शा में पाँच बच्चे आते-जाते हैं। काम पर जाते समय ट्रॉलीवाली बच्चों को साथ लेकर निकलती। उनके काम करने के स्थान पर जगह-जगह बच्चों को एक-एक करके उतार देती। कचहरी के पास बरगद के नीचे बैठे बूढ़े मोची के सहायक के रूप में, जलपान की दुकान में, साइकिल मरम्मत वाली दुकान में, साहब लोगों के घरों पर एक-एक करके उतारने के बाद वह दिन-भर ट्रॉली में माल ढोती। शाम को सौदा-पत्तर लेकर फिर बच्चों को एक-एक करके उनके काम की जगहों से ट्रॉली में बैठाकर घर लौटती। उसका घर सुबह-शाम बच्चों की किचिर-पिचिर से भर जाता। रात को थककर बच्चों के साथ जब वह कथरी पर लेटती, सोचती, दुनिया की दूसरी माताओं से वह किस मायने में कम है! बल्कि वह उनसे एक कदम आगे है, वह तो बच्चों की महज माँ ही नहीं, बाप भी है।

बिन बाप के बच्चे होने पर भी भला इन्हें किस चीज की कमी है! बल्कि उनकी बस्ती में उन घरों की हालत न ही कही जाय तो अच्छा है जिनमें बाप होते हैं।

बाप तो उसका भी था...बाप के होते हुए भी कौन-सा उसका बचपन आराम से बीता! और उसके भाई-बहन...ओह! पीछे मुड़कर देखने पर सबकुछ याद आता है...

बप्पा ट्रॉली-रिक्शा चलाता...माँ साहब लोगों के बर्तन माँजती, कपड़े धोती, घर बुहारने का काम करती। यदि बप्पा घर पर पैसे देता, तो दोनों की कड़ी मेहनत के पैसों से चारों बच्चों को दोनों जून खाने को दो-दो मुट्ठी भात मिलता होता। जाड़े में एकाध कपड़ा पहनने को मिल जाता। पर बप्पा तो अपनी कमाई दारू में उड़ा देता, उल्टे माँ को डरा-धमकाकर आये दिन उसकी कमाई के पैसों पर भी हाथ फेरता। तब बप्पा मालिक का रिक्शा चलाया करता। मालिक को किराया न देने पर महीने में पन्द्रह दिन रिक्शा नहीं मिलता। बप्पा बेकार घूमता। समझ लो उतने दिनों तक घर से बँधकर रहता। नहीं तो वह माँ पर बढ़ते हुए परिवार की जिम्मेदारी डाल दूसरी औरतों के पीछे पैसे उड़ाता, दूसरों की झोंपड़ी में रातें गुजारता। जितने दिन बप्पा घर पर रहता, माँ इधर-उधर से जो भी कुछ लाती, बप्पा की थाली में अधिक परोसती, बच्चों को खाना देने के बाद उसके लिए कभी बचता तो कभी नहीं। किसी के आगे पेट दिखाकर माँ अपना दुःख घर से बाहर नहीं कहती। बप्पा दारू के पैसों के लिए माँ से गाली-गलौज करता तो माँ साफ-साफ कह देती, ''काम न करके घर पर बैठे रहने पर भी जिन्दगी-भर अपनी मेहनत से तुम्हें बिठाकर खिलाने को तैयार हूँ, पर इतना नशा-पानी के लिए एक छदाम नहीं दूँगी...।'' यह सुनकर माँ को खूब मारता बप्पा...। उससे पैसे छीन लेता। घर के बर्तन-भाँडे ले जाकर बेच देता, नशा-पानी करके वापस आकर फिर माँ पर गुस्सा उतारता। गरजते हुए कहता, ''सारा कुछ इन हरामजादे बच्चों के पेट में ही भरती है, मेरे लिए कहती है पैसे नहीं हैं।''

माँ के पेट में बच्चे बढ़ते हैं, इसलिए बच्चों की पूरी देखभाल माँ के ही जिम्मे है। बप्पा की कोई जिम्मेवारी नहीं, उसे कोई परवाह नहीं। अच्छे समय में सीना ठोंककर कहेगा, ''मैं इतने बच्चों का बाप हूँ, देख मेरी मर्दानगी!'' बुरे समय में कहेगा, ''सँभाल अपने बच्चों को, कहाँ से भरूँ इन राक्षसों का पेट...''

अच्छा समय हो या बुरा समय, मरने तक बच्चे तो माँ ही के होते हैं। कलेजे के टुकड़े। खुद को बेचकर भी बच्चों के मुँह में कौर डालने का सुख माँ जानती है। अपनी बस्ती में वह यह सब देखती आयी है। माँ का दुःख देखकर कभी-कभी वह सोचती, औरतें शादी करके इतना दुःख क्यों सहती हैं। बात परवरिश

की हो तो पति नहीं बनना चाहते, बाकी कामों के लिए पति बन जाते हैं।

उसकी माँ साहब लोगों के घरों में काम करती, फिर भी बच्चों को भरपेट नहीं खिला पाती। बप्पा की मार खाकर महीने के आधे दिन बिस्तर पकड़ लेती। दुकान पर दाँत निपोरकर उधार माँगती, इसके-उसके आगे हाथ फैलाकर बच्चों का रोग, भला-बुरा सब सँभाल लेती। कभी-कभी बप्पा अपनी मर्दानगी दिखाकर पूछता, ''यहाँ क्यों खड़ी है, वहाँ क्यों बैठी थी, उसे देखकर हँसी क्यों, शाम को उसके दरवाजे पर क्यों गयी थी, रात के दूसरे पहर अमुक बाबू के घर से क्यों लौट रही थी...मेरी घरवाली होकर तुझमें इतना साहस! मुझसे बड़ा मर्द और कौन है इस इलाके में! यदि कभी मेरी नजर में पड़ गया तो जिन्दा जला डालूँगा...।''

वही बाप नशा-पानी के लिए पैसों की जरूरत पड़ने पर, मालिक की ट्रॉली का बाकी किराया चुकाने के लिए, उधार लाने माँ को मना-फुसलाकर बुरे लोगों के पास भेज देता, कुबेले में भी। माँ राजी न हो तो पीटते हुए कहता, ''ज्यादा सतीपना दिखा रही है...सोचती है मैं तेरे लक्षण नहीं जानता?''

कई बार बच्चों को साथ लेकर मायके चली जाती। बप्पा पंचायत बिठाकर माँ का हाथ खींचते हुए, बीच बाजार से उसे घसीटते हुए घर लाता। पत्नी पर पति अपना अधिकार जाहिर करता है, इसमें किसी का क्या? गाय के पीछे बछड़े की तरह माँ के पीछे-पीछे बच्चे भी लौट आते। दु:ख, भूख, बीमारी से चार बच्चे मर गये, बच्चों को याद करते हुए पीछे-पीछे माँ भी चली गयी, मरी ही नहीं, बल्कि तर गयी।

माँ के मरने के बाद उसके प्रति बप्पा का स्नेह बहुत बढ़ गया था। जितने दिनों तक जिन्दा रहा, बेटी को अच्छी तरह पाला-पोसा। बप्पा की ट्रॉली में बैठकर वह बाजार जाया करती। बप्पा मिठाई-जलेबी खरीद देता। वह ट्रॉली में जो भी माल ढोता, उस पर बन्दर के बच्चे की तरह आठ साल की बेटी बैठी होती। तब बेटी की भी इच्छा होती ट्रॉली-रिक्शा चलाने की। पैडल पर पैर रखने से दोनों पहिये किस तरह अपने आप घूमने लगते हैं, यह परखने को मन उतावला होने लगता। बप्पा कहता, ''यह तो तेरा ही है। लड़कों को पहले श्मशान भेजकर फिर खुद चली गयी और कौन भोगेगा यह सम्पत्ति? जिससे शादी करेगी यदि वह इसे सँभालकर रख सका तो पूरी जिन्दगी गुजार सकती है...मरने से पहले कितने दु:ख-कष्ट से पैसे जमा करके तेरी माँ ने इसे खरीदा था। उसने कहा था, आखिर कब तक मालिक के आगे हाथ पसारोगे? अपनी एक गाड़ी हो तो शरीर में ताकत न रह जाने पर भी भाड़े में देकर सही गुजारा हो सकता है...हमारे लिए तो गाड़ी एक कमाऊ पूत से भी अधिक है...आजकल भला किसका पूत किसे पालता है!

खैर छोड़, बेचारी भोग नहीं पायी इसकी कमाई...।''

बप्पा की बातें सुन-सुनकर वह मन-ही-मन प्रण करती-नहीं, ना तो वह शादी करेगी ना ही माँ की तरह असमय मरेगी। खटेगी-खाएगी, अपनी तरह से पूरी जिन्दगी जीएगी। उसकी माँ खटी खूब, पर पेट-भर खा नहीं पायी, ना ही अधिक दिनों तक जी सकी, आखिर क्यों? बप्पा की ब्याहता पत्नी होने के कारण ही न माँ को इतने दु:ख झेलने पड़े!

बप्पा के रहते समय कितने लोग उसका हाथ माँगने आये थे। उसने बप्पा से साफ-साफ कह दिया, ''शादी का नाम मत लेना।'' उनकी बस्ती की औरतें शादी के बाद जो सुख भोग रही हैं, उसे देखकर उसका जी भर गया है।

एक दिन बप्पा जहरीली शराब पीकर हमेशा-हमेशा के लिए सो गया और वह रातों-रात ट्रॉली-रिक्शा की मालकिन बन गयी। ट्रॉली-रिक्शा चलाने के दिन से और कोई तब शादी के लिए उसके दरवाजे नहीं आया। घोड़मुँही चण्डी को कौन ले जाएगा अपने घर! पति से पिटेगी नहीं, बल्कि खुद पीटेगी पति को। उसके आगे सात मर्द भी कम पड़ेंगे। बाप रे बाप...। 'ट्रॉलीवाली' को कौन ले जाएगा ब्याहकर!

ट्रॉलीवाली भी ''मुझसे शादी कर लो'' कहकर किसी के आगे नहीं गिड़गिड़ायी। वह मेहनत करती, भर-पेट खाती, सज-सँवरकर मनमौजी गाने गाया करती...उसे भला किस बात का दु:ख! न उसे कोई मारनेवाला है न तारनेवाला! दिन-भर खटने के बाद रात को वह निढाल सो जाती...।

पर कभी-कभी आधी रात में उसे बहुत अकेला-अकेला-सा लगता। नदी किनारे की हवा के साथ सियार का स्वर बह आता तो खूब सूना-सूना-सा लगता। लगता कि काश उसके पास कोई और आदमी भी होता! तब उसे यह एहसास होता कि भर-पेट खाने, तन पर अच्छे कपड़े पहन लेने से मनुष्य का मन नहीं भर जाता। ईश्वर ने स्त्री-पुरुष दो जातियाँ बनायी ही क्यों हैं! एक-दूसरे को कुछ तो सुख देता ही होगा। उसकी माँ इतनी गालियाँ और मार खाकर बप्पा के साथ रहती रही क्या बिना किसी सुख के? उसकी माँ की दु:ख भरी जिन्दगी में बप्पा जरूर किसी-न-किसी समय सुख का क्षण बनकर आता होगा। इसीलिए तो नारी ढूँढ़ती है पुरुष, पुरुष ढूँढ़ता है नारी! खाना, कपड़े की तरह दोनों-दोनों के लिए जरूरी हैं। पर उसके लिए शादी करनी होगी, माँ की तरह दु:ख सहना पड़ेगा, आयु कम करके असमय मरना होगा, उसके लिए वह तैयार नहीं है। उसने प्रण किया है कि माँ की तरह कष्ट नहीं पाएगी।

कभी-कभी दूसरों के बच्चों को देखने पर छाती की एक अनजान जगह से टीस-सी उठती है। वह सोचती, उसकी सुनसान झोंपड़ी में एक बच्चा गुटुर-

गुटुर करता तो इतना खाँय-खाँय नहीं लगता। पर गोद में बच्चा खिलाने के लिए उसे पति रूपी असह्य दु:ख जिन्दगी-भर सहन करना पड़ेगा। बिना पति के बच्चे की माँ बनने में समाज को इतनी आपत्ति क्यों है? माँ का मन तो एक ही है, छाती का दूध तो एक ही है। पशु-पक्षियों में शादी नहीं होती, इसका मतलब यह तो नहीं कि उनमें माँ का प्यार नहीं होता! अपने विचारों पर वह खुद हँसती, खुद ही मन मारकर बैठ जाती। पर ट्रॉलीवाली का दिन बीत जाता, रात मानो अनन्त होती!

एक दिन निर्जन चाँदनी रात में उसकी झोंपड़ी के दरवाजे पर किसी के कदमों की आहट सुनाई दी। चोर समझकर बाँस का डण्डा हाथ में लिये हुए जैसे ही उसने दरवाजा खोला, बाहर एक साफ-सुथरा मनुष्य खड़ा था? जीभ दबाकर डण्डा पीछे फेंकते हुए उसने कहा, ''चोर समझकर डर गयी थी। इस बस्ती में मेरे ही पास कुछ पैसे हमेशा रहते हैं-यह बात सभी जानते हैं। क्या कोई काम है? क्या भाड़े पर ट्रॉली-रिक्शा चाहिए?''

''बताता हूँ, अन्दर चलो...।''

दोनों अन्दर चले गये। भोर-भोर उस आदमी ने अपनी शर्ट की जेब से दस का नोट निकालकर ट्रॉलीवाली की हथेली पर रखते हुए कहा, ''तेरी कीमत इतनी नहीं है, इससे बहुत अधिक है, पर आज मेरे पास इससे ज्यादा नहीं है। घर पर चावल नहीं था। चार लोगों का परिवार है मेरा। सुबह-सुबह सौदा लेकर घर नहीं पहुँचा तो मेरी घरवाली रणचण्डी की तरह कमर में पल्लू लपेटे मेरे सात पुस्त की खबर लेने लग जाएगी...मुझ पर उधार रहा। दुबारा के लिए...''

'ट्रॉलीवाली' ने दस का नोट उसके मुँह पर फेंक दिया। गर्म स्वर से बोली, ''सोचते हो कि मैं दूसरी बाजारू औरतों की तरह अपना शरीर बेचकर पेट पालती हूँ? मेरे पास अपनी 'ट्रॉली' है। भगवान ने हाथ-पैर, ताकत दी है। रोटी-कपड़ा के लिए हाथ-पैर चलने तक किसी पर बोझ नहीं बनूँगी...तुम मुझे अच्छे लगे, मैं राजी हो गयी। जिस दिन भी समय मिले आ जाना, यदि न आए तो मैं जबर्दस्ती नहीं करूँगी। पर खबरदार, मेरे बहाने बीवी-बच्चों की ओर लापरवाही मत करना। रुपया-पैसा देने में कमी मत करना। तुम्हारा घर-संसार जैसा था, वैसा ही रहेगा। जिस दिन तुम मुझे रुपया-पैसा, साड़ी, साबुन, तेल देकर खुश करने की कोशिश करोगे, उसी दिन से मेरे घर के दरवाजे तुम्हारे लिए हमेशा के लिए बन्द हो जाएँगे। मैं ऐसी-वैसी औरत नहीं हूँ...।''

अब 'ट्रॉलीवाली' को रातें खाँय-खाँय नहीं लगतीं। महीने में दो-चार बार वह आदमी उसके पास आया करता। जिस दिन वास्तव में नहीं आता था, सपने में आ जाता।

उस आदमी की देखादेखी और कई मर्दों ने भी ट्रॉलीवाली का दरवाजा खटखटाया था। पर उसने साफ-साफ कह दिया था, "जब तक वह आ रहा है, तब तक यदि किसी ने उसकी देहरी पर कदम रखा तो डण्डे से मार-मारकर उचित जवाब देगी। क्या मुझे धन्धा करनेवाली समझ रखा है!"

सचमुच जब तक वह मर्द उसके पास आता रहा, ट्रॉलीवाली ने किसी और की तरफ देखा तक नहीं। उसी मर्द को चाहा, उसके परिवार को भी चाहा। उसे तन दिया, मन दिया। अभाव-असुविधा में रुपये-पैसे भी निकालकर दिये। कहा, "जब तुम मेरे अपने हो, क्या तुम्हारा परिवार मेरा अपना नहीं!"

जिस दिन उसका शरीर भारी हुआ, मन भर गया, पर उस मर्द ने मन मारकर कहा, "इसमें मेरा कोई दोष नहीं। मैंने तो तुझे शुरू से आगाह किया था। मैं परिवार वाला हूँ, तू बिन्ना परिवार की है। क्यों फँसा दिया तूने झमेले में? हस्पताल जाकर खत्म कर आ झमेला..."

ट्रॉलीवाली ने खुलकर कहा, "झमेला कौन कर रहा है? मेरे पेट के बच्चे के लिए तुम परेशान क्यों होते हो? अपने पेट के बच्चे का बाप 'मैं' हूँ। माँ भी 'मैं' हूँ। तुम्हारे बारे में किसी को कुछ पता नहीं चलेगा। यह बात अच्छी तरह समझ लो कि मेरे बच्चे का बुरा चाहोगे तो मुझसे बुरा कोई नहीं होगा। क्या मुझमें अपने बच्चे को पालने की ताकत नहीं है, जो तुम्हें झमेले में डालूँगी?"

उस दिन के बाद से वह आदमी फिर दिखाई नहीं दिया। मानो रातों-रात गायब हो गया। ट्रॉलीवाली को किसी की परवाह नहीं। अब वह अकेली नहीं। उसका कोई अपना आनेवाला है। लोगों की तिरछी आँखों, घृणा, उपहास की परवाह वह क्यों करे? क्या उसने कोई पाप किया है? कुत्ते-बिल्ली माँ बन जाते हैं, वह स्त्री होकर माँ बन गयी तो क्या पाप किया? पालने के लिए आदमी के बच्चे को एक 'बाप' चाहिए। यदि माँ ने पाल लिया तो बाप नहीं है, कहकर बच्चे पर कलंक क्यों लगेगा?

कुछ दिनों तक लोगों ने मजाक उड़ाया, तरह-तरह की बातें कहीं, भर्त्सना की। 'ट्रॉलीवाली' ने उस ओर ध्यान नहीं दिया। चिढ़नेवाले को चिढ़ाने में मजा आता है। जो निरा पत्थर हो उसके आगे कोई मुँह क्यों खोलेगा? लोगों ने बकबक करना छोड़ दिया। ट्रॉलीवाली ने साल-भर तक किसी को पास फटकने नहीं दिया। जो भी आया उसे लौटाते हुए बोली, "एक साल इन्तजार करूँगी। अपने जीवन की राह तलाशूँगी।"

साल-भर बाद उसकी झोंपड़ी में आधी रात को एक और आदमी आने-जाने लगा। उससे भी ट्रॉलीवाली की वही शर्त थी। "मुझे रुपये-पैसे मत देना। तन देकर रुपये वसूलने वाली औरत मैं नहीं हूँ, ना ही मैं किसी की रखैल हूँ।

जो मर्द मन को भाता है, उसे तन देकर पैसे कैसे लूँगी! तूने मुझे सुख दिया, मैंने तुझे सुख दिया। बस, न मैं तेरी ऋणी हूँ न तू मेरा ऋणी है। तेरा परिवार तेरा है, मेरा परिवार मेरा। मेरे पेट के बच्चे के लिए भी तू जिम्मेवार नहीं।''

जिस दिन उस आदमी ने आना-जाना बन्द करके दूसरे की झोंपड़ी पर नजर डाली, कुछ दिनों तक इन्तजार करने के बाद, ट्रॉलीवाली ने मन को भाने-जैसे दूसरे मर्द के लिए अपने दरवाजे खोल दिये। उसे इसका क्षोभ नहीं, शर्म नहीं, ग्लानि नहीं। मन ढूँढ़ता है साथी। मनुष्य के लिए अकेले जीना बहुत मुश्किल है। यदि उसे मनपसन्द साथी मिल रहे हैं तो वह कष्ट सहकर क्यों जीएगी! पर उसने कभी किसी पुरुष से झूठ नहीं कहा, छल नहीं किया, किसी की जिन्दगी बर्बाद नहीं की, किसी के सुख का संसार नहीं उजाड़ा और न ही किसी का पैसा लूटा है। उसने प्यार दिया, मन दिया, सुख दिया। जब भी किसी को बाँहों में भरा है, जी-जान उँड़ेल दिया है। उतने दिनों तक उसने अपनी जिन्दगी में और किसी को आने नहीं दिया।

वह जानती है उसके घोंसले के सभी परिन्दे उड़ जाने वाले हैं। यह जानते हुए भी उसने जितने दिनों तक जिसे पाया है, अपना मानकर प्यार किया है। जिन्दगी दो दिनों की है, क्या इसका मतलब मनुष्य अपनी जिन्दगी को पराया मानकर पूरी उम्र बिताता है!

एक के बाद एक कितने लोग आये, गये और इस बीच 'ट्रॉलीवाली' की झोंपड़ी में पाँच बच्चों की चिल्लपों सुनाई दे रही है। बार-बार शरीर भारी होने पर मातृत्व के गर्व से उसका मन भर जाता। दुनिया के आगे सिर उठाकर चलने का साहस दिनोंदिन बढ़ जाता। अब वह अकेली नहीं, पाँच बच्चों की 'माँ' है और 'बाप' भी। कौन-सा बच्चा किसका है, यह बात 'ट्रॉलीवाली' को याद नहीं। उसने शुरू से ही प्रण किया था कि अपने पेट के बच्चे के बाप का नाम-पता लिखकर नहीं रखेगी, क्योंकि वह जानती है जो लोग आधी रात को उसका दरवाजा खटखटाते हैं, दिन के उजाले में उसे नहीं पहचानते, नजरें उठाकर उसकी ओर देखते तक नहीं। अँधेरे में जो लोग सीधा रास्ता छोड़कर गली-कूचों में घुस आते हैं, दिन की रोशनी में वे लोग नाक की सीध पर चलते हैं। अँधेरे के लोग रोशनी से खौफ खाते हैं। ट्रॉलीवाली भी दिन में उन्हें न पहचानने का ढोंग करती। गली-सड़क में दिख जाने पर जब वे लोग सिर झुकाये देखते चले जाते हैं, तब ट्रॉलीवाली कुछ बच्चों को ट्रॉली-रिक्शे में बिठाये गर्दन ऊपर करके हवा की रफ्तार से गुजर जाती। जिससे उसे छदाम-भर का भी सुख मिला है, उसे दु:ख कैसे देगी? जग-हँसावा क्यों करेगी?

जितने दिनों तक उसने किसी को पाया है, दूसरे की आरजू नहीं की। एक

के रास्ता बदलकर चले जाने के बाद उसे कुछ ठेस लगती, मन-ही-मन कुछ दिन याद करती; फिर मन को समझा-बुझा लेती। इतनी बड़ी दुनिया में 'यारी-दोस्ती' की कमी नहीं।

जब से बच्चों ने होश सँभाला है, 'ट्रॉलीवाली' के दरवाजे पर आधी रात को किसी की परछाईं दिखाई नहीं देती। उसकी खाली झोंपड़ी अब काटने को नहीं दौड़ती। बच्चों को पैरों पर खड़े करने के मीठे-मीठे सपनों के लिए रात पूरी नहीं पड़ती। सुबह होते ही सपने को सच करने की झोंक में ट्रॉली लेकर निकल पड़ती, और कुछ सोचने का वक्त नहीं होता। वह सोचती कुछ दूसरी औरतों से वह काफी मजे में है। उस पर किसी की जोर-जबर्दस्ती नहीं और न ही उसके बच्चों के खाने से अपना हिस्सा निकलवाने वाला ही कोई है।

दु:खी घरों के बच्चे जल्दी बड़े हो जाते हैं। हाथ-पैरों में ताकत आ जाए तो उनकी गिनती बड़ों में होने लगती है। 'ट्रॉलीवाली' के बच्चे भी कुछ ही दिनों में बड़े हो गये। अपने बाहुबल के भरोसे अपनी दुनिया बसाकर माँ से दूर हो गये। अब वे लोग माँ के दरवाजे पर नहीं आते। जिस तरह दूसरे लोग ट्रॉलीवाली को घृणा भरी निगाह से देखते, उसके अपने पेट के बच्चे भी बड़े होने के बाद उसे घृणा से देखने लगे। पेट के बच्चे ही नहीं, बल्कि उसके कलेजे के टुकड़े। इसका मतलब यह तो नहीं कि बच्चे दूर रहने लगें तो वह माँ होने की वजह से रूठ जाए? जब भी किसी बच्चे के अभाव, असुविधा, बीमारी की खबर पाती, तुरन्त ट्रॉली लेकर उसके दरवाजे पर हाजिर हो जाती। रुपया-पैसा, फल, दवा दे आती। उनके सुख में हिस्सा नहीं माँगती, दु:ख में सिर आगे करके सारा बोझ उठा लेती।

आजकल वह पड़ोस के छोटे-छोटे सारे बच्चों को ट्रॉली में बिठाकर काम पर निकलती। उनकी पढ़ाई के स्थानों, काम के स्थानों पर उतार देती। दिन डूबने पर फिर सभी बच्चों को लाकर माँ-बाप के जिम्मे कर देती। इसके लिए किसी से किराया नहीं लेती। कहती, "काम पर जाते समय अपने सुख के लिए बच्चों को ले जाती हूँ, फिर किराया क्यों लूँ?" कभी-कभी टोला-पड़ोस के लोगों को भी दु:ख-दर्द में रुपये-पैसे देती, बच्चों को भी बड़े-गुलगुले खरीद देती। पूछने पर कहती, "इंसान आखिर किसी को तो चाहेगा, वरना जीएगा कैसे?" छोटे बच्चे उसे खूब चाहते। बड़े हो जाने पर अपने दु:ख-दर्द में उससे मदद भी माँगते और घृणा भी करते। पर इसके लिए 'ट्रॉलीवाली' के मन में कोई अफसोस नहीं होता।

ट्रॉली गाड़ी जर्जर हो गयी, ट्रॉलीवाली की ताकत भी कम हो गयी है। इन दिनों आधे दिन काम पर नहीं जा पाती। कुछ पैसे बचाकर रखे हैं। गुजारा हो जाता है। उसके बेटे इधर-उधर काम पाकर उससे दूर-दूर रहने लगे हैं। वे लोग अपना

पता नहीं दे गये। ट्रॉलीवाली झोंपड़ी में पड़ी उनका भला मनाती रहती है।

अब ट्रॉलीवाली की देखभाल करने वाला कोई नहीं था। झोंपड़ी में अकेली पड़ी रहती। माँ-बाप की डाँट के डर से पड़ोस के बच्चे भी उसके पास नहीं जाते। बड़ों में कोई-कोई गाहे-बगाहे उसका हालचाल पूछ जाते। उसके मुँह के आगे आह भरते और झोंपड़ी के बाहर आकर आपस में बतियाते हुए कहते, ''पाप का फल जो है, कब से भोग रही है, अन्त में कीड़े पड़कर मरेगी...।'' ट्रॉलीवाली के कानों में कभी-कभी यह बात पड़ जाती। कथरी में पड़ी चिल्लाकर कहती, ''मैंने कोई पाप नहीं किया, मैं अ-सती नहीं हूँ। मैंने किसी के साथ विश्वासघात नहीं किया। कहे देती हूँ, मैं मरूँ तो 'सती चौरा' श्मशान में मुझे जलाना। पड़ोस के लोग होकर क्या इतना नहीं करोगे?''

उसे जो भी देखने जाता, सबसे यही विनती करती। लोग कपड़े से मुँह छुपाकर हँसते। ''बड़ी सती है न, सती चौरे श्मशान में न जलायी गयी तो श्मशान पवित्र कैसे होगा!''

आठ दिनों से लगातार आँधी-बारिश हो रही है। ट्रॉलीवाली की झोंपड़ी की ओर कोई नहीं गया। उस दिन सुबह-सुबह उसके छप्पर पर गिद्धों को मँडराते देख लोगों ने अन्दर झाँककर देखा। नाक में कपड़े घुसाकर 'अँ'-'अँ' करके वापस लौट आये। शव सड़-गलकर फूल गया है, बेढंगा दिख रहा है। म्युनिसिपैलिटी में खबर भिजवा दी गयी। नाक में पट्टी बाँधे शव को गाड़ी में लादकर म्युनिसिपैलिटी के लोग न जाने उसे किस श्मशान में ले गये।

उसकी टूटी जर्जर ट्रॉली काफी दिनों तक झोंपड़ी के बाहर दीवार से टिकी खड़ी रही। घृणा से उसे कोई नहीं छूता था। उसके बाद एक दिन रातों-रात वह ट्रॉली गायब हो गयी। पड़ोस का कोई आदमी कह रहा था-''ट्रॉलीवाली का प्रेत आकर ट्रॉलीगाड़ी ले गया होगा! वह गाड़ी ही तो थी उसके जीवन-मरण की साथी!!''

❑❑❑